虚ろなるレガリア

01

Corpse Reviver

三雲 岳斗
MIKUMO GAKUTO

[絵] 深遊
MIYUU

THE HOLLOW REGALIA

IROHA WAON

ジュリエッタ・ベリト
Giulietta Berith
ロゼッタ・ベリト
Rosetta Berith
GALERIE BERITH
鳴沢八尋
Narusawa Yahiro

CHARACTER

ギャルリー・ベリト

欧州に本拠を置く貿易商社。主に兵器や軍事技術を扱う死の商人である。
自衛のための民間軍事部門を持つ。出資者はベリト侯爵家。

「残念だが、伯爵。
彼女の覚醒には
まだ相応の時間がかかる。
新たな〝災厄〟を喚ぶには、
意思を持つ器が必要だ」
「やはりクシナダを
手に入れるしかないと
いうことか——わかった、
邪魔したな、ネイサン卿」

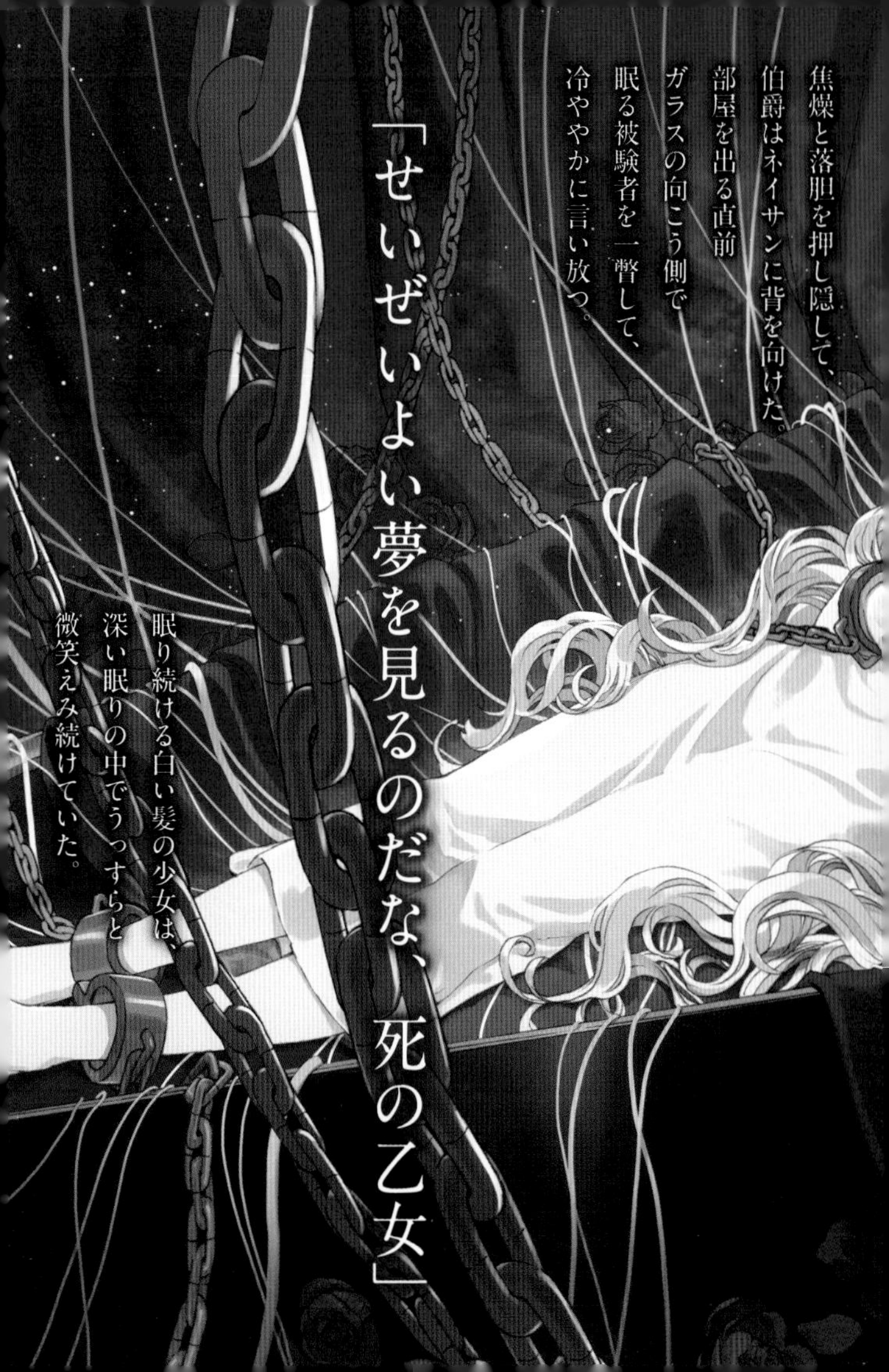
焦燥と落胆を押し隠して、
伯爵はネイサンに背を向けた。
部屋を出る直前
ガラスの向こう側で
眠る被験者を一瞥して、
冷ややかに言い放つ。
「せいぜいよい夢を見るのだな、死の乙女」
眠り続ける白い髪の少女は、
深い眠りの中でうっすらと
微笑えみ続けていた。

さあ、復讐の時間だぜ――!

01
Corpse Reviver

THE HOLLOW
REGALIA

The girl is a dragon.
The boy is the dragon slayer.

そして日本人は死に絶えた

序幕 Prologue

THE HOLLOW REGALIA

PROLOGUE

灼《や》けつくような痛みと衝撃を覚えて、ヤヒロは砂まみれの地面に転がった。

肺からあふれ出した鮮血が、口の中に生々しい死の味を広げていく。

風の音が聞こえる。朽ちた建物の鉄骨の隙間を、灼《や》けた大気が吹き抜けていく音だ。

季節は夏。

あの惨劇から四度目の夏。

廃墟《はいきよ》の街に、人々が暮らした痕跡はもう残っていない。

ただセミたちの声が聞こえる。夜の訪れを告げるヒグラシが、休むことなく鳴き続けている。

獰猛《どうもう》なまでの生への執着。種族としての生命力。地形が変わるほどの悽愴《せいそう》な破壊も、街の住人すべてが死に絶えたことも、あの騒々しい昆虫類にとってはたいした問題ではないのだろう。

実に感動的で、そして醜い。

ひび割れた天井越しに夕暮れの空を眺めながら、ヤヒロはそんなことを考える。

天を焼き焦がすような緋色《ひいろ》の残照。

四年前の記憶が甦《よみがえ》ったのは、その赤い空を目にしたせいだろう。

あの夏、霧のように降りしきる深紅の雨が、世界を炎の色に染めていた。

目に映るのは、倒壊した高層ビルの群れ。

そして残骸。原形を留《とど》めないほどに捩《ねじ》れて拉《ひし》げた、かつて電車と呼ばれていた灰色の鉄塊。

橋が落ち、道が陥没し、地形すら変わってしまった街は、見知らぬ異国のように感じられた。

雨はまだ降り続いている。錆《さ》びた鉄を含んだ赤い雨。

ほかに動くものはなにもない。

生きている者はどこにもいない。

この街にいたはずの数百万人の人々は、死体すら余さず、喰《く》われて消えた。

あとに残されたのは、血塗《ちまみ》れの両手を握りしめた、十三歳の鳴沢八尋《ナルサワヤヒロ》だけだった。

「ス……イ……！」

静寂に満ちた廃墟《はいきょ》の街に、ヤヒロの叫びが虚《むな》しく反響する。

妹の小さな手の温《ぬく》もりを、まだ覚えている。

幼い日の彼女の無邪気な笑顔も。

しかし、そんな妹の姿も消えている。ヤヒロの全身を染める鮮血だけを残して。

「どこだ……珠依《スイ》ッ……！」

ヤヒロの絶叫に応える声はなく、吹きすさぶ無音の風が勢いを増しただけだった。
瓦礫《がれき》に埋もれた階段を上りきり、ヤヒロは視界の開けた高台に出る。
不出来な情景模型《ジオラマ》に似た壊れた街。深紅の雨に濡《ぬ》れた無人の廃墟《はいきょ》。
市街地のそこかしこで燃え上がる炎が、早朝の空を夕映えのように朱《あか》く照らしている。
その空を〝災厄〟が舞っていた。
視界を覆い尽くすほどに巨大な影。
螺旋《らせん》を描くように雲海を泳ぎ、地上を睥睨《へいげい》する虹色の〝怪物〟が。
「よかった……生きてらしたんですね、兄様」
笑い含みの澄んだ声が聞こえてくる。
空を舞う〝怪物〟を背後に従えた少女が、戦慄するヤヒロを静かに見下ろしている。
深紅の雨を浴びながら、鳴沢珠依《ナルサワスイ》が柔らかく微笑《ほほえ》む。
「それとも、死ねなかったのですか？」
消えない。今も記憶から離れない。
滅びゆく世界を映す彼女の透明な瞳が。
そして彼女の背後で舞う、美しくも禍々《まがまが》しい龍の姿が――
「……ちっ！」

意識が混濁していたのは、ほんの一瞬のことだった。

激しい憤《いきどお》りとともに覚醒して、ヤヒロは転がるように跳ね起きる。

その頭上を、獣の牙が猛然とかすめた。体長三メートルに迫る魍獣《もうじゅう》の牙だ。

魍獣《もうじゅう》は勢い余ってコンクリートの壁に激突する。

その隙にヤヒロは、落としたナイフを拾って体勢を立て直す。

傷の状態は、笑えるくらいに深刻だった。

肺が片方潰れて、右側の肩甲骨《けんこうこつ》は完全に砕けている。

右腕はかろうじて繋《つな》がっているだけの状態だ。

脆弱《ぜいじゃく》な人間の肉体は、魍獣《もうじゅう》の前肢で軽く殴られただけでこの有様《ありさま》だった。神経が焼き切れんばかりの激痛が、今も絶え間なくヤヒロを襲《くだ》ってくる。

コンクリートの破片を噛《か》み砕きながら、魍獣《もうじゅう》がヤヒロに向き直った。

硫黄の焼けるような悪臭が、ヤヒロの鼻を刺激する。

漆黒の肉体を持つ犬型の魍獣《もうじゅう》。遭遇したのが軍の連中なら、大喜びでブラックドッグだのへルハウンドだのと仰々しい名前をつけていたことだろう。

しかしヤヒロは魍獣《もうじゅう》の呼び名に興味はない。

魍獣《もうじゅう》は魍獣《もうじゅう》。攻撃してくるなら、駆除するだけだ。

黒い魍獣《もうじゅう》が、硫黄臭い息を吐きながら姿勢を低くする。

野牛《バイソン》に匹敵する巨体。猟犬の知性と敏捷性《びんしょうせい》。自然の摂理から外れた魍獣《もうじゅう》の戦闘力は驚異的で、生身の人間が一人で立ち向かえるような相手ではない。

ヤヒロに同行していた見張りの連中は、とっくに逃げたか殺されてしまったらしい。日本人であるヤヒロを蔑み、見下していることを隠そうともしない連中だった。仮に生き延びていたとしても、彼らの支援は期待できない。

今のヤヒロは動けるのが不思議なくらいの重傷で、残された武器はナイフ一本だけ。

問題ないな、とヤヒロは唇の端を吊《つ》り上《あ》げた。

ヤヒロは自らの傷口にナイフを当てて、鮮血を刃《やいば》にまとわせる。

黒い魍獣《もうじゅう》が、唸《うな》りを上げてヤヒロを襲った。

同時にヤヒロも魍獣《もうじゅう》に向かって疾走する。

ふたつの影が、夕闇の中で交錯した。

魍獣《もうじゅう》が、ヤヒロの左腕に巨大な牙を突き立てようとした。

しかし、魍獣《もうじゅう》の攻撃はそこで止まる。

コンクリートすら噛《か》み砕《くだ》く魍獣《もうじゅう》の顎《あぎと》を、ヤヒロの腕が止めている。肌にまとわりつく鮮血が、鎧《よろい》のように硬化して魍獣《もうじゅう》の牙を防いでいるのだ。

そのときすでに、ヤヒロはナイフを右手に持ち替えている。

「さあ、復讐《ふくしゅう》の時間だぜ……！」

血塗《ちまみ》れの刃《やいば》に呼びかけるように囁《ささや》いて、ヤヒロはナイフを魍獣《もうじゅう》の脇腹に突き立てた。

刃渡り十五センチ足らずの白刃《はくじん》は、魍獣《もうじゅう》の巨体に比べるとあまりにも薄く頼りない。根元近くまで突き立てたところで、分厚い表皮をようやく貫くのが精一杯だ。

だが、その結果、魍獣《もうじゅう》の肉体に起きた変化は劇的だった。

ナイフで刻まれた傷口を中心に、漆黒の肉体に亀裂が生じる。

亀裂は魍獣《もうじゅう》の血管を通じて、その全身へと拡大していった。血液に混じった毒の代わりに、破壊そのものが広がっていくように——

魍獣《もうじゅう》が苦悶《くもん》の咆吼《ほうこう》を上げた。ヤヒロを睨《にら》む双眸《そうぼう》に、憤怒《ふんぬ》と憎悪《ぞうお》の光が宿る。

しかし魍獣《もうじゅう》の抵抗もそこまでだった。

亀裂に覆われた四肢が漆黒の巨体を支えきれず、脆《もろ》くなった石膏像《せっこうぞう》のようにへし折れる。

やがて魍獣《もうじゅう》の全身は粉々に砕け散り、灰となってその場に崩れ落ちた。

ヤヒロはそれを、無感情な瞳で眺めていた。

役目を終えたナイフを鞘《さや》に戻し、血塗《ちまみ》れの右肩に無造作に触れる。

潰れた肺も、砕けていたはずの肩も、ちぎれかけていた右腕も、とっくに再生を終えていた。

傷跡はどこにも残っていない。かろうじて負傷の痕跡を残しているのは、破れた衣服を濡《ぬ》らす血痕だけだ。

ちぎれかけた腕が残っていたぶん、再生も早い。

だがそれは、腕がなければ再生できないということではない。

ヤヒロは死なない。死ぬことができない。

即死するほどの重傷を負っても、全身の半分以上を失っても、呪われたヤヒロの肉体は絶命を許さず、すべての臓器を再構成して復活させる。

それが四年前の雨の日、廃墟《はいきょ》の街で、ヤヒロだけが生き残った理由だった。


目当ての品を回収して、ヤヒロは建物の外に出る。

夕闇の中、地平の彼方《かなた》まで広がっていたのは、無人のまま放置された廃墟《はいきょ》の街だった。

半ばからへし折れた巨大な塔が、化石に似た無惨な姿を晒《さら》している。

かつて東京スカイツリーと呼ばれていた鉄塔だ。

季節は夏。

日本人と呼ばれた民族が死に絶えて、四度目の夏。

ヤヒロは今も、この街を彷徨《さまよ》い続けている。

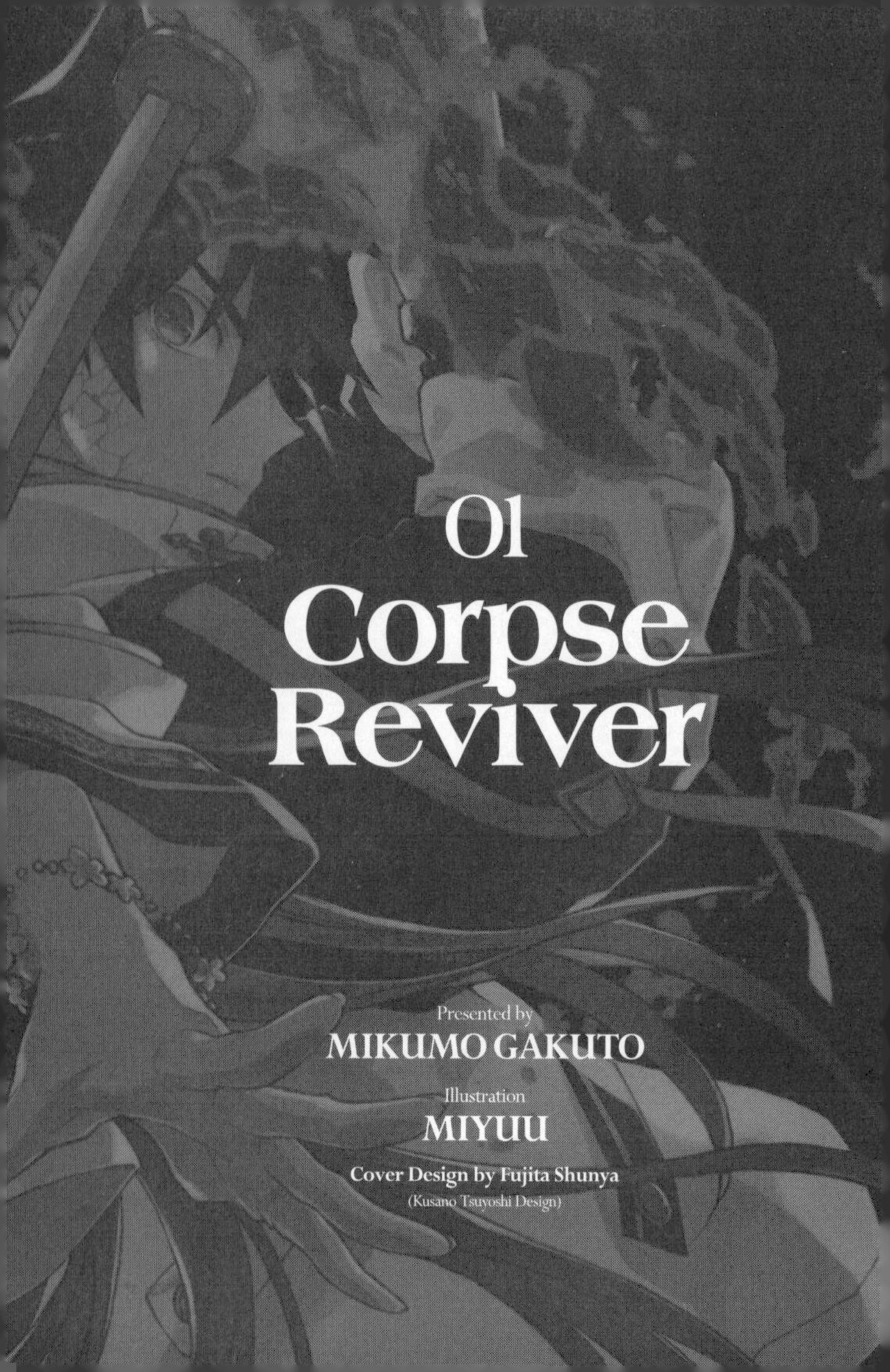

01 Corpse Reviver

Presented by
MIKUMO GAKUTO

Illustration
MIYUU

Cover Design by Fujita Shunya
(Kusano Tsuyoshi Design)

THE HOLLOW
REGALIA

第一幕　コープス・リバイバー

THE HOLLOW REGALIA

CHAPTER.1

1

『——わおーん！　おはようございます、伊呂波《いろは》わおんです』

『今日も見に来てくれてありがとう。相変わらずいいお天気が続いてますね。ただいまの我が家の気温は、なんと三十三度！　いやー、道理で暑いと思ったよ。皆さんも熱中症なんかには、十分に気をつけてくださいね』

『……ってか、ここまで暑いと、歌ったり踊ったりってのはさすがに無理っぽいので、本日は、インドアでお料理を、はい、和食というやつを作ったりしてみたいと思います』

『こう見えてですね、わおん、実は料理がわりと得意だったりするんですよ。いやいやホント。嘘《うそ》じゃないって！　というわけでですね、さっそく、肉じゃが、行ってみたいと思います！』

†

その店は、江戸川《えどがわ》の東岸にある廃ビル群の隙間にひっそりと建っていた。

得体の知れない輸入雑貨を扱う、見るからに怪しげな商店だ。

店の奥には小柄な老人が座っていた。派手な柄のシャツを着たメキシコ人。短くなった葉巻《シガー》をくゆらせながら、色褪《いろあ》せた日本のマンガ雑誌をめくっている。

「戻ったぜ、エド」

勝手に店に入ってきたヤヒロは、店主が陣取るカウンターに、運んできた荷物を投げ出した。ヤヒロの身長ほどもある細長い白木の桐箱《きりばこ》だ。

「おまえさん一人か、ヤヒロ。依頼人が連れてきた護衛の連中はどうしたね？」

店主のエド――エドゥアルド・ヴァレンズエラは、マンガ雑誌を広げたまま、ヤヒロの顔を面倒くさそうに一瞥《いちべつ》する。

「護衛？　見張りの間違いだろ」

ヤヒロは無愛想に答えると、ポケットから銀色の金属片を取り出した。ステンレス製の認識票《ドッグタグ》。ヤヒロを監視するためについてきた、傭兵《ようへい》の首から剝ぎ取ってきたものだ。

「ふむ、死んだか」

エドはなんの感情もこもらない口調で言った。

危険地帯である二十三区に踏みこんだ人間が、命を落とすのは珍しいことではない。それが余所者《よそもの》の傭兵《ようへい》であれば尚更《なおさら》だ。むしろ二十三区に何年間も出入りして、未《いま》だに生き延びているヤヒロのほうが異常ともいえる。

「魍獣《もうじゅう》に襲われた。黒くてでかい犬みたいなやつだ。場所は千住《せんじゅ》の警察署付近」

「なるほどの」

ヤヒロの説明を丁寧に書き留めて、エドはそのメモを壁の地図に貼り付けた。

信頼のおける魍獣《もうじゅう》の情報は高値で取引されるし、なによりもそれを知っているかどうかで、生還率が大きく変わる。傭兵《ようへい》たちの死の顛末《てんまつ》よりも、二十三区に出現する魍獣《もうじゅう》の情報のほうが、エドにとっては貴重なのだ。

「それで、目当ての品はどうなった？」

「こいつだろ。博物館みたいなわかりやすい場所にはなかったから、見つけるのに苦労した」

ヤヒロが運んできた荷物を指さした。

エドが無造作に桐箱《きりばこ》を開ける。中には一振りの日本刀が、刀袋に入った姿で収められていた。

刀袋の中から出てきたのは、打刀拵《うちがたなごしら》えの日本刀。博物館級の恐ろしく古い代物だ。

「国宝〝九曜真鋼《くようまさかね》〟か……ふむ、どうやら、本物らしいの」

桐箱《きりばこ》の底に記された添え書きを一瞥《いちべつ》して、エドが満足そうに頬を緩める。毛筆で書かれたその筆跡は、ヤヒロには謎の記号としか思えない。

「そんな文字がよく読めるな。日本人の俺でも、なにが書いてあるのかさっぱりなんだが」

「当然よ。でなけりゃ、美術商など務まらん」

「美術商か」

エドの自慢げな発言を聞いて、ヤヒロは思わず失笑する。

無人の廃墟《はいきょ》と化した東京から、価値のある美術品を運び出し、それを海外の好事家《こうずか》に売りつける。それがエドの生業《なりわい》だった。とても美術商などと呼べる高尚な仕事ではない。せいぜい廃品回収、あるいは火事場泥棒というのが正解だ。

「不満か？」

「いや。金さえ払ってくれるなら文句はない」

ヤヒロは自嘲するように笑って首を振った。エドに依頼されて二十三区に入り、実際に美術品を回収してくるのがヤヒロの仕事だ。つまりは火事場泥棒の下請けである。

自国の美術品を海外に売り払うことに罪悪感はなかった。滅びた国に財宝だけ残っていても滑稽なだけだ。

「報酬か。払うともさ。もちろんな」

エドが引き出しから取り出した札束を、無造作にヤヒロの前に放った。輪ゴムで束ねられた、薄汚れた米ドル紙幣。少ない枚数ではないが、期待したほどの金額でもない。一万ドルにも満たないことは、数えるまでもなくひと目でわかる。

「五万の仕事じゃなかったのか？」

「仲介手数料というやつよ」

不満そうに問い詰めるヤヒロに、エドは悪びれることもなく言ってのけた。

「依頼人との交渉。美術品の鑑定。なにをするにも金はかかる。情報だってただじゃない」

「だからって、そっちの取り分のほうが多いのはどういうことだよ。あんたは快適な店の中で、くだらないマンガを読んでただけだろうが」

「くだらないといわれるのは心外だの。日本のマンガ雑誌というやつは、出すとこに出せば、けっこうな高値で売れるのよ。ほれ、貴重な『ソロモンズ・ロア』連載前の読み切り版だ」

「そういう話をしてんじゃねえよ。だいたい、そのマンガ雑誌だって、俺が二十三区に入って命がけで拾ってきたやつだろうが」

ヤヒロが苛立《いらだ》ったように声を低くした。

エドは殊更にゆっくりと葉巻の煙を吐き出し、ニヤリと笑う。

「文句があるなら、次からはよその業者《みせ》の依頼を受けることだ。日本人のおまえを雇ってくれる物好きが、儂《わし》以外にいれば、の話だがね」

ヤヒロの手の中で音がした。ステンレス製のドッグタグが、ヤヒロの握力に耐えかねて、へし折れた音だ。ねじ曲がったドッグタグを、ヤヒロはカウンターに叩《たた》きつける。

　エドは、おお恐《こわ》い、と言わんばかりに大げさに肩をすくめてみせた。

「金が要るなら、黒社会《ヘイシャーホエイ》の仕事を引き受けたらどうかね？　チバの麻薬組織《カルテル》が、腕の立つ用心棒を探してる。おまえさんの実力ならいい金になるぞ」

「人を殺す仕事を受ける気はねえよ。あんたがターゲットなら考えてみてもいいけどな」

　ヤヒロが不機嫌な声で言い放つ。エドはやれやれと嘆息し、

「日本人は恩義ってものを知らんの」

「散々ぼったくりやがって恩義もクソもあるか」

　ヤヒロは乱暴に言い放ち、カウンターに置かれたドル札の束をつかみ取った。それらを剝《む》き出《だ》しのまま、レッグバッグの中に放りこむ。

「……関東圏の民間軍事会社がこぞって戦力を集めとる。麻薬組織《カルテル》の連中がピリピリしておるのもそのせいだ。どうやら近々、二十三区ででかい動きがあるらしい」

　黙って店を出ようとしたヤヒロの背中に、エドが唐突に呼びかけた。

　ヤヒロが足を止めて振り返る。

「でかい動き？」

「具体的な内容はわからん。情報料としてその金を置いてくなら、調べてやらんでもないが」

「誰が置いてくか。そんなもの俺には関係ない話だろ」

「だといいがの。噂《うわさ》では、どうも二十三区に出入りする回収屋の情報を嗅ぎ回ってる連中がお

るらしい。せいぜいおまえさんも気をつけることだな」

エドは無関心な口調で言うと、再びマンガ雑誌をめくり始める。

民間軍事会社が回収屋について調べている——エドの言葉は、ヤヒロに対する警告だった。たしかに気になる情報だ。

とはいえ、そのことでエドに感謝する気にはなれなかった。妙にヤヒロへの報酬額が少ないと思ったら、情報への見返りを事前にきっちり差っ引いていたらしい。日本人のヤヒロとまともに取引する気があるだけ、まだマシなほうだと言えなくもないけれど——

くたばれ、じじい、と心の中で吐き捨てて、ヤヒロは店を後にする。

2

始まりは、たった一個の隕石《いんせき》だったといわれている。

直径四百メートルに満たないちっぽけな岩塊。〝悪龍《ヴリトラ》〟と名づけられたその小惑星は、楽観的な天文学者たちの予想を嘲笑《あざわら》うように不規則な軌道変更を繰り返して地球大気圏に突入。無数に砕け散りながら、日本列島に降り注いだ。

隕石《いんせき》落下時の衝撃は、最大でマグニチュード九・一の巨大地震に匹敵。落下地点を中心に直径数キロの隕石孔《クレーター》を形成し、日本全土に壊滅的な被害をもたらした。

しかし悲劇はそれだけでは終わらなかった。

隕石《いんせき》衝突の影響で地殻が不安定になったことにより、火山活動が活発化。富士山《ふじさん》を含む複数の火山が同時に大規模な噴火を起こしたのだ。

噴石と火砕流、そして大量の火山灰により日本国内の交通網は完全に崩壊する。

既存の生物学の常識を覆《くつがえ》す獰猛《どうもう》な怪生物が、各地で大発生したのは、その直後の出来事だ。

神話の怪物に似た姿を持ち、のちに魍獣《もうじゅう》と呼ばれることになる異形《いぎょう》の生命体――

彼らは、無差別に人々を襲い、喰《く》らい、街を破壊した。

狩猟用の散弾やライフル弾すらものともしない魍獣《もうじゅう》が相手では、警察はおろか、自衛隊すら無力だった。隕石《いんせき》落下によって混乱状態に陥っていた日本政府は、ここに至って完全に機能を喪失。日本国民は魍獣《もうじゅう》出現からの一週間で、総人口の半数を失ったという。


もちろん国際社会も、その惨状を無為に眺めていたわけではなかった。

世界各国で義援金や援助物資の手配が行われ、国際緊急援助隊の派遣準備が開始される。

その報道は、悲劇に打ちのめされた日本人の多くを勇気づけた。これまで日本という国家が幾度も経験してきたように、未曾有の災害から復興を遂げ、たとえ時間がかかっても、いずれ自分たちは元のような平和な日常を取り戻すだろう。誰もがそんな根拠のない期待を抱いた。

異変が起きたのは、その直後のことだった。

なんの前触れもなく、だが、示し合わせたように一斉に、世界中の要人、国家元首、そして宗教的指導者たちが民衆に命令を下したのだ。

日本人を殺せ、と。殲滅《せんめつ》せよ、と。

大殺戮《ジェイノサイド》──〝日本人狩り〟の始まりである。

殺戮《さつりく》の連鎖は瞬《また》く間《ま》に全世界に広がり、各国の軍隊は速やかに日本への侵攻を開始した。

大殺戮《ジェイノサイド》の目的、大義名分は様々だ。

国連は、隕石《いんせき》に付着したウイルスによる感染爆発《パンデミック》を防ぐための緊急措置だと発表し、いくつかの国家は、危機的状況に追いこまれた日本人が大規模なテロ活動を計画していたと主張した。

日本は黙示録に記された大淫婦《だいいんぷ》バビロンそのものであり、汚れた霊の巣窟《そうくつ》であると説く宗教家も多かった。

中でも圧倒的な影響力を誇っていたのが、魍獣《もうじゅう》とは日本政府が極秘裏に開発していた生体兵器である──という説だった。

それらの言説を疑問に思う者がいなかったわけではないが、彼らの声が大きく取り上げられることはなかった。結果、人々は熱に浮かされたように、日本人を憎み、恐れ、殺し尽くす。

狂乱のうちに日本という国家は消滅し、海外にいたわずかな日本人たちもまた、容赦ない暴力に晒《さら》されて次々に命を落としていった。

やがて隕石《いんせき》落下の影響による自然災害が収まるのと同時に、大殺戮《ジェイノサイド》も終結する。

小惑星ヴリトラの落下から、約半年後のことだ。

その間の犠牲者の総数は、一億二千六百万人以上――

そして日本人は死に絶えた。

3

『――わおーん！　こんにちは、伊呂波《いろは》わおんです！』

『今日も見に来てくれてありがとう。早速ですが、皆さん、お気づきになったでしょうか？　なんと、わたしの衣装が本日から新しくなりました。はい、新衣装です！　ひゅーひゅー！』

『というわけでですね、この新しい衣装なんですけど、前のやつより、ちょっと露出？　が、増えてしまって恥ずかしいんですよね。けっこう照れてます。まあ、夏ですからね！』

『いや、実を言うと前の衣装は、胸回りとか少しきつくなってしまいまして、油断すると弾《はじ》け飛ぶんじゃないかって……違っ、違うんです！　太ってないから！　成長しただけだから！』

常磐線《じょうばんせん》の鉄橋を使って徒歩で江戸川《えどがわ》を横断し、封鎖された隔離地帯へと侵入する。

金町《かなまち》駅の跡地に近い私立大学の廃校舎。そこがヤヒロのねぐらだった。

大殺戮《ジェイノサイド》のために日本に軍を派遣した国家は三十カ国以上。そのうち八カ国は現在も駐留を続けて、日本全土を分割統治している。

ただし被占領民となるべき日本人が死に絶えていることもあり、人口密度は極端に低い。占領軍が駐留しているのは、主要な港湾や大都市だけ。日本列島の大半は無政府状態のまま放置され、国際的なテロリストや犯罪者たちが跋扈《ばっこ》する無法地帯と化していた。

だが、そんな犯罪者たちですら、滅多に足を踏み入れようとしない場所がある。

それが二十三区——過去に東京都区部と呼ばれていた地域《エリア》だった。

日本の政治経済の中心地。かつての首都が隔離地帯に指定された理由は簡単で、この付近の魍獣《もうじゅう》出現率が、ほかと比べて桁外れに高いせいである。

しかも獰猛《どうもう》で危険な個体が多く、その割合は都心部に近づくにつれて高くなる。

大殺戮《ジェイノサイド》から四年が経《た》った今も、都内の建物がそのままの姿で放置され、高価な美術品や工芸品の多くが手つかずで残っているのはそのせいだ。

未《いま》だ人の支配が及ばぬ、魍獣《もうじゅう》の棲息圏《せいそくけん》。

だからこそ、ヤヒロはそこで寝泊まりする。二十三区内にいる限り、強盗に襲われることも、空き巣に狙われることもないからだ。

魍獣《もうじゅう》に襲われたなら殺せばいい。だが、相手が人間の場合はそんな単純には割り切れない。

殺人を禁じていた国家は滅びた。ヤヒロの罪を咎《とが》める人々ももういない。それでも、殺人という一線を越えてしまったら、自分が日本人だという最後の拠《よ》り所《どころ》を失ってしまう気がする。

もちろん、そんなものはただの感傷だ。自己満足でしかないことはわかっている。

だが、死ぬことができない自分が他人の命を奪うのは、フェアではない、という思いもある。

だから、ヤヒロは人を殺さない。

自分が日本人だということを、そして人間だったことを忘れないために。

「まあ、厳密に言ったら、住居不法侵入や窃盗も全部アウトなんだろうけど」

無人の大学構内に勝手に入りこみながら、それくらいは大目に見てくれよ——と、ヤヒロは誰にともなく呟《つぶや》いた。

だだっ広い空き教室に一人でいるのは落ち着かないので、ヤヒロは、主に大学院生用の狭い研究室を使っていた。ベッド代わりのソファに荷物を投げ出し、備蓄用の缶詰とチョコレート、ミネラルウォーターだけの質素な夕食を用意する。

エドに頼めば肉でも魚でも、それどころか焼きたてのパンですら取り寄せてくれるだろうが、そんな馬鹿げたことを試してみる気にはなれなかった。いったいどれだけぼったくられるのか、わかったものではないからだ。

ヤヒロが大学のキャンパスを拠点にしているのは、建物に設置された太陽光発電システムが生きていたからだ。太陽光パネルの大部分は破損して性能は低下しているが、それでもヤヒロ一人では使い切れないほどの電力が手に入る。

昼間のうちに充電を終えていた改造スマホを起動して、ヤヒロは軍用のデジタル通信網に割りこんだ。かつてのヤヒロは、ハッキングのやり方など知らなかったが、一人きりでこの街に取り残されて、勉強する時間はたっぷりあった。専用のツールを使って回線に侵入。北関東に駐留しているカナダ軍のサーバーを経由して、海外の動画配信サービスに接続する。

目当てのチャンネルはすぐに見つかった。

ヤヒロの改造スマホに映ったのは、獣の耳がついたウィッグを被《かぶ》った美しい少女の顔だった。

『——わおーん！　こんばんは、伊呂波《いろは》わおんです！』

『今夜も見に来てくれてありがとう。夜になってようやく涼しくなりましたかねー……てか、セミ、うっさい！　大丈夫ですか、わおんの声、聞こえてますか？　もしもーし！』

やたらとテンションの高いお約束の挨拶が聞こえてきて、ヤヒロは、ふっ、と表情を緩める。

銀色の髪と翠《みどり》の瞳。アイドルやアニメキャラを連想させる奇抜な衣装。伊呂波《いろは》わおんと名乗るこの少女は、ネット上に自作の動画を公開しているアマチュア配信者《ストリーマー》の一人だった。

動画の内容は、他愛《たわい》もない雑談が中心だ。

あとは調理風景の実況や、たまに楽器の弾き語りとダンスを披露することもある。

もっとも彼女の動画の内容は、さほど面白いものではない。

本人の顔がいいこと以外、特筆すべき点はなにもない。

会話の内容はありふれた一般人のノリだし、料理の腕もせいぜい人並み。運動神経がいいのかダンスは意外に上手《うま》いが、歌唱力は壊滅的である。

当然、動画の再生数も伸びない。三桁いけばまだいいほうで、ほとんどの動画は数十回しか再生されずに終わってしまう。

それでもヤヒロにとって彼女の動画は、唯一無二の特別なものだった。

なぜなら彼女の配信は、日本語で行われているからだ。

伊呂波《いろは》わおんは日本人。もしくは日本に縁の深い人物だ。

彼女は死に絶えた日本人のために、滅びてしまった国の言葉で語りかけている。

もちろん、そんなものは単なるキャラ作りなのかもしれない。その可能性のほうが遥《はる》かに高い。伊呂波《いろは》わおんなどという人物は実在せず、誰かが悪意をもって日本人を騙《かた》っているだけなのかもしれない。だが、それでも構わない、とヤヒロは思う。

彼女が聞かせてくれる懐《なつ》かしい言葉と、自分以外の日本人が生き残っているという幻想に、ヤヒロが救われてきたのは事実なのだから。

『さて、今夜はわおんに届いた皆様からの質問にお答えしたいと思います。最初のメッセージは、この方！　東京都のやひろんさん！　いつもありがとうございます！』

「っ！」

配信者が読み上げた名前を聞いて、ヤヒロは小さくガッツポーズをした。やひろんとはヤヒロのハンドルネームだ。ヤヒロが送ったメッセージを、わおんが取り上げてくれたのだ。

『やひろんさん、東京にお住まいということで、これって本当なんですかね？　わおんも東京在住っていう設定なんですけど、ご近所さんですね。もし会えたら嬉《うれ》しいな……というわけで、本日最初の質問ですが――』

改造スマホに顔を寄せ、ヤヒロは喰《く》い入《い》るように配信者の少女を凝視する。

しかしヤヒロは、わおんの次の言葉を聞くことはできなかった。スピーカーから流れる彼女の声を、唐突に鳴り響いた銃声がかき消したからだ。

「……は？」

一瞬、呆気《あっけ》にとられたように顔を上げ、次の瞬間、ヤヒロは反射的にナイフをひっつかんで部屋を飛び出した。銃声は今も鳴り続けている。聞こえてくるのは中庭の方角だ。

「なんで、こんなところに人間が……⁉」

当然だが、魍獣《もうじゅう》は銃器を使わない。この大学構内に人間が入りこんでいるのだ。二十三区に不用意に迷いこんだ誰かが、魍獣《もうじゅう》に襲われているのだとヤヒロは当然のように考えた。

もちろん、封鎖された隔離地帯への侵入者が魍獣《もうじゅう》に襲われるのは自業自得《じごうじとく》で、ヤヒロが助ける理由はない。だが、さすがに自分のねぐらの目と鼻の先で死なれては敵《かな》わない。血の臭《にお》いに惹《ひ》かれた魍獣《もうじゅう》たちに集まってこられても面倒だ。

鍵の壊れた扉を蹴り開けて、ヤヒロは中庭に飛び出した。その直後、驚いて足を止める。

「うおっ⁉」

吹き飛ばされた人の身体《からだ》が、ヤヒロの眼前を横切って壁に激突した。防弾ベストを着けた大柄な男だ。砕けた窓ガラスの破片を派手に撒《ま》き散《ち》らし、男は血塗《ちまみ》れになって地面に転がる。

「あ、鳴沢八尋《ナルサワヤヒロ》だ！」

呆然《ぼうぜん》と立ち尽くすヤヒロの名前を、誰かが呼んだ。

東洋系の若い女性。ノースリーブのチャイナシャツを着た小柄な少女だ。アシンメトリーの黒髪に、華やかなオレンジ色のメッシュが入っている。

年齢はおそらくヤヒロと同世代。十代半ばといったところだろう。二十三区で活動するには信じられないくらいの軽装で、武器らしい武器は持っていない。しかし合気道に似た奇妙な格闘技を使って、防弾ベストの男を投げ飛ばしたのは間違いなくこの少女だった。

「く……そ……！」

防弾ベストの男が、握りしめていたSMG《サブマシンガン》を少女に向けた。

オレンジ髪の少女は、銃口を見ても表情を変えない。そして男が銃の引き金を引くより早く、違う場所から銃声が聞こえた。右の手首を吹き飛ばされた男が、声にならない悲鳴を上げる。

男を撃ったのは、オレンジ髪の少女と、まったく同じ顔をしたもう一人の少女だった。

気まぐれな猫を連想させる大きな瞳。浮世離れした端整な顔立ち。姉妹としてもあり得ないほど、二人の容姿はよく似ていた。

サイドの片側だけが長いアシンメトリーの髪型も、左右対称になっている以外はほぼ同じ。ただ髪の色だけが違っている。二人目の少女のメッシュは青だ。

彼女たちが来ているチャイナシャツも、それぞれの髪と同じ色だった。

青髪の少女が左右の手に持った拳銃を、それぞれ一度ずつ発砲する。

照準を合わせる時間があったとは思えなかったが、彼女の狙いは精確だった。眉間を撃ち抜かれた男が二人、銃を持ったまま倒れてそのまま沈黙する。

「ろーちゃん、いたよ。鳴沢八尋《ナルサワヤヒロ》」

オレンジ髪の少女が、同じ顔の少女に手を振った。

ろーちゃんと呼ばれた青髪の少女が、太股《ふともも》のホルスターに拳銃を戻しながら近づいてくる。ヤヒロに対する敵意はない、という意思表示らしい。

「鳴沢八尋《ナルサワヤヒロ》。鳴沢八尋《ナルサワヤヒロ》だよね？　間違いない？　ふーん、若いね……目つきは悪いけど、まあまあ可愛《かわい》い顔してるかな。それにちょっと面白い匂いがする」

オレンジ色の髪の少女が、ヤヒロを正面から見つめてすんすんと鼻を鳴らす。

ヤヒロはナイフをいつでも抜けるように握ったまま、無言で彼女を見返した。

頭の中で必死に考える。なぜ彼女たちはここにいるのか。なぜヤヒロの名前を知っているのか。彼女たちの目的はなんなのか。そして彼女たちは、敵か、味方か――

「突然押しかけてきたことは謝罪します、鳴沢八尋《ナルサワヤヒロ》」

青髪の少女が静かに言った。

二人の顔立ちは同じだが、それぞれの眼差《まなざ》しから受ける印象は正反対だ。好奇心に満ちた子猫のようなオレンジ髪の少女に対して、青髪の少女の瞳はまったくなんの感情も映していない。

「押しかけてきた……っていうか、なんなんだ、こいつら？」

「どこかの民間軍事会社に雇われた戦闘員《オペレーター》でしょう。私たちを尾《つ》けてきたようです。あなたとの接触を阻止しようとしたのでしょう」

「民間軍事会社の連中が、どうして……」

ヤヒロが顔をしかめて訊《き》き返《かえ》す。脳裏をよぎったのは、昼間のエドの警告だった。

民間軍事会社が回収屋について調べている――彼の言葉が、その日のうちに的中したのは、単なる偶然とは思えない。あの男は、こうなることを最初から知っていたのではないかと疑いたくなってしまう。

「それは……」

ヤヒロの質問に答えようとした青髪の少女が、不意に目を細めて拳銃を引き抜いた。

そして彼女は、倒れていた男に銃口を向ける。最初にオレンジ髪の少女に投げ飛ばされた、防弾ベストの男だ。

「鳴沢《ナルサワ》……八尋《ヤヒロ》ォォォ……！」

血走った目でヤヒロを睨《にら》んで、男が雄叫《おたけ》びを上げた。彼の筋肉が異様な勢いで盛り上がり、内側から防弾ベストを弾《はじ》き飛《と》ばす。

「まだ意識がありましたか」

青髪の少女が引き金を引いて、男の眉間に容赦なく銃弾を撃ちこんだ。機械のように精確な射撃。貫通力に優れた九ミリ弾が男の頭蓋を貫き、脳に致命的なダメージを与える——否《いな》、与えたはずだった。

「オォォォォォォォォォォ！」

しかし男の動きは止まらなかった。流れ出した自らの血で全身を染めながら、歓喜の表情とともに咆吼《ほうこう》する。双眸《そうぼう》を爛々《らんらん》と輝かせて、男はヤヒロを睨《にら》んでいる。

「なんだ……こいつは……」

本能的な恐怖を覚えて、ヤヒロはナイフを抜いた。今の男の姿には、魍獣《もうじゅう》と同種の——あるいはそれ以上の生理的な嫌悪《けんお》を感じる。

「F剤《エフメド》——!」

青髪の少女が、男の首筋に目を留めた。左の頸動脈《けいどうみゃく》近くに突き刺さっていたのは、注射器に似た直径五センチほどのシリンダーだ。

シリンダー内に封入されていたのは、ワインのような深紅の液体だった。そのほとんどはすでに男の体内に打ちこまれ、彼に異様なまでの生命力を与えている。

「ろーちゃん、下がって! ファフニール兵だ!」

オレンジ髪の少女が、タン、と地面を蹴って跳躍した。小柄な身体《からだ》を器用に使って男の腕を搦《から》め捕《と》り、そのまま全体重をかけてあり得ない方向へとねじ曲げる。

不快な音が鳴り響き、男の左腕がへし折れた。

しかし男は、その痛みを歯牙《しが》にもかけず、折れた腕でオレンジ髪の少女を投げ飛ばす。

「ジュリ——⁉」

青髪の少女が悲鳴を上げた。

「びっくりしたあ……!」

オレンジ髪の少女は猫のように空中で回転して壁に着地。何事もなかったように地上に降り立ち、血塗《ちまみ》れの男から距離を取る。

男は少女には見向きもせずに、折られたはずの左腕を頭上へと突き上げた。骨が砕けるような音が何度も鳴り響き、男の腕が歪《いびつ》な形に変形していく。硬質の鱗《うろこ》に覆われ、ナイフのようなトゲを生やしたその姿は、巨大な爬虫類《はちゅうるい》の前肢《まえあし》を連想させた。

「こいつはすげえ……すげえ力だ……！　この力があれば魍獣《もうじゅう》だって殺せる……！」

鉤爪《かぎづめ》の生えた指で拳を握り、男が歯を剝《む》きだして笑った。そして彼は突然、殺意に満ちた視線をヤヒロに向ける。

「なんだ、おまえ……その臭《にお》い……！」

嗄《しゃが》れた聞き取りにくい声で低く唸《うな》ると、男はヤヒロに向かって跳躍した。人間の筋力の限界を超えたその動きに、ヤヒロの反応が追いつかない。

男が突き出した左の鉤爪《かぎづめ》が、ヤヒロの左胸を大きく斬り裂いた。しかし飛び散ったヤヒロの血を浴びて、苦悶《くもん》の声を上げたのは男のほうだった。

「そうか、おまえがラザルスか……ラザルスゥウウウ——ッ……！」

「ぐっ⁉」

男の鉤爪《かぎづめ》が再びヤヒロを襲う。

ヤヒロはその攻撃を素手で受け止めた。自分の腕を貫いた鉤爪《かぎづめ》を、筋肉の力で固定して、男のそれ以上の動きを封じる。そして自らの血に濡《ぬ》れたナイフを、男の肩へと突き立てた。

「ゴオオォォオオオォオッ！」

男が獣めいた悲鳴を吐き出した。ヤヒロの腕に突き刺さったままの鉤爪《かぎづめ》を、無理やり引き抜こうと肥大化した左腕を振り回す。

だが、その結末はヤヒロにとっても予想外のものだった。枯れ木が折れるような乾いた音を残して、男の左腕がボロリと肩からもげたのだ。

「なっ……!?」

ヤヒロと男が、同時に驚きの声を漏らした。

互いに引っ張り合っていた反動で、二人はそのまま後方へと倒れる。ヤヒロは地面を転がりながら慌てて体勢を立て直し、反射的にナイフを構えた。そして驚愕《きょうがく》に息を呑《の》む。

「この程度……この程度……デェエエエェッ!」

男の身体《からだ》が溶けていた。もともと大柄だった肉体は、本来の姿の三倍以上に膨れ上がり、膿《う》んだようなドス黒い色に変色している。

細胞の無秩序な増殖を制御できない彼の姿は、もはや人間の形を保っていない。限界を超えた風船が破裂するように、全身から腐汁《ふさわ》をぶちまけて男の身体《からだ》は弾《はじ》け飛《と》んだ。

死、というよりも消滅という言葉が相応しく思える、壮絶な最期《さいご》だった。

ヤヒロは身動きもできないまま、それを呆然《ぼうぜん》と眺めていた。

廃墟《はいきょ》化した大学構内に、再び静寂が戻ってくる。

背後に人の気配を感じて、ヤヒロはゆっくりと息を吐いた。刃《は》毀《こぼ》れしたナイフを鞘《さや》に戻して立ち上がる。

振り返ると二人の少女と目が合った。並べて見比べても本当によく似た二人だ。

「説明してくれるんだろうな？」

苛立《いらだ》ちを圧《お》し殺《ころ》した口調で、ヤヒロが訊《き》く。

「ええ、もちろん。私たちはそのために来たのですから」

青髪の少女はそう言って、口元だけの美しい笑みを浮かべた。

4

「待ちなさい、ジュリ。まずは罠《トラップ》がないか確認してから――」

「大丈夫だって。ほら、鍵も開けっぱだし。お邪魔しまーす。勝手に入るね」

案内したヤヒロが止める間もなく、オレンジ髪の少女が研究室の中に踏みこんだ。

生活臭が染《し》みついた部屋の中を見回して、おお、と彼女は興味深そうに目を丸くする。

「ねえねえ、鳴沢八尋《ナルサワヤヒロ》。これ、もらっていい？　美味《おい》しそう！」

ヤヒロが夕食用に準備していた缶詰を、オレンジ髪の少女が興味津々《きょうみしんしん》の表情でのぞきこむ。

やきとり缶。タレ味。たしかに日本人以外にとっては物珍しい食べ物かもしれない。

「好きにしろよ」

ヤヒロは投げやりな口調で言って、アウトドア用のフォークを彼女に渡してやる。

「あと、俺のことはヤヒロでいい。苗字《みようじ》は要らない」

「そっか。じゃあ、あたしのこともジュリでいいよ。ろーちゃんはろーちゃんね」

「……せめてロゼでお願いします」

青髪の少女が溜息《ためいき》を漏らしつつ、不本意そうな声で訂正した。ジュリとロゼ。この二人の姉妹の関係が、その短いやりとりでなんとなく察せられる。

「我々はギャルリー・ベリト——商人です」

警戒を続けるヤヒロに向かって、ロゼが名乗った。

ヤヒロは小さく眉をひそめる。ギャルリーとはフランス語で画廊という意味だったはずだ。

「ギャルリー……美術商《アートディーラー》か」

「そうですね。少なくとも表向きは」

「表向きは……ね」

正直だな、とヤヒロは思わず失笑した。要するに彼女たちはエドの同類。日本国内に残された骨董《こっとう》や美術品を海外に売《う》り捌《さば》く、後ろ暗い仕事をしているのだろう。

そういうことなら、彼女たちが二十三区に入りこみ、ヤヒロに会いに来た理由もわかる。

「私はロゼッタ・ベリト。そちらの美人で可愛《かわい》らしいのが双子の姉のジュリエッタ。あなたに会いに来たのは商品の回収を依頼するためです。二十三区をよく知る回収屋のあなたに」

「いや、美人で可愛《かわい》らしい、って……」

おまえも同じ顔だろう、と突っこみたくなる気持ちを抑えて、ヤヒロは息を吐いた。

「商品の回収？」

「はい」

「どうして俺なんかに依頼する？　回収屋はほかにもたくさんいるだろ？」

「理由のひとつは、あなたが日本人の生き残りだからです。我々が求める商品を手に入れるためには、日本人の力を借りるべきだと考えました」

「日本語のなぞなぞでも解けばいいのか？」

ヤヒロが胡乱《うろん》な目つきで青髪の少女――ロゼッタを見返した。

国民のほとんどが死に絶えた時点で、日本という国家は消滅した。伝統文化や言語は断絶し、残された工芸品や文化財は国外に流出する一方だ。日本人という存在には、今や絶滅危惧種という以上の価値はない。

そんな状態で、あえてヤヒロの協力が必要な場面があるとすれば、日本人にしかわからない特殊な暗号を解くことくらいしか思いつかなかった。

「へー……得意なんだ。なぞなぞ。すごーい！」

オレンジ髪の少女――ジュリエッタが、キラキラと目を輝かせながらヤヒロを見つめてくる。

彼女の予想外の反応に、ヤヒロは気まずい気分になって、

「べつに得意じゃねえよ。言ってみただけだ」

「えー……なんだよもう。つまんない」

ぷう、と拗《す》ねた子どものように頬を膨らませるジュリ。

ヤヒロはそれを無視してロゼに向き直る。

「俺に依頼するもうひとつの理由は？」

ふ、とロゼが意地悪く微笑《ほほえ》んだ。

彼女の瞳は、ヤヒロのシャツの胸の裂け目を静かに見据えていた。F剤《エフメド》とやらを使って怪物化した男に斬り裂かれた場所だ。その下に残されているはずの傷口は、跡形もなく消えている。

「あなたが不死身の存在だからです――〝不死者《ラザルス》〟鳴沢八尋《ナルサワヤヒロ》」

「っ⁉」

不意打ちに似た彼女の言葉に、ヤヒロが反射的に息を呑《の》む。

ヤヒロは咄嗟《とっさ》に無反応を装《よそお》うとしたが、手遅れなのは明白だった。

無条件に信じられる同胞《なかま》や後ろ盾を持たないヤヒロにとって、不死の肉体は唯一の武器だ。ヤヒロを殺したと確信した瞬間、敵には確実に油断が生じる。その瞬間がヤヒロにとっては最大の逆襲のチャンスになる。それは敵が魍獣《もうじゅう》でも人間でも同じことだ。そうやって自分よりも格上の強者の裏をかき、ヤヒロはこれまで生き延びてきた。

しかし秘密を知られてしまえば、武器としての効果は半減する。

だからヤヒロは、これまで自分の正体を隠し続けてきた。

付き合いの長いエドですら、ヤヒロの肉体の秘密は知らない。呪われた不死身の日本人がいるという噂《うわさ》が冗談まじりに囁《ささや》かれることがあっても、本気で信じている者はいないはずだ。しかしロゼの声音《こわね》には、ヤヒロが不死身だということを確信している響きがあった。

「ラザ……ルス……？」

ヤヒロは、彼女の言葉を繰り返す。

聞き覚えのない単語。しかし奇妙に気になる響きだった。

「ゲルマン神話の英雄ジークフリートは、龍を殺し、その血を浴びて不死の肉体を手に入れたそうですが……あなたはどうやって不死者《ラザルス》になったんでしょうか」

ロゼがかすかに首を傾《かし》げた。

彼女が何気なく口にした龍殺しの逸話に、ヤヒロの頬が引《ひ》き攣《つ》った。

そんなヤヒロを愉快そうに見返して、ロゼがすっと目を細める。

「ぜひ聞かせて欲しいものですね、ヤヒロ」

5

「美味《おい》しいねえ、これ。お酒と合いそう。ワインはないの？」

張り詰めた空気を破ったのは、ジュリだった。やきとりを口に頬張ったまま、彼女はヤヒロに向かってマイペースで訊《き》いてくる。

「ねえよ、そんなもん。ていうか、おまえ、未成年だろ。水でも飲んでろ」

ヤヒロがミネラルウォーターのボトルをジュリに放った。非常用として大学に備蓄されていた飲料水だ。ヤヒロ一人ではどうやっても飲みきれないほど今も大量に余っている。

ジュリは文句も言わずにそれを受け取って、なぜか得意げに胸を張った。

「ぶっぶー、残念でした。あたしの国では十六歳から飲酒可能だもんね」

「おまえの国ってどこだよ?」

「どこだっけ、ろーちゃん?」

「ベルギーです。便宜上、国籍を置いているだけですが」

ロゼが淡々と説明した。常に無表情なロゼだが、姉を見るときの眼差《まなざ》しは優しい。ジュリの間抜けな質問にも、不満な顔ひとつせずに丁寧に答えている。

「それで、不死者《ラザルス》ってのは、どういう意味なんだ?」

緊張感の削《そ》げ落ちた表情で、ヤヒロはロゼに訊《き》き直した。

「死から復活した者の比喩として、我々が便宜的に使っている呼称です。特に意味はありません。ヨハネによる福音書――新約聖書を読んだことは?」

「ねえよ」

「あたしもない」

ロゼに訊《き》かれて、ヤヒロとジュリが首を振る。

まさかの姉の発言に、ロゼは一瞬、酸《す》っぱいものを噛《か》んだような表情を浮かべた。それから彼女は、ふっ、と愉快そうに息を漏らして、

「自分が不死身ということは否定しないのですね」

「知っててここに来たんだろ」

ヤヒロが渋面で言い返す。理由はわからないが、ロゼはヤヒロの不死性を確信している。今さら取り繕ったところで無駄だろう、と判断したのだ。

「残念だなー。否定してくれたら、今ここできみの喉を掻《か》き切って、それでも死なないか確かめられたのに」

やきとりを美味《おい》しそうに頬張ったジュリが、握っていたフォークの先端を、不意にヤヒロに向けた。その瞬間、ヤヒロの背筋を冷たい感触が走り抜けた。

ジュリが完全に動作を終えるまで、ヤヒロはまったく反応できなかった。

もしも彼女が本気だったら、ヤヒロはすでに一度死んでいる。だが、それをあえて悟らせたということは、ジュリは、少なくとも今はヤヒロと敵対するつもりはないのだろう。

勝手にそう解釈して、ヤヒロはロゼに質問を続ける。

「俺の身体《からだ》のことを誰に聞いた？」

「〝九曜真鋼《くようまさかね》〟の回収任務——あなたを監視していた傭兵《ようへい》は、私たちの部下でした」

ロゼが抑揚の乏しい口調で言った。

ヤヒロは、動揺を隠しきれずに小さくうめいた。

見張りとして勝手についてきた二人の傭兵《ようへい》は、日本人をあからさまに見下したいけ好かない連中だったが、それでも彼らを死なせてしまったことに、ヤヒロは罪悪感を憶《おぼ》えていたのだ。

「今日の仕事の依頼主はあんたたちだったのか……」

「彼らに持たせた無人機《ドローン》が、あなたと魍獣《もうじゅう》の戦闘の様子をとらえていました。即死級の傷を負ったあなたの肉体が、ごく短時間で再生する姿も」

ロゼは、ヤヒロの反応を興味深そうに観察している。

一方のジュリは、食べ終えてしまったやきとりの缶詰を名残惜しそうに眺めながら、

「ヤヒロに会うのを楽しみにしてたんだよね。どんなヤバい現場からでも帰ってくる呪われた日本人の回収屋がいるって噂《うわさ》を聞いたから」

「その呪われた日本人に、なにを回収させるつもりだよ？」

ヤヒロが無愛想に訊《き》き返《かえ》した。ロゼの返事は短かった。

「クシナダを」

「……クシナダ？」

「古事記を読んだことは？」

「義務教育の途中で国を滅ぼされた人間に、ハイレベルな教養を期待しないでくれ」

　ヤヒロはふて腐れたように目を逸《そ》らす。聖書ならともかく、日本の文献についての知識でも外国人の彼女に負けていることには、若干の屈辱を覚えずにはいられない。

　大殺戮《ジェイノサイド》が始まったのは四年前。ヤヒロが中学一年生のときだ。

　それ以来、ヤヒロはたった一人で取り残されて生きてきた。当然、まともな教育など望むべくもない。焼け残った書籍などの自習用の教材には事欠かなかったが、語学や電気工作などの実用的な技術を習得するのが最優先で、歴史書にまで手を伸ばす余裕は皆無だった。

「だけど、その名前は知ってる。日本神話の女神だよな」

「そうですね。八岐大蛇《やまたのおろち》——八つの頭を持つ龍《エイト・ヘッデイッド・ドラゴン》の生贄《いけにえ》に選ばれた巫女《みこ》の少女です」

「龍の生贄《いけにえ》……か……」

　ヤヒロが無自覚に頬を強張《こわば》らせる。

　ロゼは斜めに切りそろえた前髪を揺らして、意味ありげにうなずいた。

「二十三区が隔離地帯に指定されている理由は知っていますね？」

「魍獣《もうじゅう》がうろついてるからだろ」

「ええ。二十三区内の魍獣《もうじゅう》出現率は、それ以外のエリアの九十倍以上。同じく出現率が高いとされるキョウトやナラと比較しても十倍近い数値です」

「おまけにヤバい個体が多いんだよね。たった一匹の魍獣《もうじゅう》相手に、正規軍の装甲部隊が壊滅させられた、なんて話も昔はよくあったし」

ジュリがにこやかに微笑《ほほえ》みながら物騒な事実を指摘する。

昔——といっても、それはほんの三、四年前の出来事だ。かつての首都である東京を制圧するために、各国の主力部隊は我先にと二十三区に殺到し、そして多大な被害を出した。

その結果、二十三区の区境は封鎖され、どの勢力にも属さない隔離地帯に指定されたのだ。

「あんたら、それを知ってて二十三区《ここ》に入ってきたのか。いい度胸してるな」

ヤヒロが、呆《あき》れたように溜息《ためいき》をついた。小柄な少女二人が護衛もつけずに、魍獣《もうじゅう》のひしめく二十三区に踏みこんでくるなど、およそ正気の沙汰ではない。

しかしジュリは、なぜか嬉《うれ》しそうに声を弾ませて、

「やったね、ろーちゃん！　褒められたよ！」

「褒めてねえよ！」

「たしかに二十三区の末端にあるこの付近でも、よその地域の基準に照らせば十分に危険な場所ですが、私とジュリなら問題なく切り抜けられると判断しました」

皮肉を受け流されて顔をしかめるヤヒロに、ロゼが冷静に主張する。

「それでも私たちだけで、ここよりも奥に侵入するつもりはありません。二十三区の中心部に近づくほど、出現する魍獣《もうじゅう》は危険度を増していく。そうですね？」

「ああ」

ヤヒロは素っ気なくうなずいた。

同じ二十三区内でも、多摩《たま》地区に近い旧・杉並《すぎなみ》区や旧・練馬《ねりま》区、あるいは神奈川《かながわ》県に面した旧・世田谷《せたがや》区や旧・大田《おおた》区は、魍獣《もうじゅう》の出現率がやや低い。緩衝地帯と呼ばれている埼玉《さいたま》県南部や千葉《ちば》県西部の、せいぜい十五、六倍程度といったところだ。

一方、都心部近くになると、魍獣《もうじゅう》出現率は百倍以上に跳ね上がる。

ヤヒロのような回収屋でも、山手線《やまのてせん》の内側には滅多に侵入しようとしない。どれだけ割のいい依頼があっても、だ。東京駅を見て生きて帰った者はいない、というのは誇張された噂話《うわさばなし》ではなく、限りなく真実に近かった。ヤヒロはそれをよく知っている。

「あなたに会いに来たのはそれが理由です、鳴沢八尋《ナルサワヤヒロ》」

「は？」

「旧・文京《ぶんきょう》区、東京ドーム跡地周辺に、組織的な社会生活を営む魍獣《もうじゅう》の集団が確認されました。複数の異なる種族で群れを作り、支配地域を広げているようです」

「魍獣《もうじゅう》が……群れを作った？　種類の違う魍獣《もうじゅう》同士が一緒に暮らしてるっていうのか？」

あり得ないだろ、とヤヒロは呆然《ぼうぜん》と首を振った。

魍獣《もうじゅう》とは、それぞれの個体が自然界の法則から外れた、分類不能の怪物たちだ。

群体タイプの一部を除けば、同じ種族の魍獣《もうじゅう》が同時に出現することさえ滅多にない。魍獣《もうじゅう》が大規模な群れを作るという話は聞いたことがないし、異種族の群れともなれば尚更《なおさら》だ。

しかしロゼは、平然と続ける。

「その集団には、群れを統率するリーダーが存在するようです」

「クシナダってのは、そのリーダーの名前か……」

「そうです」

青髪の少女が、ヤヒロの言葉を肯定した。なるほど、とヤヒロは唇を引き結ぶ。

ロゼの話が事実なら、クシナダと呼ばれる個体には、間違いなく莫大《ばくだい》な価値がある。商人を自称する彼女たちが、興味を示すのも納得だ。

「クシナダが、どのような手段で魍獣《もうじゅう》たちを従えているのかはわかりません。ですが、その方法が解析できれば、魍獣《もうじゅう》の制御技術の確立につながる可能性があります」

「人類が魍獣《もうじゅう》を支配できるようにしようってのか。それはいい金になりそうだな」

ヤヒロが皮肉めかした口調で言い放つ。しかしロゼは、ヤヒロの言葉を否定しなかった。

「逆にこの事態を放置すると、いずれクシナダに統率された魍獣《もうじゅう》の群れが、人類の脅威となるかもしれません」

「人類の脅威……か」

ヤヒロは小さく鼻を鳴らした。ロゼの考えを杞憂《きゆう》とは思わなかった。

魍獣《もうじゅう》は危険な怪物だ。それでも彼らが人類全体に対する脅威となっていないのは、常に単独でしか出現しないという、魍獣《もうじゅう》の性質による部分が大きい。魍獣《もうじゅう》の棲息域《なわばり》にさえ踏みこまなければ、彼らのほうから積極的に人間を襲ってくることは少なかった。だから国連は二十三区を封鎖し、それで満足したのである。

しかし、魍獣《もうじゅう》が群れを形成するとなると話は変わってくる。

魍獣《もうじゅう》同士で争うことがなくなれば、当然、彼らの絶対数は増える。

既存の生物と同じように魍獣《もうじゅう》が食事をするかどうかは確認されていない。だが、彼らの餌が不足する事態が起きないという保証はどこにもなかった。

二十三区内で餌が不足すれば、彼らが外部に獲物を求めるのは火を見るより明らかだ。

そして彼らが海を渡り、他国を脅《おびや》かす可能性もゼロではない。

そうなる前にクシナダを捕獲する。理屈としてはおかしくない。クシナダの能力が金になるとわかっているなら、尚更《なおさら》、動機としては十分だろう。

「まさか、俺に、そのクシナダとやらを回収してこいって言うんじゃないだろうな？」

「できるの？」

警戒心を露《あらわ》に訊《き》き返すヤヒロを、ジュリが期待に満ちた表情で見上げた。

「できるわけないだろ。旧・山手線《やまのてせん》の内側は、ただでさえヤバい魍獣《もうじゅう》がウヨウヨしてるんだ。俺一人でそいつら全部を相手してられるかよ」

「だよねえ」

双子の姉が落胆したように肩をすくめる。

「私たちもあなた一人にクシナダの回収を任せるつもりはありません」

双子の妹が、生真面目な口調で言った。

「二日後に大手の軍事企業〝ライマット〟が主体となって、クシナダ捕獲作戦が決行されます。我々ギャルリー・ベリトも、その作戦に参加する予定です。ですから──」

「ヤヒロには、道案内をお願いしたいんだよね」

ロゼの説明を途中で遮って、ジュリが悪戯《いたずら》っぽく笑いながら続ける。

「道案内？」

ヤヒロは眉間にしわを刻んだ。道案内は回収屋の仕事ではない。GPSや無人機《ドローン》を好きに使える彼女たちに、道案内が必要とも思えない。

そんなヤヒロの疑念を見透かしたように、ロゼは小さく首を振り、

「クシナダの捕獲は、ライマットに雇われた民間軍事会社四社の共同作戦です。互いに協力するという前提ですが、指揮系統は独立しており、各社の部隊は独自の判断で行動します」

「要するにね、クシナダを手に入れるのは早い者勝ちってこと」

猫を思わせるジュリの大きな瞳に、好戦的な光が浮かんだ。

共同作戦とはいっても、実際に参加するのは民間軍事会社の社員や請負人《コントラクター》たちだ。彼らにとっては所属する会社や雇い主の利益が最優先であり、そのためならば同盟相手を出し抜くことも辞さない、ということなのだろう。

「二十三区への侵入経験の多いあなたは、魍獣《もうじゅう》との遭遇率の低い安全なルートを知っているは

ずです。魍獣《もうじゅう》の性質や弱点についても熟知しているはず。その知識を使って、私たちの部隊をクシナダの縄張りまで案内してください。他社の部隊より早く」

ロゼが、ようやく本来の目的を明らかにする。

回収屋としての実績に加えて、日本人であるヤヒロは、大殺戮《ジェイノサイド》以前の東京の地理にも詳しい。日本語で書かれた標識や看板など、他国の人間が見落としてしまいそうな情報もフルに活用できる。案内役として、ヤヒロ以上の適任者はいないだろう。

ヤヒロに会いに来たロゼたちが、民間軍事会社の戦闘員《オペレーター》に襲われた理由もこれでわかった。ギャルリー・ベリトが有能な案内役を手に入れるのを、競合他社は嫌ったのだ。

逆にロゼたちが今夜ここに来なければ、ヤヒロはなにも知らないまま、彼らに殺されていた可能性もある。だが――

「悪いが、断らせてもらう。俺は他人の命にまで責任は持てない」

ヤヒロは、きっぱりとロゼの依頼を拒絶した。

「あんたたちも、昼間の連中の雇い主だったのならわかってるだろ。俺はたまたま死ににくい体質ってだけで、他人を魍獣《もうじゅう》から守ってやれるほど強くない。あんたたちを二十三区の中心部まで無事に連れて行ってやるなんて無責任な約束はできねーよ」

「死んだ二人のことなら、気にしないでください。あなたの指示を無視して魍獣《もうじゅう》を舐《な》めてかかったのは、彼ら自身の落ち度です」

ロゼが平坦《へいたん》な口調で言った。ヤヒロを庇《かば》ったつもりにしても、冷淡で非情な発言だ。

そんな妹をフォローしようと思ったのか、ジュリが頬杖《ほおづえ》を突きながら苦笑する。

「べつにヤヒロにくっついてなくていいって言っといたんだけどねー……二十三区に残ってたお宝を見つけて欲を掻《か》いちゃうから」

「私たちの生死にも、責任を感じてもらう必要はありません。危なくなったら、一人で逃げてもらって結構。ですが、あなたが案内を引き受けてくれなければ、私たちの生還率がいくらか低下するのは間違いないでしょうね」

ロゼが他人事《ひとごと》のように淡々と告げる。

ヤヒロは気圧《けお》されたように声を詰まらせた。

青髪の少女の言葉は事実だ。ヤヒロは魍獣《もうじゅう》から彼女たちを守れるほど強くはないが、安全な経路《ルート》を教えることはできる。わずかだが彼女たちの生還率を上げられる。

それでも、彼女たちの作戦が無謀であることに変わりはない。一万分の一の生還率が二倍や三倍になったところで、なにか意味があるとは思えなかった。

「なにを言われても同じだ。そんなヤバい仕事を受ける気はない」

ヤヒロは強い口調で言い切った。そうやって拒絶することで、彼女たちが、クシナダ捕獲を諦めてくれればいい、と密《ひそ》かに思う。

しかしロゼの返答は、ヤヒロの想定外のものだった。

「あなたへの報酬が、鳴沢珠依《ナルサワスイ》に関する情報だとしても、ですか？」

「なん……だと？」

ヤヒロは、ぞくり、と全身の血液が逆流するような感覚を味わった。

喉が強張《こわば》り、呼吸を忘れる。ロゼが何気なく口にしたのは、四年前のあの日から、ヤヒロが一日たりとも忘れたことのない肉親の名前だった。

「あなたが二十三区から離れようとしないのは、妹さんを捜すためだと聞いています。回収屋の仕事で稼いだ金の大半を、彼女の情報を集めるために注《つ》ぎこんでいることも――」

「珠依《スイ》がどこにいるのか知っているのか……？」

ヤヒロがロゼに詰め寄った。ロゼは曖昧に首を振る。

「さあ、どうでしょうか？」

「答えろ――！」

冷ややかに微笑《ほほえ》むロゼの胸ぐらを、ヤヒロは乱暴につかみ上げようとした。

だが、その瞬間、ヤヒロの視界がぐるりと回転し、凄《すさ》まじい激痛が肩を襲ってくる。

「――っ!?」

「駄目だよ、ヤヒロ。その質問の答えは、道案内の報酬だから」

床に叩《たた》きつけられたヤヒロの頭上から、ジュリの楽しげな声がした。

ヤヒロには、なにが起きたのかわからない。かろうじて理解できたのは、ジュリがヤヒロを軽々と投げ飛ばし、そのまま組み伏せているということだけだ。

「離……せっ！」

ヤヒロは、どうにかジュリを振りほどこうと抵抗するが、彼女に極《き》められた右肩の関節が軋《きし》みを増しただけだった。むしろヤヒロが暴れれば暴れただけ、ジュリはヤヒロを押さえつけている。

「ろーちゃんの言ったとおりだね。小柄な身体《からだ》からは信じられないほどの力で、ジュリはヤヒロを押さえつけている。

「ろーちゃんの言ったとおりだね。不死者《ラザルス》の再生能力は、負傷したときにしか発動しない。関節を外しても肉体が欠損したわけじゃないから、勝手に脱臼が治ったりはしないんだ」

「おまえ……らっ……！」

「あ……ちょっと、当たってる！　どうしよう、ろーちゃん。ヤヒロに思いっきりおっぱい触られちゃってるんだけど……！」

「おまえが勝手に押しつけてきてるんだろうがっ！」

思いがけない非難を浴びて、ヤヒロが必死に反論した。

ジュリが背後から関節技を仕掛けているせいで、ヤヒロの右腕は彼女の胸にがっつり押し当てられる形になっている。肩の激痛を差し引いても、その柔らかな弾力ははっきり感じられて、ヤヒロはこれ以上、迂闊《うかつ》に動けない。

「それくらいは大目に見てあげてください、ジュリ。女の子のおっぱいに触れるような幸運、これまでの彼の人生とは無縁だったのですから――」

ロゼが、どことなく不機嫌な声で言う。背格好も顔立ちも瓜二つ《うりふた》の彼女たち姉妹だが、唯一明らかな違いがあるとすれば、それは胸元のボリュームだった。

ジュリは小柄ながらなかなかの膨らみの持ち主で、一方のロゼは見事なまでに華奢《きやしゃ》でフラットだ。そのせいか、おっぱいの話題になってからのロゼの視線が、やけに刺々《とげとげ》しく冷ややかに感じられた。その視線が自分に向けられているのは、さすがに理不尽だろ、とヤヒロは思う。

「これで理解していただけましたか？　私たちの安全については心配無用です」

ロゼが大きく溜息《ためいき》をつきながら、ヤヒロを解放するように、と姉に目配せした。

背中にかかっていた圧力が不意に消え、ヤヒロの身体《からだ》が自由になる。右肩を押さえて立ち上がると、悪びれもせずにソファに座って、にひひ、と笑うジュリと目が合った。

たしかに認めざるを得なかった。少なくとも格闘技の実力では、ジュリはヤヒロよりも遥《はる》かに上だ。ヤヒロが彼女たちを守る必要はないし、彼女たちもそれを望んではいない。

「クシナダの棲処《すみか》までの道案内、引き受けていただけますね？」

ロゼがあらためて尋ねてくる。ヤヒロは彼女を睨《にら》み返して、静かに訊《き》いた。

「本当に……珠依《スイ》の情報を持ってるんだな？」

「はい」

「もしそれが嘘《うそ》なら、俺は死ぬまでおまえらの敵に回るぞ」

「不死者《ラザルス》のあなたが口にすると、なかなか効果的な脅し文句ですね」

ロゼは微塵《みじん》も怯《おび》えることなく微笑《ほほえ》んだ。胸元から取り出した一枚の写真をヤヒロに放る。

「これは？」

ヤヒロは、床に落ちる寸前にその写真を受け取った。盗撮用のカメラのようなものを使って、こっそり撮影したデータをプリントアウトしたものらしい。

「報酬の前払いです。あまり鮮明な映像ではありませんが」

ロゼが微妙にはぐらかした答えを返してくる。それ以上の説明をする気はないらしい。

ヤヒロは、受け取った写真を裏返して印刷面を見た。

撮影した場所が暗かったのか、画質が粗い。

写っていたのは、窓のない地下室に置かれた患者搬送用ストレッチャーだ。棺桶《かんおけ》に似た不吉なデザインのストレッチャーには、無数のチューブに繋《つな》がれた少女が銀色の鎖で固定されている。人形のように――あるいは死体のように眠り続けている東洋人の少女。

その少女の名前を、ヤヒロは知っていた。

「珠依《スイ》……」

ヤヒロの口から呟《つぶや》きが漏れた。

目を見開いて、喰《く》い入《い》るように写真を見つめる。日付はどこにも書かれていない。それでもヤヒロにはわかる。この写真は比較的最近、おそらく一年以内に撮られたものだ。

「あなたの妹さんは——鳴沢珠依《ナルサワスイ》は生きています。今は、まだ」

ロゼが無感動な口調で告げた。

ヤヒロはなにも答えずに、写真に写る妹の姿を呆然《ぼうぜん》と見つめ続けていた。

第二幕　クシナダ・ハンティング

THE HOLLOW REGALIA

CHAPTER. 2

1

『──わおーん！　おはようございます！　伊呂波《いろは》わおんです』

『今日も見に来てくれてありがとう。この時間の都内の天気は快晴。今日も朝から暑いです』

『そして、本日は！　なんと、わおんの十七回目の誕生日でした！　わー、どんどんぱふぱふ！　おめでとうわたしえらいぞわたし！　というわけで、本日はケーキを焼きます！　といっても、ホットケーキミックスで作る簡単カップケーキなんですけどね……！』

†

クシナダ捕獲作戦に参加する部隊の集合場所は、川口《かわぐち》駅の跡地に近い荒川《あらかわ》の河川敷《かせんじき》だった。

大殺戮《ジェイノサイド》における破壊を免《まぬが》れた新荒川大橋《しんあらかわおおはし》を渡って、旧・北《きた》区方面から二十三区に侵入。国道一二二号線から白山《はくさん》通りを使って目的地に至るという計画だ。

美術商というのは表向きの肩書きで、ギャルリー・ベリトの実体は武器商人に近いものらしい。画廊《ギャルリー》を名乗っているのは、単に国境を越えた兵器の輸送や代金の受け渡しに便利だから、なのだろう。

そして美術品警備の名目で、彼らは独自の民間軍事会社を保有している。ヤヒロが合流した時点で、現地にはすでに数台の装甲兵員輸送車と非装甲《ソフトスキン》の武装《ガン》トラックが集結しており、物騒な雰囲気を漂わせていた。

そんな中、どこか場違いな美少女が、目ざとくヤヒロを見つけて飛び跳ねながら両手を振る。オレンジメッシュの髪の小柄な娘だった。

「あー、来た来た。ヤヒロー、こっちー！」

ジュリエッタ・ベリトの大声が引き金となって、周囲の視線が一斉にヤヒロに降り注ぐ。

ヤヒロは仏頂面《ぶっちょうづら》になりながら、渋々と彼女のほうへと近づいた。

ジュリを囲んでいるのは、ギャルリー所属の戦闘員《オペレーター》たちだ。

彼らは厳密には兵士ではないので、正確には請負人《コントラクター》と呼ぶべきなのかもしれない。民間軍事会社の社員は迷彩服などの軍服を着ることが許されていないため、彼らはマウンテンパーカーに似た独自の制服を着用していた。

白と黄色を基調にした、無駄にスタイリッシュな制服だ。

特殊な素材で作られた布地は真夏でも涼しく、高い防水性を透湿性を持っている。

さらには着用者を保護する防弾機能と、それによって増加した重量を支えるパワーアシスト機能も内蔵されていた。おそらく一着で数千ドルはくだらないはずだ。

派手で高価で高機能。いちいちヤヒロの癪《しゃく》に障《さわ》る制服である。

そしてなによりも苛立《いらだ》たしいのは、ヤヒロ自身が同じ制服を着せられていることだった。

「服のサイズは問題なかったようですね」

兵員輸送車から降りてきたロゼが、不愛想な顔のヤヒロに話しかけてくる。

彼女が着ているのも、ヤヒロたちと同じ制服だ。ただし細部がだいぶアレンジされていた。ボトムがスリット入りのミニスカートになっており、肩や腰回りの露出度が大胆に増している。

格闘の得意なジュリに合わせて、防弾性能よりも動きやすさを重視したのかもしれない。あるいは単に暑苦しいのを嫌っただけかもしれないが。

「サイズは、まあいいんだが、この重さはどうにかならないか？」

制服の胸元に手を当てながら、ヤヒロが不満を口にした。

胸部に内蔵された防弾プレートは、新素材で軽量化されているといってもそれなりに重く、身体《からだ》の動きを阻害する。

「パワーアシストがありますから、起動してしまえば重量を感じることはないはずですが」

「余計な荷物を抱えてることには変わりないだろ。もともと俺には要らない装備だしな」

不死者《ラザルス》であるヤヒロにとって、銃によるダメージは脅威ではない。そもそも魍獣《もうじゅう》相手では防弾プレートなど気休めにもならないのだから、どう考えても重くて邪魔なだけの無意味な装備だ。

「二十三区に入ったら、その服は脱いでも構いません。ですが、それまでは着ておいたほうがいいと思いますよ。あなたは自分で思っているよりも有名人ですから」

ロゼがはぐらかすような口調で言った。

どういう意味だ、とヤヒロは眉を寄せる。しかしロゼの発言の真意を問《と》い質《ただ》す前に、誰かがヤヒロの腕を強く引っ張った。

「ヤヒロヤヒロ、これあげる」

馴《な》れ馴《な》れしくヤヒロにしがみつきながら、ジュリが密閉された封筒を押しつけてくる。板チョコほどのサイズの厚みのある封筒。覆っているのは、高級洋菓子店の包装紙だ。

「なんだ、これ？」

「お菓子だよ。おなかすいたら食べてね」

「そんな余裕があればいいけどな」

邪魔になるような大きさでもなく、突き返す理由もなかったので、ヤヒロはありがたく菓子包みを受け取った。無造作にレッグバッグのポケットに放りこむ。

一方でヤヒロは、周囲の警戒を怠ってはいなかった。

ギャルリー・ベリトという組織において、この双子がどういう立場にいるのかはわからない。だが、彼女たちが連れてきた得体の知れない案内人を、ギャルリーの戦闘員《オペレーター》がすんなり受け入れくれるとは思えない。そんな幸せな想像ができるほど、ヤヒロは平和な世界で生きてはこなかった。

多少の嫌がらせで済めば御《おん》の字《じ》で、最悪の場合、いきなり銃弾が飛んでくる可能性もゼロとは言い切れない。どれだけ警戒してもやり過ぎということはないはずだ。

「――よぉ、日本人。おまえが姫さんとお嬢が連れてきた案内人か」

不躾《ぶしつけ》な視線をヤヒロに向けながら、戦闘員《オペレーター》の一人が砕けた英語で尋ねてくる。鶏冠のように逆立てた金髪が印象的な、若い白人男性だ。

そして彼は、出し抜けに右手を突き出した。握手を求める姿勢だった。ニヤリと笑うと、悪ガキめいた人懐《ひとなつ》こい顔つきに変わる。

「俺はジョッシュだ。ジョッシュ・キーガン。んで、そっちのでかいがパオラ・レゼンテ」

「……でかく、ない……ジョッシュの脚が短いだけ……」

褐色の肌の女性戦闘員《オペレーター》が、ぼそり、と言った。

短くねえよ、とムキになって言い返すジョッシュ。白人としては比較的小柄な彼は、モデルのような長身のパオラと並ぶと、明らかに腰の高さが違う。

「きみがヤヒロだね。魏洋《ウェイヤン》だ。僕たち三人が二十三区に入る特殊部隊の班長ってことになってる。よろしく頼むよ」

最後に握手を求めてきたのは、端整な顔立ちの東洋人だった。

ジョッシュやパオラよりは年上のようだが、それでも三十歳にはなっていないだろう。

ほかの戦闘員《オペレーター》たちの年齢も彼と似たようなものだった。この部隊の平均年齢は、ヤヒロが想像していたよりもずいぶん若い。

「……報酬分の仕事はする。それ以上は期待しないでくれ」

ヤヒロがぎこちなく挨拶を返す。悪意の感じられない魏《ウェイ》たちの笑顔に、ヤヒロは居心地の悪い気分を覚えていた。

大殺戮《ジェイノサイド》の開始とともに、日本人は抹殺と憎悪《ぞうお》の対象となり、大殺戮《ジェイノサイド》が終結したあとは、それが蔑みと嘲笑に変わった。回収屋としていいように利用されることはあっても、ヤヒロを対等の人間として見ようとする者はどこにもいなかった。

だから唐突にフレンドリーな態度をぶつけられると、ヤヒロは、どう対処すればいいのかわからない。気まぐれで他人の話を聞かないジュリや、雇い主としての立場を崩さないロゼは、ずいぶん付き合いやすい相手だったのだな、と今になって理解する。

「そうか、ヤヒロ。だが、作戦の前におまえにひとつ言っておくことがある。大事な話だ」

不意に目つきを鋭くしたジョッシュが、さりげなくヤヒロをロゼたちの死角に誘導する。

やれやれ、始まったか、とヤヒロは思った。新入りに対する通過儀礼。最初に一発かまして、自分の立場が上だと誇示するつもりなのかもしれない。よくある話だ。

しかしジョッシュの次の言葉は、ヤヒロにとっては意外なものだった。

「いいか、ヤヒロ。姫さんには惚《ほ》れるなよ」

「……は？　姫さん……って、ジュリのことか？」

「そうだ。惚《ほ》れてもいいが、間違っても手を出すな。絶対だ」

「はあ……」

あまりにも意外すぎて、一瞬、なにを言われたのか理解できなかった。

ジュリは姫。ロゼはお嬢。どうやらジョッシュの基準では、そういう分類になっているらしい。なんとなく理解できなくはない。しかし彼の警告の真意はさっぱりわからない。

「ギャルリーの戦闘員《オペレーター》は、みんなジュリのファンだからね。彼女に失礼な振る舞いがあったら、全員を敵に回すと思って欲しい。背中から撃たれても文句は言えない」

「大丈夫……そこまでするのは、ロゼだけ……だから」

魏《ウエイ》とパオラが大真面目な顔で補足する。なんだそれは、と絶句するヤヒロ。大事な話というからなにかと思えば、あまりの馬鹿馬鹿しさに目眩《めまい》がした。アイドルのファンクラブでもあるまいに、民間軍事会社の戦闘員《オペレーター》が、そんなアホな理由で職場を選ぶことがあり得るのか。おまけに、そんな横暴を率先して行っているのがロゼというのはどうなのか。薄々感じてはいたこ

GALERIE BERITH

とだが、双子の姉に対する彼女の愛情は重すぎる。

班長クラスの人間が真剣に警告してくるということは、過去によほどの出来事があったのだろう。大丈夫なのかこの組織——と、ヤヒロは本気で不安を覚えた。

2

作戦前のミーティングの内容は恐ろしくシンプルなものだった。

他の民間軍事会社に先んじてクシナダの棲息地《せいそくち》に到達し、目標を発見、捕獲する。以上。それだけだ。どのみち二十三区に入ってしまえば、魍獣《もうじゅう》の動きに合わせて逃げ回るしかないのだから、細かい方針など立てようがないのだった。

「クシナダ捕獲のためにギャルリーが用意した戦力は、二個分隊二十四名。そのうち半分は後方支援として待機し、二十三区内には一個分隊を派遣します」

河川敷《かせんじき》に張った天幕《タープ》の下で、ロゼが淡々と説明する。

「十二人、か……多いな」

ヤヒロが顔をしかめて呟《つぶや》いた。

同行者が増えれば、それだけ魍獣《もうじゅう》に気づかれる危険も増す。特殊部隊仕様の戦闘員《オペレーター》一個分隊は、魍獣《もうじゅう》の目を盗んで都心に辿《たど》り着《つ》くにはさすがに目立ち過ぎる。

とはいえ、クシナダ捕獲の手間を考えれば戦力が十分とも言《い》い難《がた》い。ヤヒロは、早くもこの仕事を投げ出したい気分になっていた。

「私たち二人とヤヒロを入れて十五人ですね」

ロゼがやんわりとヤヒロの言葉を訂正した。

ヤヒロは驚いて双子を凝視する。ジュリがそんなヤヒロを見上げて、なぜか両手でピースサインを作った。べつにおまえに見とれてたわけじゃねーよ、とヤヒロは渋面を浮かべて、

「あんたたちも作戦に参加するのか？」

「もちろんです。子どもを初めておつかいに出すとき、保護者はちゃんと陰から見守っているものですよ。それと同じです」

「いや、全然違うだろ！　おまえらがいつから俺の保護者になった⁉」

「……保護者に対するその態度……反抗期ですか？」

「よしよし。いい子いい子。保護者ですよー」

ロゼが真顔で小首を傾《かし》げ、ジュリがヤヒロの頭を撫《な》でてくる。

冗談とも本気とも見分けがつかない彼女たちの態度に、ヤヒロは、それ以上反論するのを諦めた。それよりもほかに優先して確認するべきことがある。

「それで、肝心のクシナダってやつの特徴は？　棲息地《なわばり》はわかってるって話だけど、どうやってほかの魍獣《もうじゅう》と見分ければいい？」

「遭遇すればすぐにわかります」

「どうしてそんなことが言い切れる？」

ヤヒロが疑いの眼差《まなざ》しでロゼを見た。

しかしロゼは質問に答えず、無言でヤヒロの背後に視線を移す。

部隊が集結している河川敷《かせんじき》に、大型の装輪装甲車が降りてくるところだった。

背面に大型の通信用アンテナを搭載した指揮通信車。側面に施されたマーキングは、ギャルリーとは異なる民間軍事会社のものだ。

停車した装甲車の背面から、武装した戦闘員《オペレーター》たちが降りてくる。軍服と差別化するためか、彼らが着ている制服は中世の騎士を連想させる華美なものである。

その中でもいっそう華やかな制服を着た男が、数人の戦闘員《オペレーター》を引き連れて、悠然とヤヒロたちのほうへと歩いてきた。絵画から抜け出してきたような美形の青年。二十代後半ほどの長身の男だ。

「ギャルリー・ベリトの諸君、作戦開始直前に失礼する。今回の作戦の出資者《スポンサー》であるライマット・インターナショナルの会長をお連れした。画廊《ギャルリー》の警備員ごときにも礼を尽くす、伯爵の温情に感謝していただきたい」

丁寧な、だが、嘲るような笑い含みの口調で青年が言った。上流階級特有の高慢《スノビッシュ》な発音《アクセント》だ。

「なんだぁ、てめえ……？」

男の言葉に真っ先に反応したのはジョッシュだった。ストレートな怒気を隠そうともせずに、声の主を睨《にら》みつける。

「待て、ジョッシュ。フィルマン・ラ・イールだ。RMS《ラムス》の総隊長だよ」

今にも男に殴りかかりそうなジョッシュを、魏《ウエイ》が慌てて制止した。

ヤヒロは無言で眉を寄せる。世間の事情に疎《うと》いヤヒロでも、RMS《ラムス》の名前は知っていた。

ライマット・ミリタリー・セキュリカ──世界有数の兵器メーカー、ライマット・インターナショナルが保有する民間軍事会社である。

彼らは大殺戮《ジエイノサイド》の初期に日本に進出し、現在も多くの都市で物資の運搬や治安維持の仕事を請け負っていた。大殺戮《ジエイノサイド》によってもっとも恩恵を受けた企業のひとつといえるだろう。

今回のクシナダ捕獲作戦を企画したのは、ライマット・インターナショナルだと聞いている。だとすれば、ライマット直営の子会社であるRMS《ラムス》が参加するのはむしろ当然のことだった。

「──少佐。ギャルリー・ベリトは、我々の呼びかけに応えてくれた貴重な連携企業だ。くれぐれも粗相のないようにな」

「失礼しました。伯爵」

姿勢を正した金髪の青年が、道を譲るように一歩後退した。

入れ替わるように前に出てきたのは、スーツを着た白髪《はくはつ》の男性だった。

姿勢がいいのでわかりづらいが、七十歳は超えているだろう。柔和な笑みを浮かべているが、眼光の鋭さは隠せていない。嫌な臭《にお》いのする男だ、とヤヒロは思った。銃の引き金を引いて自らの手を汚すのではなく、書類にサインをして数億人を殺す――そんなタイプの人間だ。

「……伯爵？」

「ライマット・インターナショナルの最高経営責任者、エクトル・ライマット伯爵です」

ヤヒロの無意識の呟《つぶや》きに、ロゼが律儀《りちぎ》に答えてくる。

伯爵と呼ばれた男はそんなロゼたちに向き直り、陽気な仕草で一礼した。

「おはよう《チャオ》、シニョリーナ・ベリト。あらためて今回の共同作戦への協力に感謝する」

「わざわざのご来訪いたみいります、伯爵――本日はどうぞお手柔らかに」

無言で作り物めいた笑みを浮かべる姉《ジュリ》の代わりに、妹《ロゼ》が慇懃《いんぎん》に答えた。

「こちらこそ、名高きベリト一族を雇い入れることが出来て光栄だよ」

伯爵が鷹揚《おうよう》にうなずいた。

低い地鳴りのようなエンジン音が響いてきたのは、その直後だった。

河川敷《かせんじき》に集まっているヤヒロたちの頭上――二十三区との境界に架かる新荒川大橋《しんあらかわおおはし》を、装甲戦闘車両《AFV》の一団が横切っていく。

兵員輸送車や装輪戦車など合わせて二十両以上。中隊規模の大戦力だ。

「あれは？」

「ランガパトナの装甲部隊だな」

ロゼの疑問に、伯爵が答える。その声に見下したような響きが籠もっていたのは、ヤヒロの気のせいではないだろう。

「歩兵戦闘車を一ダース揃《そろ》えたと豪語していたが、馬鹿な連中だ。装甲車のエンジン音など、魍獣《もうじゅう》どもを呼び寄せる目印にしかならんというのに――」

「それをわかってて行かせたのか？」

ヤヒロが咎《とが》めるような口調で呟《つぶや》いた。

伯爵は、なぜか興味深そうな視線をヤヒロに向けてくる。ヤヒロが他人の命を気遣うのが、意外だといわんばかりの表情だった。

「彼らがああやって魍獣《もうじゅう》を引きつけてくれれば、そのぶん私たちは安全に目的地に近づけます。そのための共同作戦。適材適所です」

ロゼが無感情な声で説明し、ヤヒロは無言で顔をしかめた。潤沢な戦力を持つライマットが、あえて共同作戦を提案してきた理由をようやく理解する。

伯爵は端《はな》から提携企業の戦力を、囮《おとり》として使い潰すつもりだったのだ。ギャルリーはそれを理解した上で、彼らを出し抜こうと考えている。狡猾《こうかつ》な狐《きつね》と狸《たぬき》の化かし合い。人の命を賭け金《チップ》にした、悪質な勝負事《ゲーム》に彼らは興じている。

「さすがはシニョリーナ・ベリト、よくおわかりだ」

伯爵が満足げにうなずいた。ロゼたちに自分の計画を見抜かれてなお、彼には平然と笑っているだけの余裕があった。

「その点、少数精鋭の特殊部隊を編制したギャルリー・ベリトは流石《さすが》だな。優秀な案内人も雇ったと聞いている」

伯爵がヤヒロに視線を向けた。

彼は最初からヤヒロの素性に気づいていた。むしろ、ヤヒロに会うためにここに来たのだと、今になって直感する。だがヤヒロには、彼が自分に興味を持つ理由がわからない。

戸惑うヤヒロを検分するかのように見つめたまま、伯爵が彼の部下に問いかけた。

「二十三区に出入りする回収屋に、呪われた日本人の生き残りがいると噂《うわさ》になっていたが――ひとつ試してみたいとは思わないかね、少佐」

「同感です、伯爵」

フィルマンが無造作に右手を挙げた。その手に握られていたのは拳銃だった。趣味の悪い彫刻《エングレービング》を施した年代物の自動拳銃《オートマチック》だ。

「失礼する、少年」

「――っ⁉」

胸部に凄《すさ》まじい衝撃を感じて、ヤヒロは後方へと吹き飛んだ。一瞬遅れて銃声を認識。ヤヒロは自分がフィルマンに撃たれたのだと気づく。

「ヤヒロ⁉」

「ラ・イール！ てめえっ！」

パオラとジョッシュが同時に動いた。

自分の拳銃を抜いたパオラがＲＭＳ《ラムス》の戦闘員《オペレーター》たちを牽制《けんせい》し、その隙にジョッシュが猛然とフィルマンに殴りかかる。

フィルマンは両手を上げて無抵抗をアピールしながら、ジョッシュの攻撃をひらひらとかわした。倒れたままのヤヒロを見下ろし、深々と失望の息を吐く。

「ふむ……不死身だなんだといっても、タネが割れてしまえばこんなものか……」

「あぁっ⁉」

「待ちなさい、ジョッシュ」

ロゼが鋭い声でジョッシュを制止した。その言葉に意表を衝《つ》かれたジョッシュが、飼い主に叱られた猟犬のように硬直する。

砂礫《されき》まみれの地面に転がったヤヒロが、やれやれと嘆息しながら起き上がる。

その胸元から転がり落ちてきたのは、銃弾がめりこんだセラミック製の防弾プレートだった。ヤヒロの制服に縫いこまれていたものだ。

「真に不死身なら、こんな小細工は必要あるまい。脅《おど》かしたことは詫《わ》びよう。すまなかった」

伯爵が、落胆したように目を閉じて首を振った。

ヤヒロは無言で肩をすくめる。不満はあったが、文句を言っても仕方がない状況だということもわかっていた。なにしろ相手はヤヒロの依頼人《クライアント》の雇い主なのだ。

「駄目にしてしまった服の代金は、あとでライマットに請求してくれたまえ。それでは」

伯爵は一方的に言い放ち、ヤヒロたちに背を向けた。護衛の戦闘員《オペレーター》たちを引き連れて、そのまま装甲車の中へと引き揚げていく。用は済んだ、といわんばかりの傲慢な態度だった。

「やー……いきなりきたね。大丈夫だった、ヤヒロ？　漏らしてない？」

倒れたままのヤヒロの隣に屈《かが》んで、ジュリがなぜか楽しそうに尋ねてくる。

「誰が漏らすか」

ふて腐れたような表情で言い返して、ヤヒロは気怠《けだる》く上体を起こした。

ヤヒロの制服の胸元には、三発分の弾痕が深々と刻まれていた。どれも心臓から十センチと外れていない。見事な抜き撃ち《クイックドロウ》。フィルマンの射撃の腕は相当なものだ。

たとえ防弾プレートがあったとしても、普通の人間なら、着弾の衝撃で気絶してもおかしくなかった。ヤヒロがすぐに立ち上がらなかったのは、それを理解していたからだ。

「この制服を俺に着せたのは、このためか」

ヤヒロがロゼを半眼で見上げた。

二十三区に入るまでは、この服を着ておけ、と彼女は言った。伯爵がヤヒロを撃ち殺そうとすることを、最初から予期しておいたような発言だった。

「こちらの手の内を、わざわざ敵に明かす必要もありませんから」

ロゼは表情も変えずに平然と答えた。

「……敵？」

ヤヒロは呆《あき》れたように唇を歪《ゆが》める。作戦の出資者《スポンサー》であるライマットを、ロゼが取り繕うことなく敵と言い切ったのが少し意外だったのだ。

「ライマット伯爵には、以前から不死者《ラザルス》に並々ならぬ興味を持っているという噂《うわさ》がありました。わざわざ本人がヤヒロを試しに来たということは、噂《うわさ》はどうやら本当だったようですね」

ロゼがうっすらと笑みを浮かべた。そこでようやくヤヒロは彼女の真意に気づく。

伯爵がヤヒロの不死性を試そうとしたのと同様に、ロゼも伯爵を試していたのだ。

呪われた不死身の日本人——そんなヤヒロの噂《うわさ》を餌にして、伯爵が本当に不死者《ラザルス》に興味を持っているのか確かめようとした。それどころか、ギャルリーがヤヒロを案内人に雇ったという情報すら、意図的にロゼがリークした可能性がある。

伯爵もヤヒロも、まんまと彼女の掌《てのひら》の上で踊らされていたというわけだ。

「作戦開始は三十分後です。その服は、もう着替えてもらって大丈夫ですよ。右側の兵員輸送車の中に、新しい制服が用意してあります」

策謀を巡らせていたことなど微塵《みじん》も悟らせない態度で、ロゼが告げる。

「替えの服まで用意してあったのかよ」

ヤヒロは精一杯の皮肉を口にした。もちろんロゼは、その程度では表情を変えない。代わりにジュリがヤヒロに向かって手を合わせて、なぜか哀れむように微笑《ほほえ》んだ。

「パンツの替えはないけどね。ごめんね」

「だから漏らしてねえって言ってるだろ！」

ヤヒロがたまらず絶叫する。

そのやりとりを見ていた周囲の戦闘員《オペレーター》たちが、声を上げて爆笑した。

ヤヒロが不死者《ラザルス》となって以来、初めて耳にした仲間たちの笑い声だった。

3

鏡には、翠色《みどりいろ》の瞳の少女が映っていた。

肌のコンディションは上々。シルバーのアイシャドウ。ラベンダーのリップ。緩くウェーブした銀色の髪は、二つに束ねてツインテールに。

妖精をイメージした新しい衣装は、肩が剝《む》き出《だ》しで少々恥ずかしい。しかしデザイン自体は華やかで可愛《かわい》くて悪くない。キャラになりきれば大丈夫と自分自身に言い聞かせ、彼女は正面のカメラに向かう。そろそろ配信の予定時刻だった。

「——わおーん！　こんにちは！　伊呂波《いろは》わおんです」

マイクのミュートを解除して、少女はいつもの挨拶を口にする。

その声が、いつか彼女の同胞に届くと信じて――

†

「――だから、そこで俺はこう言ってやったのよ。悪いな、ここは通行止めだ。ただし歩行者と軽車両は除くぜ、ってな。ウケるだろ、ハッハッハ！」

「あ、ああ……」

喋《しゃべ》り続《つづ》けるジョッシュに気のない相槌《あいづち》を打って、ヤヒロは疲れた表情を浮かべた。

クシナダ捕獲作戦が始まって以来、ジョッシュは一瞬たりとも休むことなく、どうでもいい無駄話を続けている。おかげでヤヒロは、彼の生い立ちや過去の経歴、食べ物の好き嫌いから好みの異性のタイプまで、すっかり詳しくなってしまっていた。

「わーい、涼しー……！」

一方、部隊の隊長であるジュリは、ボートの舷側から身を乗り出して、頬にかかる水飛沫《みずしぶき》に無邪気な歓声を上げていた。ヤヒロたちは二《に》艘《そう》の複合型ゴムボート《RHIB》に分乗して、隅田《すみだ》川《がわ》の川面《かわも》を航行中だったのだ。

「しっかし水路を使うってのは盲点だったぜ。やるじゃねえか、ヤヒロ」

ジョッシュが、あらためて感心したようにしみじみと言う。

重厚な高層ビル群のイメージが強い東京だが、その実、江戸の昔から水運で栄えてきた水の街でもある。都内を流れる河川を使い、陸路ではなく水路で移動する。それがヤヒロの提示した、安全に目的地に辿《たど》り着《つ》くための秘策だった。

「水棲《すいせい》の魍獣《もうじゅう》は陸棲《りくせい》のやつらに比べて少ないし、出現地点もだいたい固定化されてるからな」

ヤヒロが、紙の地図を広げて現在位置を確認する。

大勢の人間が一度に動けば、当然、魍獣《もうじゅう》たちを刺激する。いくらヤヒロが二十三区に慣れているといっても、一個分隊の戦闘員《オペレーター》を無傷で都心まで連れて行くのは、ほぼ不可能だった。水路の利用は、その不可能を覆《くつがえ》す苦肉の策だったのだ。

「問題は、魍獣《もうじゅう》に遭遇したときに逃げられないってことだけど――」

ヤヒロが目つきを険しくして前を見た。

一体の水棲魍獣《すいせいもうじゅう》が水面に浮上して、ヤヒロたちのボートに迫ってくる。ヌメヌメとした分厚い皮膚を持つ、ナマコのような姿の魍獣《もうじゅう》だ。

「そんときは俺たちの出番ってわけだな！」

ヤヒロが指示を出すより早く、ジョッシュが特殊部隊仕様の軽機関銃を構えた。

そして躊躇《ちゅうちょ》なく魍獣《もうじゅう》に向けて発砲する。

航行中のボートの揺れは激しいが、ジョッシュの射撃の腕はなかなかだ。不安定な肩撃ちにもかかわらず、二百メートル近い距離をものともせずに、ほぼ全弾を命中させる。

同時にロゼたちが乗る、もう一艘《いっそう》のボートからも援護射撃が始まった。

軽機関銃程度の威力では、魍獣《もうじゅう》を絶命させるのは難しい。

それでも、ボートの進行方向から追い払う程度の効果はあった。魍獣《もうじゅう》が怯《ひる》んで潜行した隙を衝《つ》き、二艘《にそう》のボートはその横をすり抜ける。

安全な距離に達したところで、ジョッシュがようやく銃を下ろした。

その直後、どこか遠くで打ち上げ花火を思わせる轟音《ごうおん》が鳴り始めた。

装輪戦車に搭載された大口径リボルバーカノンの射撃音。捕獲作戦に参加した他社の部隊が、地上で魍獣《もうじゅう》と戦闘を始めたのだ。

「おお……向こうでも派手にやってんな」

射撃音の方角を見遣《みや》って、ジョッシュが呑気《のんき》な感想を漏らす。

「ランガパトナの装甲部隊……苦戦してる……」

自分の銃に新しい弾帯を装着しながら、パオラがぼそりと独りごちた。

鳴《な》り止《や》むことのない射撃音に混じって、車両が建物にのめりこむ激突音や、装甲の圧壊音が響いてくる。一方的にやられているわけではないが、部隊にも少なからぬ犠牲が出ているのは間違いなかった。そして戦闘が長引けば長引くほど、魍獣《もうじゅう》たちが多く集まって人間側は不利になっていく。

「むかつくが、ライマットの会長が言ってたことも事実だな。連中が騒いでくれたおかげで、魍獣《もうじゅう》どもが引きつけられて、そのぶんこっちが手薄になってる」

「私たちも……同じ……RMS《ラムス》の囮《おとり》になるはずだった……本当は」

ジョッシュとパオラが冷静な会話を交わす。

民間軍事会社の一員だけあって、嫌悪感《けんおかん》を滲《にじ》ませながらも彼らの状況判断は的確だ。

複数の部隊が同時に目的地を目指すことで、魍獣《もうじゅう》たちの警戒が分散している。でなければ、いくら水路を使っても、ここまでスムーズに都心に近づくことはできなかったはずだ。

だからといって、他社の部隊も、望んで囮《おとり》になろうとしているわけではない。

むしろ隙あらば自分たちだけ抜け駆けし、目的地に先に辿《たど》り着《つ》こうと考えているはずだ。

その事実を裏付けるかのように、ヤヒロたちの頭上に白い軌跡が描かれていく。二十三区の上空を、一機の航空機が横切っているのだ。

目聡《めざと》くそれに気づいたジュリが、あーあ、と哀れむような声を出す。

「そう来たかあー……やっちゃったねえ」

「え？」

ジュリにつられて上空を見上げ、ヤヒロは眩《まぶ》しさに目を細めた。その表情が見る間に強張《こわば》っていく。航空機から撒《ま》き散《ち》らされた、綿毛のような物体に気づいてしまったのだ。

「QDSの輸送機《ハーキユリーズ》……空挺《くうてい》部隊の……輸送用……」

狙撃用のスコープをのぞいたパオラが、航空機の正体を言い当てた。

ＱＤＳ──クイーンズランド・ディフェンシブ・サービスは、クシナダ捕獲作戦に参加した民間軍事会社の最後の一社だった。彼らは陸路でも水路でもなく、輸送機からのパラシュート降下で、直接、東京ドーム跡地に突入しようと考えたのだ。

「パラ降下……って、おいおい、そいつはズル《チート》じゃねえの？」

ジョッシュがのんびりとした口調で言う。

馬鹿な、とヤヒロは口の中だけで呟《つぶや》いた。成層圏などの高高度を除いて、二十三区の上空は飛行禁止空域に指定されている。その理由を知らない民間軍事会社があることに呆《あき》れたのだ。

最初の戦闘員《オペレーター》がパラシュートが開いた直後、水路から見上げた地上の街の輪郭が揺らぐ。廃《はい》墟《きよ》のビル街から、膨大な数の飛行生物が、群れを為《な》して一斉に飛び立ったのだ。それは魍獣《もうじゆう》──否《いな》、魍鳥《もうちよう》たちの大集団だった。

「ろくに身動きできないパラ降下中の人間なんか、飛行できる魍獣《もうじゆう》のいい餌だからな。低高度開傘なら気づかれないと思ったんだろうが──」

ヤヒロが顔をしかめて言った。

鋭敏な感覚を持つ魍獣《もうじゆう》たちは、縄張りへの侵入者を決して見逃さない。地上近くまで降りてきたＱＤＳの戦闘員《オペレーター》たちへと、飛行型の魍獣《もうじゆう》が群がっていく。

パラシュートを開傘してから、地上までの距離はわずか三百メートル。だが、その三百メートルが絶望的に遠い。自在に空中を駆ける魍獣《もうじゅう》たちは、降下中で満足に動けない戦闘員《オペレーター》たちに容赦なく猛然と襲いかかる。

上空に赤い霧が広がった。

犠牲者たちが撒《ま》き散らした鮮血《ち》の霧だ。

距離が遠く、彼らの悲鳴が聞こえないのは、ヤヒロたちにとっては幸運だった。

数百体の魍獣《もうじゅう》たちが空中を乱れ飛び、四十名を超えるQDSの部隊は、誰一人地上まで辿《たど》り着《つ》くことなく壊滅する。

その光景を目撃したギャルリーの戦闘員《オペレーター》が、皆、一様に声をなくした。

彼らも、魍獣《もうじゅう》の恐ろしさを知らないわけではないだろう。ナマコもどきを撃退したときの手《て》際《ぎわ》からして、それなりの実戦経験も持っているはずだ。それでも隔離地帯に出現する魍獣《もうじゅう》の数と獰猛《どうもう》さは、実際に体験して見なければわからない。

「やべえな、これが二十三区か……」

短い沈黙を挟んで、ジョッシュが深々と息を吐く。

そうだよ、とヤヒロは口の中だけで呟《つぶや》いた。

これが、かつて東京と呼ばれていた場所。ヤヒロが暮らしていた街の現実だった。

「――な、わかるだろ、任務だったんだぜ、任務。それなのにあのクソ署長の野郎……！」

水面を跳ねる魍獣《もうじゅう》相手に軽機関銃を乱射しながら、ジョッシュの無駄話は止まらない。

アイルランド系アメリカ人の彼は元警官。潜入捜査員《アンダーカバー》として麻薬密売組織の捜査を担当していたが、組織のボスの情婦にうっかり手を出してしまって命を狙われ、ギャルリー・ベリトに転がりこんだ、という奇妙な前歴の持ち主だ。

ジョッシュが言うには、ギャルリーの戦闘員《オペレーター》は、そのような訳アリの人材ばかりだという。

そういう変人や社会不適合者でなければ、十代の双子が指揮する部隊に参加することなどないのかもしれないが。

しかし、はみ出し者の集団でも彼らの実力は本物だった。

延べ六回もの魍獣《もうじゅう》との遭遇を切り抜けて、ヤヒロたちのボートはすでに全行程の八割近くを終えている。両国橋《りょうごくばし》の手前から神田川《かんだがわ》に入れば、目的地である東京ドーム跡地はすぐそこだ。

「一体ずつだからなんとかなってるけどよ、こんな連中がボスに統率されて外に出てきたら、ちょいと厄介なことになりそうだな」

二十発近いグレネード弾をぶちこみ、七体目の魍獣《もうじゅう》を撃退したところで、ジョッシュが独り

4

言のように呟《つぶや》いた。

その言葉でヤヒロは、彼らの目的を思い出す。

魍獣《もうじゅう》たちを統率する魍獣《もうじゅう》――クシナダの捕獲。

たしかにクシナダは危険な存在だ。

放置すれば、隔離地帯の外に暮らす人類の脅威となる。捕獲されて、その能力が軍事転用されれば、人間同士の争いの火種となる。

どちらに転んでも、待ち受けているのは血腥《ちなまぐさ》い未来だけ。どう扱うのが正解かわからない。

しかしヤヒロは、クシナダという存在自体には、なんの興味も持っていなかった。ヤヒロはただの案内人。雇い主である双子を、クシナダの棲処《すみか》まで連れていけばそれで契約終了だ。

ヤヒロにとって重要なのは、得体の知れない新種の魍獣《もうじゅう》などではなく、妹の行方だけだった。

四年間かけて捜し続けた妹の手がかりが、あと少しで手に入る――自分の両手を眺めながら、ヤヒロは強く奥歯を噛《か》み締《し》めた。その瞬間、

「今の言葉、ちょっと訂正かも。一体ずつでも、なんとかなるとは限らないよ」

ヤヒロの隣に座っていたジュリが、オレンジの髪を揺らしながら立ち上がる。

「どうした、姫さん？」

ボートの舳先《へさき》から身を乗り出したジュリを見上げて、ジョッシュが怪訝《けげん》そうに眉を寄せた。

しかしジュリはなにも答えない。ジッと目をこらして前方の水面を睨《にら》みつけているだけだ。

それを見てヤヒロもようやく気づく。黄色く塗装された独特の橋梁《きょうりょう》。蔵前橋《くらまえばし》の橋脚付近。水面の色が変わっている。巨大な魍獣《もうじゅう》が潜んでいるのだ。

「ロゼッタ、ボートを止めろ！　覇下《ハカ》だ！」

後方のロゼに向かって、ヤヒロが叫んだ。ロゼが乗っているのは二《に》艘目《そうめ》のボートだが、制服に仕込まれた通信機のおかげで、離れていても声は届く。

しかし通信機から返ってきたのは、ヤヒロの想定外の言葉だった。

『ロゼです』

「は？」

『私のことはロゼと呼ぶようにお願いしたはずですが――』

「そんなこと言ってる場合か！」

ヤヒロが悲壮感漂う突っこみを入れた。ほぼ同時に、川の水面が盛り上がる。激しい波とともに姿を現したのは、常軌を逸した巨大な魍獣《もうじゅう》だ。

全長は余裕で十五メートルを超えていた。その姿は白亜紀の海竜に似ている。前肢《まえあし》がヒレになった巨大なトカゲだ。ただし、胴体は亀に似た強靭《きょうじん》な甲羅に覆われている。

そこから名づけられた通称は〝覇下《ハカ》〟――元は中国の神獣の名だが、それに相応《ふさわ》しい圧倒的な威圧感と、魍獣《もうじゅう》ならではの凶暴さを持っている。ヤヒロが知っている水棲魍獣《すいせいもうじゅう》の中では、五指に入る大物だ。

「銃じゃ無理か！　パオラ！　ぶっ放せ！」

「言われなくても……」

ジョッシュに急《せ》かされたパオラが、六連装の回転式グレネードランチャーを構えた。

初速が遅く、命中精度の低いグレネード弾を、パオラは連射した六発すべて覇下《ハカ》に直撃させる。

装填されていたのは多目的榴弾《HEDP》。対人殺傷力だけでなく、装甲車に対しても有効な強力な弾だ。しかし暗灰色の魍獣《もうじゅう》は、巨体をわずかに震わせた以外、いかなる反応も見せなかった。

「効いて……ない……？」

撃ち尽くしたグレネードランチャーを投げ捨てて、パオラが軽機関銃に持ち替える。しかし、グレネードの直撃すら耐える相手に、六・五ミリのライフル弾が通用するとは思えない。

仮に戦車砲でも倒しきれるかどうか――目の前の魍獣《もうじゅう》はそんな存在。神話の怪物にも匹敵する化け物だ。だが、

「撃つな。あとは俺がやる。ジュリ、このままやつに突っこんでくれ」

気怠《けだる》げな口調で雇い主に言って、ヤヒロは溜息《ためいき》まじりに立ち上がった。腰の後ろにつけた鞘《さや》から、大振りのナイフを抜き放つ。

「やる……って……そのナイフで？」

パオラが唖然《あぜん》とした表情で言った。

「俺だって、できればやりたくなかったよ」

ヤヒロは力なく首を振る。そして抜き身のナイフを、自分自身の左腕に突き立てた。深紅に染まった刃《やいば》が根元まで貫通し、その激痛にヤヒロが頬を強張《こわば》らせる。

「うお⁉　おまえ、なにやってんだ、ヤヒロ⁉」

「だからやりたくなかったって言ってるだ——ろっ！」

ジョッシュがギョッとしたように目を剝《む》き、ヤヒロは苦痛に顔を歪《ゆが》めながらナイフを強引に引き抜いた。ナイフの表面は完全に血に染まり、艶《つや》やかな液体がねっとりと糸を引く。

その直後、覇下《ハカ》が咆吼《ほうこう》した。

血染めの刃《やいば》を構えるヤヒロを、巨大な眼球が睨《ね》めつける。その瞳に映っているのは荒れ狂う殺意と破壊衝動。そして明らかな恐怖の色だった。

「全開、行っくよー！　みんなちゃんとつかまっててー！」

ほかの戦闘員《オペレーター》たちが軒並み動揺する中、ゴムボートの舵《かじ》を握ったジュリが、楽しそうに艇《ふね》を加速させる。マジか、と顔面を硬直させるジョッシュ。

「こいよ、化け亀！」

ろくに助走もつけないまま、ヤヒロはボートの舳先《へさき》から跳躍した。

魍獣《もうじゆう》の棲処《すみか》と化した隅田川の川岸はあちこちが崩れ、放置された船の残骸や木材などが無数に浮いている。目の前に漂っていた小舟のひとつを足場にして、ヤヒロは迫り来る覇下《ハカ》に向かって跳んだ。予期せぬヤヒロの行動に魍獣《もうじゆう》は目標を見失い、巨大な顎《あぎと》が空を切る。

ジュリたちを乗せたボートは魍獣《もうじゅう》に接触するが、かろうじて転覆を免《まぬが》れた。ヤヒロは右手のナイフを覇下《ハカ》の肩に突き立て、それを支点に相手の背中によじ登る。

ヤヒロがナイフを刺した位置を中心に、覇下《ハカ》の肉体には異変が起きていた。漆黒の瘴気《しょうき》が鮮血のように噴き出して、グレネード弾にも耐えた皮膚がボロボロと崩れ落ちていく。

しかしその効果は限定的だ。魍獣《もうじゅう》の巨体に対して、与えた負傷の範囲はあまりにも小さく、致命傷には程遠い。

「さすがにこうでかいと、すぐには効かないか……」

ヤヒロを背中に乗せたまま、覇下《ハカ》が暴れる。

振り落とされないようにしがみつきながら、ヤヒロは再び自分の左腕をナイフで斬り裂いた。

ヤヒロの血は、魍獣《もうじゅう》を殺す毒となる。その事実をロゼたちに知られたくはなかったが、出し惜しみをして倒せる相手でもなかった。血に濡《ぬ》れた刃《やいば》で魍獣《もうじゅう》の背中に傷を穿《うが》ち、その裂け目にヤヒロは血塗《ちまみ》れの手首を突き立てる。

「直接流しこんでやる。好きなだけ喰《く》らいな！」

急激な失血に目眩《めまい》を覚えながら、ヤヒロは獰猛《どうもう》に微笑《ほほえ》んだ。

ヤヒロの血に触れた魍獣《もうじゅう》の肉体が、爆発的な勢いで瘴気《しょうき》を噴き出す。常人なら死に至る猛毒の霧。強酸にも似たその刺激に、ヤヒロは歯を喰《く》いしばって必死に耐えた。

ヤヒロの捨て身の攻撃に、覇下《ハカ》が苦悶《くもん》の雄叫《おたけ》びを上げる。魍獣《もうじゅう》の巨体が荒れ狂い、激突の衝撃で橋脚《きし》が軋みを上げた。

しかし魍獣《もうじゅう》の抵抗も長くは続かなかった。ヤヒロの血に侵された覇下《ハカ》の動きは次第に衰え、やがて完全に沈黙する。

『——ご苦労様、ヤヒロ。すぐに回収に向かわせますから、案内を再開してください。だいぶ時間をロスしてしまいましたので』

魍獣《もうじゅう》の背中で荒い呼吸を続けるヤヒロの耳に、ロゼの涼やかな声が聞こえてきた。彼女の言葉どおり、ジュリの操縦するボートがすぐにヤヒロに近づいてくる。あの双子に、ヤヒロを休ませるつもりはないらしい。人使いの荒い雇い主だった。


「信じらんねえな……あのでかぶつを本当にナイフ一本で殺《や》っちまいやがった……！」

沈んでいく覇下《ハカ》の死体を振り返りながら、ジョッシュが放心したように首を振る。ほかの戦闘員《オペレーター》たちの態度も似たようなものだった。

無理もないか、とヤヒロは他人事《ひとごと》のように考える。不死身という触れこみに半信半疑だった彼らも、これでヤヒロが、魍獣《もうじゅう》に劣らぬ化け物だと理解するだろう。

そのあとで待っているのは、排斥か、迫害か。いずれにせよ予想できたことだった。

今更それを寂しいとは思わない。孤立するのは慣れている。しょせんヤヒロは雇われの身であり、妹の情報さえ手に入るなら、それ以上はなにも望まない。

「ヤヒロ……傷は……？」

ボートの隅に座るヤヒロに、パオラが訊《き》いた。一瞬、なにを言われたのか理解できなかった。気遣わしげな彼女の視線を辿《たど》って、ヤヒロが自傷した左腕のことを案じているのだと気づく。

「問題ない。もう治った」

ヤヒロは、自分の左腕を掲げてみせた。制服の袖口には、ナイフを刺した痕が残っている。だが、その下にのぞくヤヒロの肌は無傷だった。不死者《ラザルス》の治癒力の賜物《たまもの》だ。

「さっきは……なにをしたの……？」

パオラが重ねて訊《き》いてくる。ヤヒロは小さく肩をすくめた。さすがに誤魔化しきれる状況ではなさそうだ。

「俺の血は魍獣《もうじゅう》にとっては毒なんだ。すべての魍獣《もうじゅう》に効果があるかどうかは、試してないからわからないけど」

「毒？　毒なのか、あれ？　なんか、すげえ勢いでカメの身体《からだ》が崩れたぞ？」

ジョッシュが興奮気味に喰《く》いついた。予想とは違う反応に、ヤヒロは若干の戸惑いを覚える。

「なるほどな、それが二十三区で生き延びてきたヤヒロの切り札ってわけか。姫さんたちが、わざわざ連れてきたから只者《ただもの》じゃないだろうとは思ってけどな……待てよ。ってことは、ヤヒロの血があれば魍獣《もうじゅう》どもを完全に駆除できるんじゃねえか？」

名案だろ、と言わんばかりにジョッシュが声を弾ませる。

ヤヒロは苦笑して首を振った。しゃべり過ぎかもしれないが、隠してもすぐにバレることだ。

「そんな便利なものじゃない。俺の身体《からだ》から離れてしまうと、この血は効力が切れるんだ」

正確には効力というよりも、ヤヒロの制御が途切れるというイメージに近い。

ヤヒロの身体《からだ》から完全に離れてしまった血は、もはや不死者《ラザルス》の肉体の一部ではなく、ただの物質に過ぎないということなのだろう。弓矢などで安全な場所から攻撃することができず、ナイフを使うしかなかったのもそのせいだ。

「――って、なんだ、そのナイフ。ボロボロじゃねえか」

ヤヒロが鞘《さや》に戻しかけたナイフに気づいて、ジョッシュがギョッと目を剝《む》いた。

「ああ、これか……俺の血に長く触れてるとこうなるんだ」

ほぼ新品だったはずのナイフの刃《やいば》は、ボロボロに刃毀《はこぼ》れしてほとんど原形を留《とど》めていない。

赤く錆《さ》びついたその姿は、まるで何千年も放置された古代の遺品のようだ。

「ヤヒロの血に……耐えられなかった……の？」

パオラが険しい表情で訊《き》いてくる。ヤヒロは自嘲するように笑ってうなずき、

「だから俺には近づかないほうがいい。魍獣《もうじゅう》にあれだけの効果を持つ毒が、人間に無害なわけはないからな。俺が呪われた日本人って呼ばれてるのは、あながち根拠がないわけでも――」

「んー……そうかな……」

ヤヒロの自虐的な台詞《せりふ》を遮ったのは、ジュリののんびりとした声だった。

戸惑うヤヒロに向かって、オレンジ髪の少女は無造作に身を乗り出し、そのままペロリと舌を出す。頬に触れる柔らかな感触に、ヤヒロは呆然《ぼうぜん》と固まった。頬についていたヤヒロ自身の返り血を、ジュリが舐《な》め取ったのだとようやく理解する。

「ジュリ⁉　お、おまえ、なにやって……っ⁉」

「ほら、なんともないよ。だから気にしなくて大丈夫」

狼狽《ろうばい》するヤヒロに向かって可愛《かわい》らしく舌を出し、ジュリは悪戯《いたずら》っぽく笑ってみせた。

「ヤヒロのほうは、なんともなくはないみたいだけどな」

「顔……真っ赤……」

ジョッシュとパオラが、ニヤニヤと笑いながらヤヒロを煽《あお》る。わざわざ言葉にこそ出さないが、ほかの戦闘員《オペレーター》たちの表情も似たようなものだ。

「そんな……ことは……！」

ヤヒロは必死に反論しようとするが、焦《あせ》りで舌が上手《うま》く回らない。

「不死者《ラザルス》も健全な青少年ってことだな。任せろ、生きて帰れたら、俺が女の口説き方をがっつり教えてやるからよ」

「でも……ジュリには惚《ほ》れないほうがいい……さっきからロゼがすごい顔で睨《にら》んでるから」

ジョッシュが馴《な》れ馴《な》れしくヤヒロの肩を抱き、パオラは背後に視線を向けた。

後続のボートに乗っているロゼが、なんの感情もこもらない瞳で、瞬《まばた》きもせずにヤヒロを見つめている。パオラたちに警告されるまでもなく、双子の妹が、姉を過剰なまでに敬愛していることはヤヒロも理解していた。その大事な姉に頬を舐《な》められた異性に対して、はたして妹がどんな感情を抱くのか――

「なんでそうなる……⁉」

激しい疲労感に襲われて、ヤヒロは弱々しく空を見上げた。

ロゼの通信機が沈黙を続けているのが、今はどうしようもなく恐ろしかった。

5

エクトル・ライマット伯爵は、その報告を、ライマット・インターナショナルの日本支部で受け取った。RMS《ラムス》の若い通信担当官が、戸惑いの表情を浮かべて、無人偵察機のレポートを読み上げる。

「ギャルリー・ベリトが派遣した部隊が、蔵前橋《くらまえばし》付近で覇下《ハカ》を撃破したようです」

「覇下《ハカ》だと？」

飾り気のない規格品の椅子に体重を預けて、伯爵は怪訝《けげん》な表情を浮かべた。

ライマット社が日本での本拠地に使っているのは、かつての自衛隊大宮《おおみや》駐屯地の建物だった。支部の通信施設はもちろん、会長室の家具や調度品も、駐屯地時代の品の流用品だ。この椅子の座り心地を見る限り、自衛隊というのは、それほど裕福な組織ではなかったらしい。

「ギャルリー・ベリトが二十三区に送りこんだのは、戦闘員《オペレーター》一個分隊だけだと聞いていたが……グレードⅢの大型魍獣《もうじゅう》を戦闘車両の援護もなしに駆除したというのか？」

「詳細は不明ですが、付近で大規模な砲撃などは観測されておりません」

通信担当官が、タブレット端末のデータをそのまま読み上げる。

ふむ、と伯爵はわずかに眉を寄せた。

グレードとは、既存の軍隊の戦力を基準に設定された、魍獣《もうじゅう》の脅威度を表す指標だ。等級がひとつ上がるごとに、魍獣《もうじゅう》の戦闘力は約四倍になる。

グレードⅠの魍獣《もうじゅう》の脅威度は、歩兵一個分隊の戦力に相当。ただし歩兵戦力だけで対処するのはグレードⅡが限界といわれており、グレードⅢ以上の魍獣《もうじゅう》は、装甲戦闘車両の支援なしでは絶対に倒せないといわれていた。

にもかかわらず、ギャルリーの部隊は、グレードⅢの覇下《ハカ》を無力化したという。つまり彼らは、ライマットが知らない戦力を保有しているということだ。

「不死者《ラザルス》……やはり本物か……？」

伯爵が険しい表情で呟《つぶや》いた。その瞳の奥に宿る暗い炎が、通信担当官の表情を強張《こわば》らせる。

「ラ・イール少佐の部隊はどうなっている？」

「国道十七号、白山上《はくさんうえ》交差点付近を南下中です。目的地までの距離は約二・八キロ」

「少佐にギャルリー・ベリトの動向を伝えておけ。問題ないとは思うがな」

「は……直ちに！」

軍人風に敬礼した通信担当官が、逃げるように部屋を出て行った。

部下の姿が見えなくなるのを待って、伯爵はおもむろに立ち上がる。

不機嫌な表情のまま彼が向かったのは、敷地内《しきちない》に新しく建設された白亜の建造物。製薬会社の研究所に似た厳重な隔離施設だった。


「〝ブリュンヒルド〟の容態はどうかね、ネイサン卿《きょう》」

厳重な生体認証を繰り返し、伯爵は与圧された研究室へと入っていく。

水族館の巨大水槽を思わせるガラス張りの部屋の奥には、一人の患者が横たわっていた。

薄い患者衣を着た白い髪の少女だ。彼女の全身には何本ものチューブが接続され、その周囲で無数の測定機器が動き続けている。奇妙なのは、意識がないはずの彼女の全身が、銀色の鎖で厳重に固定されていることだった。

ブリュンヒルドは北欧の神話に登場する半神の娘。鎧《よろい》を着たまま眠り続けていたといわれるヴァルキュリアだ。それが特殊な被検体である彼女に与えられた名前だった。

「今のところ大きな変化は確認できていない。睡眠ポリグラフの波形は、彼女が徐波睡眠——深いノンレム睡眠の状態にあることを示している」

ガラス壁の前に立っていたオーギュスト・ネイサンが、ゆっくりと振り返って伯爵を見る。白衣を着た長身の黒人だ。彼はライマットの社員ではなく、〝ブリュンヒルド〟も伯爵の所有物ではない。伯爵は研究施設を彼らに貸しているだけであり、立場としては彼と対等だった。

「小さな変化は？」

定型文めいたネイサンの報告内容が、普段とわずかに違うことに気づいて伯爵が問《と》い質《ただ》した。

ネイサンは、目の前に計器に視線を落とす。

「脳の後部皮質領域における低周波脳活動の減少、および他領域における高周波脳活動の増加を頻繁に観測した。それは現在も継続中だ」

「もう少しわかりやすく説明してもらいたいものだな」

「……彼女は夢を見ている、ということだ」

苛立《いらだ》たしげな伯爵の呟《つぶや》きに、ネイサンが素っ気ない口調で応じた。

伯爵は、軽い戸惑いを覚えて眉を上げた。

眠り続けていれば、夢を見ることもある。それは、この被検体の少女も変わらない。そんな当たり前の事実が、ひどく意外なことのように感じられた。彼女に実験材料以外の価値があるなどと、これまで考えたこともなかったからだ。

「〝赤い黄金〟はどうなっている？」

伯爵は、それきり少女の容態に興味を失い、話題を変えた。

ネイサンが怪訝《けげん》そうに見返してくる。

「F剤《エフメド》については、改良型のモッド2を少佐に引き渡した。あとは彼の報告待ちだ」

「そうではない。本物の〝黄金〟だ」

伯爵がかすかに語調を荒くする。F剤《エフメド》が完成すれば優れた商品になるだろうが、それは彼が真に求めているものではなかった。

ネイサンはそれを理解した上で、もったいぶるように静かに首を振る。

「残念だが、伯爵。彼女の覚醒には、まだ相応の時間がかかる。新たな霊液を手に入れるには、意思を持つ器が必要だ」

「やはりクシナダを手に入れるしかないということか……わかった。邪魔したな、ネイサン卿《きょう》」

焦燥と落胆を押し隠して、伯爵はネイサンに背を向けた。

部屋を出る直前、ガラスの向こう側で眠る被験者を一瞥《いちべつ》して、冷ややかに言い放つ。

「せいぜいよい夢を見るのだな、死の乙女」

眠り続ける白い髪の少女は、深い眠りの中でうっすらと微笑《ほほえ》み続けていた。

†

『──うっわー、なんで⁉　あとちょっと……あとちょっとでパーフェクトでしたよね。ああもう、どうして最後の最後でミスるかなあ、わたし』

『というわけで久々の実況ですけど、やっぱりリズムゲーム楽しいですね。はい、もう一曲、最後にもう一曲やります。次の曲は……そう、この曲、大好きなんですよ。わおんが小学生のとき流行《はや》ってて……あ……そう、伊呂波《いろは》わおんは一万七千歳って設定ですけども……え⁉』

『──待って、ごめん、今、配信中……どうしたの？　嘘《うそ》……？　……敵⁉』

『…………………………』

『〝この配信は終了しました〟』

†

「ヤヒロ。これはなんですか？」

目の前に整然と植えられた植物を眺めて、ロゼが平坦《へいたん》な口調で質問する。

真夏の強い陽射《ひざ》しの中で、風に揺れる鮮やかな緑の葉が目に眩《まぶ》しい。

「キュウリ……だな。あとはトマトとエダマメか……」

露地栽培の見慣れた野菜たちを眺めて、ヤヒロは呆然《ぼうぜん》と呟《つぶや》いた。そろそろ収穫期を迎えようとしているのか、育ちきった野菜たちは、どれも艶《つや》やかで瑞々《みずみず》しい。

「へぇー……日本のキュウリってこんな形なんだ。あたしの知ってるのとちょっと違うなー」

畝《うね》の隣に屈《かが》みこんだジュリが、無邪気な子どものような感想を漏らす。その様子を微笑《ほほえ》ましげに見つめる双子の妹と戦闘員《オペレーター》たち。

「いや、待て。おかしいだろ⁉ どうして二十三区のド真ん中でキュウリが育ってるんだ⁉」

ただ一人冷静さを残していたヤヒロが、野菜たちに向かって突っこんだ。

神田川《かんだがわ》の川岸で複合型ゴムボートを乗り捨てて辿《たど》り着《つ》いた、東京ドームの跡地である。

この付近は大殺戮《ジェイノサイド》の被害が酷《ひど》く、水道橋《すいどうばし》駅周辺の建物はほぼ原形を留《とど》めていない。東京ドームの本体は跡形もなく消し飛んで、巨大なクレーターと化していた。

そんな巨大クレーターに隣接する庭園――かつて小石川後楽園《こいしかわこうらくえん》と呼ばれていた都立公園を訪れたヤヒロたちが目にしたのが、この野菜畑だったのだ。

広大な、と形容するほどでもない。家庭菜園に毛が生えた程度の小さな畑だ。

しかし畑の土は丁寧に耕され、雑草も綺麗《きれい》に取り除かれている。

魍獣《もうじゅう》が徘徊《はいかい》する二十三区のド真ん中で野菜畑――あり得るはずのない異様な光景だ。

「なあ、ヤヒロ。あの旗はなんだ？ なんの意味がある？」

魍獣《もうじゅう》の接近を警戒していたジョッシュが、畑の奥で揺れる布に気づいて訊《き》いてきた。

横幅一メートルほどの恐ろしくカラフルな布地だ。少し色褪《いろあ》せてはいるが、そこに描かれた図案の正体をヤヒロは知っていた。小学生向けのアニメキャラクターだ。

「いや、あれは旗じゃなくて子ども用のシーツだ。洗濯物だよ」

「洗濯物？」

ジョッシュが興味深そうに呟《つぶや》いた。国によっては屋外に洗濯物を干す習慣がないという話は、ヤヒロも聞いたことがある。治安や景観を気にすることなく、無防備に外に干してあるシーツが珍しかったのかもしれない。

しかし問題はそういうことではない。きっちりと二つ折りにされて洗濯バサミで留められたシーツの存在は、それが干されて間もないことを示している。

少なくとも四年前から放置されていた、などということは絶対にあり得ない。

「あ……！」

呆然《ぼうぜん》と立ち尽くすヤヒロのすぐ傍《そば》で、誰かの戸惑いの声がした。

金属製のバケツが地面に落ちて、カラカラと甲高い音を鳴らす。

キュウリの蔓《つる》の向こうに立っていたのは、麦わら帽子を被《かぶ》った少女だった。その隣には、野球帽の少年。どちらもヤヒロより若い。せいぜい小学校の高学年だ。

「こ……子ども？　人間の子どもがなんでこんなところに……？」

ヤヒロはナイフを構えることも忘れて、ぽかんと目を丸くした。

あまりの非現実感にクラクラした。悪い夢を見ているような気分になる。

「だ……誰？」

麦わら帽子の少女が、幼い少年を背後に庇《かば》いながら弱々しく叫ぶ。

その言葉にヤヒロは驚愕《きょうがく》した。彼女が咄嗟《とっさ》に口にしたのは、間違いなく日本語だったからだ。

「日本人……なのか？」

ヤヒロは無意識に少女たちのほうに足を踏み出した。

それを見た少女の表情が硬く強張《こわば》った。ヤヒロを見つめる彼女の瞳に、純粋な恐怖の光が浮かぶ。

「いやあああああっ……た、助けて……！　ママ……！」

「うわあああああ——っ！」

子どもたち二人が絶叫し、ヤヒロは為《な》すすべもなく固まった。日本人の生き残りとして疎《うと》まれるのは慣れていたが、こんなふうに怯《おび》えられるのは初めての経験だ。

野球帽の少年が、手に持っていたトマトを投げつけてくる。それはヤヒロの肩に当たって、ぐしゃりと潰れた。その直後、ジョッシュが声を荒らげた。

「ヤヒロッ……！」

トマトくらいでそんなに焦《あせ》らなくても——と間の抜けたことを考えたのは一瞬だった。大地を揺るがすような震動に、ヤヒロはジョッシュの警告の意味を理解する。

畑の奥から現れた巨大な影が、ヤヒロの眼前に着地した。

体高三メートル近い狒々《ひひ》に似た獣。全身は虎縞《とらじま》の剛毛に覆われて、両腕の先は三本の鉤爪《かぎづめ》。

頭部には巨大な二本の角が生えている。魍獣《もうじゅう》だ。

「──撃っちゃ駄目！　子どもたちに当たっちゃう！」

咄嗟《とっさ》に発砲しようとしたジョッシュの軽機関銃を、ジュリが乱暴に蹴り上げた。

ヤヒロは後方に飛《と》び退《すさ》って、ナイフを抜いた。

しかし予想していた魍獣《もうじゅう》の攻撃はなかった。虎縞《とらじま》の魍獣《もうじゅう》は子どもたちの前から動こうとせず、ただ低く唸《うな》ってヤヒロたちを威嚇する。

「魍獣《もうじゅう》が人間を庇《かば》っているのか？　どうして……？」

目の前で繰り広げられている光景に、ヤヒロは激しい混乱を覚えた。

死に絶えたはずの日本人の子どもがヤヒロを警戒し、魍獣《もうじゅう》がそんな子どもたちを守ろうとしている。常識では考えられない状況だ。

虎縞《とらじま》の魍獣《もうじゅう》の戦闘力はおそらくグレードⅠとⅡの中間程度。ヤヒロを擁する今のギャルリーの戦力なら、決して倒せない相手ではない。

しかし子どもたちを庇《かば》おうとするだけで、戦闘の意思を見せない魍獣《もうじゅう》を、一方的に攻撃することに対するためらいはあった。

ギャルリーの戦闘員《オペレーター》たちも、困惑を露《あらわ》にして動けずにいる。

威嚇しても逃げようとしないヤヒロたちに業《ごう》を煮やしたのか、虎縞《とらじま》の魍獣《もうじゅう》が、再び荒々しく咆吼《ほうこう》した。ヤヒロは反射的にナイフを構えて、戦闘態勢を取る。

そんなヤヒロの眼前を、純白の閃光《せんこう》が走り抜けた。

「――っ⁉」

地面が爆《は》ぜ、その衝撃に吹き飛ばされてヤヒロは後ずさる。

全身が帯電したように痺《しび》れていた。強いオゾンの異臭が鼻を突く。まるで小規模な落雷を、至近距離で浴びたような感覚。その雷撃の正体は、ヤヒロを牽制《けんせい》するための威嚇攻撃だ。

「ママ姉ちゃん……！」

「彩葉《いろは》ちゃん！」

野球帽の少年と麦わら帽子の少女が、救われたように表情を明るくする。

戸惑うヤヒロたちの正面に、新たな雷撃が降り注いだ。

駆け抜ける颶風《ぐふう》が、畑の作物を揺らす。

遠吠《とおぼ》えのような荒々しい唸《うな》りとともに、巨大な魍獣《もうじゅう》がヤヒロたちの前に着地する。

狼《おおかみ》と狐《きつね》、そして虎を混ぜ合わせたような猛々《たけだけ》しい姿の魍獣《もうじゅう》だった。

長い尻尾を除いても、その全長は七、八メートルはあるだろう。美しい純白の体毛が、電気を帯びて青白い火花を散らしている。

魍獣《もうじゅう》としての戦闘能力は確実にグレードⅢ以上。俊敏さと雷撃の威力を考えれば、覇下《ハカ》よりも更に危険な魍獣《もうじゅう》だ。その姿と能力からして、さしずめ雷獣といったところか。

しかしヤヒロを驚愕《きょうがく》させたのは、その見知らぬ魍獣《もうじゅう》の姿ではなかった。

純白の魍獣《もうじゅう》の背中に、人影がある。長い髪をたなびかせた人間の女が、魍獣《もうじゅう》の背中にしがみつくようにして騎乗しているのだ。

小洒落《こじゃれ》たハイカットのスニーカーとミニスカート。その上に着ているあずき色のジャージが、絶妙な生活感を漂わせている。

ヤヒロと年格好の変わらない若い女だ。女子高生風の十代の少女だった。

「二人とも家に入ってて！　凛花《りんか》、京太《きょうた》をお願い！」

魍獣《もうじゅう》の背中に乗ったまま、ジャージ姿の少女が日本語で叫んだ。

麦わら帽子の少女が慌ててうなずき、幼い少年の手を引いて走り出していく。

純白の雷獣が低く唸《うな》ると、虎縞《とらじま》の魍獣《もうじゅう》も子どもたちを追いかけた。まるで二人を護衛するかのような動きだった。というよりも、忠実な護衛そのものだ。

「お、おい！」

待て、とヤヒロが無意識に手を伸ばそうとした。

その直後、ヤヒロの足元に雷撃が降り注いだ。

少女を乗せた雷獣が、金色の瞳でヤヒロを睨《にら》みつけている。手加減されているのはわかるが、それでも一歩間違えば死にかねない凶悪な威力の攻撃だ。

「動かないで！」

ジャージ姿の少女がヤヒロを怒鳴りつけた。

「なによ、あなたたち！　うちの子たちになんの用⁉」

「おまえこそなんなんだよ⁉　人間か⁉」

ヤヒロはナイフを構えたまま怒鳴り返す。凶悪な魍獣《もうじゅう》を手足のように自在に操る少女。不死者《ラザルス》であるヤヒロが言うのもなんだが、まともな人間とは思えない。

ジャージ姿の少女は警戒したように目を細めながら、小さく頰を膨らせた。

「はあ？　わたしが人間じゃなかったらなんなのよ？　天使にでも見えた？」

「……おまえ、めちゃめちゃ厚かましいな……芋ジャージのくせに……」

自分を躊躇《ちゅうちょ》なく天使に喩《たと》えてみせた少女に、ヤヒロは驚くよりもむしろ感心した。たしかにこれくらい図太いメンタルの持ち主でなければ、魍獣《もうじゅう》の背中に乗っかろうとはしないだろう、という奇妙な納得感がある。

「う、うっさい！　そんなことはどうでもいいから、今すぐ武器を捨てなさい！　でないと、ヌエマルたちをけしかけるわよ！」

少女が頰を真っ赤にしながら、照れ隠しのように怒鳴り散らした。

ジョッシュたちは、そんな少女とヤヒロのやりとりを黙って眺めている。日本語がわからない彼らには、少女の警告が伝わっていないのだ。

「ヌエマルってのは、その魍獣《もうじゅう》のことか？　そいつは、いったい――」

なんなんだ、というヤヒロの当然の疑問は、唐突な銃声によって遮られる。

発砲したのは、ギャルリーの戦闘員《オペレーター》ではなかった。銃声はジャージ姿の少女の後方。野球帽の少年たちが逃げていった方角から聞こえてくる。

「まさか、ほかにも仲間がいたの⁉」

青ざめた少女が、魍獣《もうじゅう》に跨《また》がったままヤヒロを睨《にら》む。

「仲間？」

ヤヒロは戸惑って周囲を見回した。

ギャルリーが二十三区に派遣した戦闘員《オペレーター》たちは、ここにいるだけで全員だ。ほかに襲撃者がいるとすれば、それはクシナダ捕獲作戦に参加した、余所《よそ》の民間軍事会社の部隊以外にあり得ない。水路を使ったギャルリーの部隊と同等以上の速度で、魍獣《もうじゅう》たちの棲息《せいそく》域《いき》を突破し、ここに辿《たど》り着《つ》いた部隊がいるのだ。

これ以上の会話は無駄だと判断したのか、ジャージ姿の少女は、ヤヒロを問い詰めようとはしなかった。代わりに白い魍獣《もうじゅう》の首筋に手を当てて、祈るように静かに呼びかける。

「――ヌエマル！」

魍獣《もうじゅう》は短い雄叫《おたけ》びを上げると、躊躇《ちゆうちよ》なくヤヒロたちに背を向けた。

青白い火花を散らしながら遠ざかっていく少女と魍獣《もうじゅう》の姿を、ヤヒロはただ呆然《ぼうぜん》と見送った。

6

「あの女……何者だ？」

最初の驚きからどうにか立ち直り、ヤヒロは双子のほうへと近づいた。

魍獣《もうじゅう》を操る少女と遭遇して皆が浮き足立つ中、ジュリとロゼだけは、ほとんど表情を変えていない。むしろどこか楽しげですらあった。

「クシナダだよ。あの子がクシナダ」

もぎたてのキュウリを囓《かじ》りながら、ジュリが平然と答えてくる。

「は？」

ヤヒロは呆然《ぼうぜん》と目を瞬《またた》いた。クシナダ。二十三区で確認された、魍獣《もうじゅう》の群れを統率する謎の個体。軍事企業大手のライマット・インターナショナルが、民間軍事会社四社を動員してまで、捕獲しようとしているターゲットのはずだ。

「最初から伝えていたはずですが。ここに魍獣《もうじゅう》を統率するリーダーがいる、と」

ロゼが呆《あき》れたように嘆息した。出来の悪い助手を眺める名探偵のような退屈そうな表情だ。

「おまえら、最初から知ってたな⁉　クシナダの正体が日本人だって……！」

「可能性は考慮していました。扶養家族がいたのはさすがに想定外でしたが」

ロゼが悪びれもせずに言い放つ。

扶養家族という言葉に、ヤヒロは面喰《めんく》らったような表情を浮かべた。最初に遭遇した二人の子どもたちが、ジャージ姿の少女をママと呼んでいたことを思い出す。

「お嬢、RMS《ラムス》だ。北側で魍獣《もうじゅう》と戦闘を始めてる。どうする？」

部下の隊員から報告を受けたジョッシュが、ロゼに次の行動の指示を仰いだ。

「ひとまず様子を見ましょうか。彼らにクシナダを持っていかれるのは癪《しゃく》ですが、提携企業である我々のほうから、RMS《ラムス》の戦闘員《オペレーター》を攻撃するわけにはいきませんし」

ロゼが落ち着いた口調で言う。それから彼女は制服の襟元の通信機を起動して、

「子どもたちが逃げこんだ建物は？」

『──確認したよ。位置情報を共有する』

通信回線越しに答えたのは、いつの間にか姿を消していた魏《ウエイ》だった。

あの状況で尾行していたのか、とヤヒロは驚く。それどころか、子どもたちの隠《かく》れ家《が》を探るために、ロゼは、わざと彼女たちを逃がしたのかもしれなかった。

「魏班《ウエイはん》は、そのまま周囲の捜索を続けてください。ほかに脱出経路があるかもしれません。魍獣《もうじゅう》との交戦は可能な限り避けるように」

ロゼの指示に、了解、と短く答えて魏《ウエイ》が通信を切る。

「あのガキどもをどうする気だ？」

ヤヒロが険しい表情でロゼを睨《にら》んだ。ロゼは怯《ひる》むことなく淡々と答える。

「保護します。そのほうがクシナダとの交渉がスムーズに進むと思いますから」

「人質にする気か？」

「そういう言い方もありますね」

ロゼがあっさり認めたせいで、ヤヒロは言葉を失った。彩葉《いろは》――と呼ばれていたジャージ姿の少女が本当に魍獣《もうじゅう》を操ることができるのなら、たしかに人質を取るのは有効かもしれない。

年端《としは》もいかない子どもを交渉の道具に使うという良心の呵責《かしゃく》に耐えられるなら、だが。

「それともヤヒロが殺しちゃう？　あのヌエマルって子も、さっきの化け亀みたいに」

「それは……」

無邪気な口調で尋ねるジュリから、ヤヒロは無意識に目を逸《そ》らす。

これまでは魍獣《もうじゅう》を殺すことに、ためらいを覚えたことはなかった。殺さなければ自分が殺される――迷う余地のない単純な選択肢しかなかったからだ。

しかしヌエマルと呼ばれていた白い魍獣《もうじゅう》も、もう一体の虎縞《とらじま》も、決して自分たちのほうから人間を攻撃しようとはしなかった。そんな魍獣《もうじゅう》を殺せるのか、という問いかけに、ヤヒロは、答えを出せなかった。

苦悩するヤヒロを面白そうに眺めつつ、ロゼは背負っていたライフルケースを降ろす。ケースの中には、銃器ではなく、細長い防水布の包みが収められていた。

「クシナダの目的が子どもたちの保護なら、彼女は必ず戻ってきます。というわけで、ヤヒロ」

「なんだ？」

「これを渡しておきます。あなたのナイフは、もう使い物にならないでしょう？」

ロゼが差し出してきた防水布の包みを、ヤヒロは反射的に受け取った。見かけ以上にずっしりと重い品だった。防水布の中から出てきた道具を見て、ヤヒロは呆然《ぼうぜん》と目を見張る。

「俺が回収した刀じゃねーか」

「〝九曜真鋼《くようまさかね》〟――平安初期から戦国末期まで、八百年近く生きたといわれる刀工〝真鋼《まさかね》〟が、蛟《みずち》の血で鍛えたという伝説の刀です」

「八百年……って、さすがにそれは嘘《うそ》だろ」

「ええ、おそらく。ですが、不死者《ラザルス》のあなたが持つには相応《ふさわ》しい刀だと思いませんか？」

ロゼが無表情なまま指摘する。

ヤヒロは黙って唇を結んだ。実を言えば真剣を振り回すのは初めてではない。入手が面倒だからナイフを使っていただけで、日本刀の刃渡り《リーチ》と切れ味は、ヤヒロにとっても魅力的だった。ヌエマルのような大型魍獣《もうじゅう》を相手にするには、間違いなく有効な得物《えもの》だろう。

「金は払わないぞ」

「追加報酬ということにしておきます。あなたには、説得してもらわなければなりませんから」

「説得？　あの芋ジャージ女をか？」

ヤヒロが眉を寄せながら訊《き》き返す。

互いの第一印象は最悪だが、彼女を説得するとしたら、同じ日本人であるヤヒロが適任ではあるのだろう。なんといっても、日本語で意思疎通が出来るのは大きい。

「いいえ。説得する相手は子どもたちです。まずは彼らを手なずけておかないと」

「俺の仕事は道案内だけじゃなかったのか？」

「あなたが、ここで帰るというのなら止めませんが」

ロゼが真《ま》っ直《す》ぐな瞳を向けてくる。日本人の生き残りである子どもたちを見捨てるのか、と言外に問いかけてくるような視線だった。

ヤヒロは小さく溜息《ためいき》をついた。

ロゼの思いどおりに動かされるのは不愉快だが、自分には無関係だと割り切ることもできなかった。同じ日本人だから、というだけの理由ではない。魍獣《もうじゅう》を殺す血を持つ自分が、魍獣《もうじゅう》を操る少女と出会ったこと——そこになにか因縁めいた運命を感じずにはいられなかったのだ。

「……俺たちが敵じゃないってことを、あの子どもたちにわからせればいいんだな？」

「はい。ジュリに任せてもいいのですが、同じ日本人のあなたのほうが適任でしょう」

「ジュリに？」

口八丁で相手を丸め込むのは、どちらかといえば妹《ロゼ》の役目ではないのか、とヤヒロは首を傾《かし》

げる。ロゼは、そんなヤヒロの疑念を読み取ったように目を伏せると、

「私は、なぜか子どもを怯《おび》えさせてしまうので」

「そ、そうか」

表情を変えずに落ち込むロゼを、ひどく気まずい思いで見つめるヤヒロだった。

7

その建物は、キュウリ畑から二百メートルほど離れたクレーターの縁に、意外なほど堂々と建っていた。もともとは大がかりなレジャー施設として使われていた場所らしい。

大殺戮《ジェイノサイド》中の災害の余波で、建物の七割近くは崩壊しているが、それでも子どもたちが住居として使うには十分な広さがあると思われた。

「こんなところに本当に人が住んでいたのか……」

建物を包囲する魏《ウエイ》の班《チーム》と合流しても、ヤヒロは戸惑いを隠せなかった。

しかし例のシーツなどの洗濯物や、農作業に使ったとおぼしき鋤《すき》や鍬《くわ》。さらにはサッカーボールなどの遊具まで——建物の周囲に雑然と置かれた生活用品が、生存者の存在を示している。

「ヤヒロ！　魍獣《もうじゅう》だ！　右三時方向！」

立ち尽くしていたヤヒロの背中に、ジョッシュの怒鳴り声が響いてくる。

「ざっけんな、こんなときに……！」

ヤヒロはイライラと歯嚙《はが》みしながら、肩に担《かつ》いでいた刀を左手に持ち替えた。

東京ドーム周辺は、魍獣《もうじゅう》の出現率が極めて高い危険地帯だ。クシナダの棲息域《なわばり》だからといって、それ以外の魍獣《もうじゅう》が出現しない理由はない。

新たに出現した魍獣《もうじゅう》は三体。種類は違うが、どれもグレードI前後の小型魍獣《もうじゅう》だ。比較的ありふれた形態の一般的なタイプだが、ヤヒロは彼らの行動に違和感を覚えた。

獲物の数も確認せずになりふり構わず突っこんでくる魍獣《もうじゅう》たちの姿は、まるでなにかから逃げ惑っているようにも感じられる。

『待って……ジョッシュ……あの魍獣《もうじゅう》……』

軽機関銃を構えたジョッシュの班《チーム》を、パオラが無線機越しに制止した。

その直後、突っこんできた三体の魍獣《もうじゅう》の前に、異なる魍獣《もうじゅう》の群れが立ちはだかる。

新たに出現した魍獣《もうじゅう》の数は二体。その片割れをヤヒロたちは知っていた。農場で子どもたちを護衛していた虎縞《とらじま》だ。

『魍獣《もうじゅう》同士が……殺し合ってる……？』

「まさか、あの建物を守ろうとしてるのか――？」

パオラとジョッシュが同時に呻《うめ》いた。

子どもたちの住居に近づこうとした三体の魍獣《もうじゅう》を、虎縞《とらじま》たちが迎撃する。魍獣《もうじゅう》同士が殺し合うのはめずらしいことではないが、やはりそれは異様な光景だった。あの虎縞《とらじま》たちは、人間の子どもたちを守っている。彼らは人間と共存しているのだ。

「これが、クシナダの力だってのか……？」

ヤヒロの背筋を冷たい感覚が走り抜けた。実際に目の当《ま》たり《あ》にして実感する。クシナダは危険な存在だ。魍獣《もうじゆう》を操る彼女の力は、悪用すれば世界の軍事バランスを容易に破壊する。

その一方でクシナダの存在は希望でもあった。彼女の力があれば人類は魍獣《もうじゆう》と共存し、魍《もう》獣《じゆう》に破壊され尽くしたこの国を再建することも不可能ではないからだ。

魍獣《もうじゆう》同士の戦いは、数に劣る虎縞《とらじま》たちの有利に展開していた。

襲撃してきた三体の魍獣《もうじゆう》は、すでに激しく傷つき、明らかな劣勢に追い込まれている。普通の動物なら、とっくに敗北を認めて逃げ出している状況だ。

しかし、なんらかの理由で恐慌《きようこう》状態になった魍獣《もうじゆう》たちは抵抗をやめない。

それが虎縞《とらじま》たちにとって想定外の事態を引き起こした。

異変に気づかず逃げ遅れた子どもが、一人、建物の外に残っていた。

中学校の制服とおぼしき、夏物のセーラー服を着た大人しそうな少女。その少女の存在に、魍獣《もうじゆう》たちの一体が気づいたのだ。

少女の存在が虎縞《とらじま》たちの急所だと本能的に見抜いたのか、襲撃してきた魍獣《もうじゆう》の一体が、攻撃の矛先をそちらに向けた。齧歯類《げつしるい》に似たグレードIの魍獣《もうじゆう》。全身にトゲを生やした黒いリスが、少女に向かって跳躍する。

「――ひっ⁉」

少女の表情が恐怖に歪《ゆが》んだ。

無力な獲物の姿をとらえて、魍獣《もうじゅう》の瞳が獰猛《どうもう》に輝く。

その魍獣《もうじゅう》の横《よこ》っ面《つら》を、無数の鉛玉が貫いた。対魍獣用《たいもうじゅうよう》のPDWを構えたロゼが、百メートル近い距離をものともせずに三十発のマガジン全弾を叩《たた》きこんだのだ。

漆黒の魍獣《もうじゅう》は、よろめきながらも平然と着地した。PDWの火力は拳銃よりも遥《はる》かに高いが、魍獣《もうじゅう》が相手では、ほとんど殺傷力はない。

しかし、ほんの数秒だけ時間を稼ぐ程度の効果はあった。

ヤヒロが魍獣《もうじゅう》に接近するには十分な時間だった。

「伏せろ！」

少女に向かって警告し、ヤヒロは刀を鞘《さや》から抜き放つ。反りが深く刃長《はちょう》の長い九曜真鋼《くようまさかね》は、扱いやすい武器ではないはずだが、不思議とヤヒロの手に馴染《なじ》んだ。

自らの掌《てのひら》を裂いて刃《やいば》に血をまとわせ、ヤヒロは漆黒の魍獣《もうじゅう》を斬りつける。

その効果は劇的だった。漆黒の瘴気《しょうき》を撒《ま》き散《ち》らし、爆発するような勢いで魍獣《もうじゅう》は消滅する。

「無事か？　怪我《けが》はないな？」

ヤヒロは刀を振り下ろした姿勢のまま、視線だけを巡らせて少女に訊《き》いた。

見知らぬ相手からの質問に戸惑いながらも、少女は、大丈夫と小刻みに首肯する。日本語で質問したのが功を奏したのか、彼女はヤヒロを味方だと判断してくれたらしい。

その間に、虎縞《とらじま》たちの戦闘も終わっていた。

致命的な攻撃を受けて、襲撃してきた二体の魍獣《もうじゅう》が消滅。勝利した虎縞《とらじま》たちは、ヤヒロに警戒の視線を向けるが、セーラー服の少女が傍《そば》にいるせいか、すぐに攻撃に転じる気配はない。

これでどうにか話し合いができそうだ、とヤヒロはようやく安堵《あんど》した。

ヤヒロの眼前で雷撃が弾《はじ》けたのは、その直後のことだった。

「絢穂《あやほ》！」

青白い火花をまとった魍獣《もうじゅう》が、路上の瓦礫《がれき》を蹴散らしながら突っこんでくる。魍獣《もうじゅう》の背中に乗っているのは、彩葉《いろは》と呼ばれていたジャージ姿の少女だ。

魍獣《もうじゅう》が土煙を上げながら、ヤヒロたちの眼前で静止する。彩葉《いろは》は、スカートの裾がめくれるのも構わず、魍獣《もうじゅう》の背中から飛び降りた。

「うちの子から離れなさい――不審者！」

髪を振り乱しながらヤヒロの前に割りこんで、彩葉《いろは》はセーラー服の少女を引き離す。彩葉《いろは》の剣幕にヤヒロは軽く圧倒されつつ、

「――って、誰が不審者だ⁉」

「日本刀持って女の子を追いかけ回してるやつが、不審者以外のなんなのよ⁉」

背後の少女を庇《かば》うように両腕を広げて、彩葉《いろは》が叫ぶ。

ヤヒロは言い返せずに声を詰まらせた。大殺戮《ジェノサイド》のせいで感覚が麻痺《まひ》していたが、言われてみればそのとおりだ。

「違うの、彩葉《いろは》ちゃん！　この人、私を野良魍獣《のらもうじゅう》から助けてくれたの……！」

言葉に窮するヤヒロを見かねたのか、セーラー服の少女が彩葉《いろは》に説明する。

彩葉《いろは》は驚いたように、少女とヤヒロを見比べて、

「……助けた？　この不審者が、絢穂《あやほ》を？　本当に？」

「だから不審者じゃねえっつってんだろ、芋ジャージ」

「うっさい！　わたしだって好きでジャージを着てきたわけじゃ——」

実は服装のダサさを気にしていたのか、彩葉《いろは》が頬を赤らめながら反論し、そして彼女は不意に言葉を切った。こぼれ落ちんばかりに目を見開いて、ヤヒロをじっと凝視する。

「芋ジャージを知ってる……って、あなた、もしかして日本人？」

「ああ」

今頃気づいたのか、とヤヒロは呆《あき》れながらうなずいた。

驚きと歓喜に瞳を輝かせて、彩葉《いろは》がヤヒロに詰め寄ってくる。

「本当に⁉　今までどこでなにをしてたの⁉　ほかにも日本人の生き残りがいる⁉」

「……どこかにはたぶんいるんだろうけど、俺は知らない」

彩葉《いろは》の反応にかすかな違和感を覚えつつ、ヤヒロは素っ気なく首を振った。

「それよりも、おまえらはなんなんだ。まさか大殺戮《ジェイノサイド》のあとずっとここで暮らしてたのか？　どうして魍獣《もうじゅう》がおまえらを守る？」

矢継ぎ早にヤヒロに質問されて、今度は彩葉《いろは》が決まり悪げな表情になる。魍獣《もうじゅう》を操る力の存在を明かしてもいいのかどうか迷っているらしい。

「え……と、それは……」

しばらく逡巡《しゅんじゅん》していた彩葉《いろは》が、ようやく覚悟を決めたように口を開こうとした。

しかし彼女の言葉の続きは、突然の轟音《ごうおん》にかき消される。

巨大な岩で殴りつけたような、重々しい衝撃が地面を揺るがした。建物の壁が粉々に砕け、襲ってきた横殴りの爆風にヤヒロたちは転倒する。

漆黒の瘴気《しょうき》と肉片を撒《ま》き散《ち》らし、二体の魍獣《もうじゅう》がゆっくりと崩れ落ちた。

飛来した戦車砲弾から彩葉《いろは》を庇《かば》った、虎縞《とらじま》たちの最期《さいご》だった。

8

「――タビー！　キャリコ！」

爆発の轟音《ごうおん》で耳が痺《しび》れる中、彩葉《いろは》が悲痛な叫びを上げていた。

それは二体の魍獣《もうじゅう》たちの名前だったのだろう。それぞれに名前を付けていたという時点で、彼女と魍獣《もうじゅう》たちの関係がわかる気がした。彼らは彩葉《いろは》にとって家族同然だったのだ。

「ヤヒロ、RMS《ラムス》の装輪戦車だ」

魏《ウェイ》と彼の班《チーム》の戦闘員《オペレーター》たちが、ヤヒロたちの近くに駆け寄ってくる。たどたどしい日本語を使っているのは、彩葉《いろは》たちを刺激しないためだろう。

緩やかな上り坂となった高台の上に、無骨な装輪戦車の姿が見えた。一キロ近く離れているが、大殺戮《ジェイノサイド》によって周囲の建物が破壊されているせいで、射線を遮るものがなにもない。このまま砲撃を浴び続ければ、この付近にいる人間は確実に全滅だ。

しかし恐れていた装輪戦車による砲撃が、ヤヒロたちに向かって放たれることはなかった。代わりに人間の戦闘員《オペレーター》たちが、三方向から近づいてくる。その人数は五十名近く。ギャルリー・ベリトの四倍近い大戦力だ。

「どうして⁉　どうしてこんな酷《ひど》いことをするの⁉」

大粒の涙を撒《ま》き散らしながら、彩葉《いろは》がヤヒロに詰め寄ってくる。

「落ち着け！　あいつらは俺たちの仲間じゃない！」

ヤヒロが強い口調で言い切った。

正確に言えばRMS《ラムス》はギャルリー・ベリトと同じ作戦に参加している提携企業だが、ヤヒロは彼らを味方と思ったことはなかった。初対面で三発も弾丸を撃ちこまれた恨みもある。

「それに普通の人間にとって魍獣《もうじゅう》は敵なんだ。攻撃したんじゃなくて、おまえらを守るつもりだったのかもしれないだろ！」

「そんな身勝手な理屈……！」

彩葉《いろは》が声を震わせた。

自分の言葉が真実ではないことをヤヒロは知っている。しかし、魍獣《もうじゅう》と共存する自分たちが異端であるという事実は、彩葉《いろは》も理解していたらしい。彩葉《いろは》は咄嗟《とっさ》に反論できずに黙りこむ。

「ママお姉ちゃん！」

「彩葉《いろは》ちゃん！　絢穂《あやほ》ちゃん！」

戦車砲の攻撃を受けた建物から、中にいた子どもたちがバラバラと飛び出してくる。全部で六人。その中には農場で出会った二人もいる。皆、小学生くらいの幼い子だ。

「蓮《れん》！　希理《きり》！　ほのかと瑠奈《るな》も、みんな大丈夫だった⁉　怪我《けが》してない⁉」

彩葉《いろは》が子どもたちをまとめて抱き寄せる。子どもたちは怯《おび》えていたが、その一方で、彩葉《いろは》に対して絶対的な信頼を抱いているのが感じられた。

その信頼を裏切らないように、と彩葉《いろは》が強気な表情を浮かべて顔を上げる。

「ヌエマル、お願い！」

彩葉《いろは》の呼びかけにうなずいて、純白の雷獣が彼女たちを守るように前に出た。そして美しい声で咆吼《ほうこう》する。

その咆吼《ほうこう》に応えるように、周囲の廃墟《はいきょ》から次々に魍獣《もうじゅう》が現れた。

全部で八体。すべて異なる種類の魍獣《もうじゅう》だ。しかし彼らはひとつの意思で率いられた群れのように、一斉にRMS《ラムス》の部隊に襲いかかっていく。

魍獣《もうじゅう》を統率するクシナダの力。彩葉《いろは》に魅入られた魍獣《もうじゅう》は、自ら彼女を守るために行動する。

二十三区のド真ん中で彩葉《いろは》たちがこれまで生き抜いてこられたのは、魍獣《もうじゅう》が彼女たちを守っていたからだ。

「なるほどー……ろーちゃんが言ってたとおりだ。すごいね、クシナダちゃん」

いつの間にかヤヒロの隣に来ていたジュリが、目を輝かせながら彩葉《いろは》に日本語で呼びかけた。

彩葉《いろは》が困惑したように目を細めた。ヤヒロと同じ制服を着ているせいか、ジュリのことも、ひとまず敵ではないと判断したようだ。

「クシナダ……？　それって、わたしのこと？」

「ごめんね。本名がわからなかったから、勝手にそう呼ばせてもらってた。それともママって呼んだほうがいい？」

「わたし、あなたのママになった覚えはないんだけど」

彩葉《いろは》が当然のように難色を示す。初対面という点を抜きにしても、ジュリは彩葉《いろは》と同世代なのだから、母親扱いはさすがに不満なのだろう。

しかしジュリは、なぜか落胆したように項垂《うなだ》れて、

「そっかー……ダメかー……でも、魍獣《もうじゅう》たちを操るなら、ちゃんと敵を殺せって言ってあげたほうがいいと思うよ。ちょっと脅したくらいで逃げ帰ってくれる連中じゃないから」

「殺す……なんて、そんなこと……」

「できなきゃ、殺《や》られちゃうだけだけどね――」

ためらう彩葉《いろは》に、寂しげに微笑《ほほえ》みかけるジュリ。

魍獣《もうじゅう》たちと戦うRMS《ラムス》の部隊に、異変が起きたのはその直後だった。

絶え間なく響き続けていた銃声が、不意にやんだ。銃を投げ捨てた戦闘員《オペレーター》たちが、目の前の魍獣《もうじゅう》たちに素手で挑みかかっていく。

もちろん魍獣《もうじゅう》たちの身体能力に、生身の人間が敵《かな》うはずもない。彼らはたちまち反撃されて容易《たやす》く吹き飛んだ。

手加減されているせいで、死んではいない。しかしもちろん無傷では済まない。命があるというだけで、明らかに戦闘不可能な重傷だ。

それでも戦闘員《オペレーター》たちは戦うのをやめない。全身を鮮血に染めながら幽鬼のように立ち上がり、幾度となく魍獣《もうじゅう》たちに挑んでいく。

そんな戦闘員《オペレーター》たちの肉体が、次第に変貌を始めていた。骨格が歪《ゆが》み、筋肉が肥大化する。全身の皮膚が鱗《うろこ》に覆われ、トゲ状の突起が盛り上がっていく。

彼らの姿はもはや人とは呼べない。直立した爬《は》虫類《ちゅうるい》――蜥蜴人《リザードマン》だ。

「あいつらは……あのときの……！」

戦闘員《オペレーター》たちの変貌にヤヒロが呻《うめ》いた。蜥蜴人《リザードマン》と化した彼らの姿は、三日前の夜、双子と交戦していた所属不明の戦闘員《オペレーター》によく似ていた。

しかしあの夜の男と比較して、明らかに怪物化の段階《レベル》が上がっている。RMS《ラムス》の戦闘員《オペレーター》たちはほぼ人間の姿を留《とど》めておらず、それに比例するように戦闘力も上がっていた。

彩葉《いろは》が呼び寄せた魍獣《もうじゅう》の一体が、蜥蜴人《リザードマン》の猛攻に耐えきれず消滅する。

ひとたび均衡が崩れてしまえば、あとは一瞬だった。数に勝る蜥蜴人《リザードマン》たちが防御を無視した無謀な突撃を繰り返し、蓄積したダメージによって魍獣《もうじゅう》は次々に倒れていく。

彩葉《いろは》は顔色を蒼白《そうはく》にして、その光景を呆然《ぼうぜん》と眺めていた。

ジュリが指摘したとおりだった。彩葉《いろは》がヌエマルに命じて呼び寄せたせいで、そして人間を殺さないように手加減させたせいで、彼女を守ろうとした魍獣《もうじゅう》たちは消滅した。その事実が、彩葉《いろは》を打ちのめしていた。

八体の魍獣《もうじゅう》すべてが全滅すると、もはやRMS《ラムス》の侵攻を喰《く》い止《と》める者はいない。蜥蜴人《リザードマン》と化した戦闘員《オペレーター》たちは、人間離れした脚力を誇示するように、悠々とヤヒロたちのいる高台へと近づいてくる。

部隊の先頭に立っているのは、最初に砲撃してきた装輪戦車だ。戦車の車上には、部隊長であるフィルマン・ラ・イールの姿があった。

「ファフニール兵……ですか。なるほど。どうやって二十三区の中心部まで辿《たど》り着《つ》いたのか、不思議に思っていたのですが。ライマットは〝モッド2〟を実用化していたのですね」

ロゼが独り言のように呟《つぶや》いた。

ファフニール兵——それが蜥蜴人《リザードマン》の正式名らしい。ファフニールとは、北欧神話に登場する龍の名だ。しかし龍として生まれたわけではなく、元は人間だったといわれている。呪われた黄金を手に入れたファフニールは、その黄金を守るために人の姿を捨てて龍となった。金で雇われて怪物と化したＲＭＳ《ラムス》の戦闘員《オペレーター》たちには相応《ふさわ》しい呼び名だろう。

「フィルマン・ラ・イールだ。クシナダの確保、ご苦労だった、ギャルリー・ベリトの諸君」

停止した装輪戦車の車上から、フィルマンがロゼたちに呼びかけた。

ギャルリーの戦闘員《オペレーター》は、全員が彩葉《いろは》たちの周囲に集まっている。見ようによっては、たしかに彩葉《いろは》を包囲しているように見えなくもない。

「クシナダの護送は我々ＲＭＳ《ラムス》が行う。彼女の身柄を引き渡してもらおう」

フィルマンの口調は丁寧だが、有無を言わせぬ一方的なものだった。

その間にも隊列を組んだファフニール兵たちが、ジリジリと距離を詰めてくる。強化された彼らの筋力をもってすれば、一瞬でヤヒロたちを攻撃可能な間合いだ。

「どういうことです、フィルマン少佐。クシナダの所有権は、先に彼女を確保した我々のものではないのですか？」

ロゼが穏やかな口調で指摘した。

RMS《ラムス》は、出資者《スポンサー》であるライマット・インターナショナルの子会社だが、契約上はクシナダ捕獲作戦に参加した提携企業の一社に過ぎない。彼らとギャルリーの立場は対等だ。

そしてフィルマンも反論はしなかった。彼はロゼの言葉を肯定するようにうなずき、酷薄な笑みを浮かべて告げる。

「そうだな。だから、きみたちがいなくなれば、その権利は自動的に我々のものになる――」

「――ジョッシュ！」

「おう！」

フィルマンが掲げた腕を振り下ろすのと、ジョッシュが発砲するのは同時だった。

容赦なくばらまかれたグレネード弾がRMS《ラムス》の隊列に降り注ぎ、ファフニール兵たちをまとめて吹き飛ばす。

同時に魏《ウェイ》とパオラの班《チーム》も応戦を開始。グレネードから逃れたRMS《ラムス》の戦闘員《オペレーター》たちを軽機関銃で薙《な》ぎ払《はら》った。

しかし対魔獣用の高威力弾頭をまともに浴びても、ファフニール兵たちは倒れない。彼らが使用した薬剤は、モッド2と呼ばれる改良型だ。変化した肉体の耐久力や治癒力は、ヤヒロが戦ったときよりも遥《はる》かに増している。

「ちっ……！」

このままではギャルリーに勝ち目はない――そう判断したヤヒロは、正面のフィルマンに向かって疾走した。彼を護衛する人間体のままの戦闘員《オペレーター》を蹴り倒し、フィルマンの喉元に抜刀した刀を突きつける。

「動くな、フィルマン・ラ・イール」

ヤヒロが鋭い口調で警告した。

フィルマンは、そんなヤヒロをどこか愉快そうに眺めている。彼の抜き撃ち《クイックドロウ》の実力は知っていたが、フィルマンは自らの拳銃に手を伸ばそうとしなかった。

「なんの真似《まね》かな、日本人の少年？」

「あんたの部下たちを下がらせろ。あんな小娘に執着するような歳《とし》じゃねーだろ、おっさん」

ヤヒロはあえて挑発的な口調で告げる。まずフィルマンの余裕を剝ぎ取らなければ、交渉にならないと考えたのだ。

しかしフィルマンは表情を変えず、瞳に蔑みの色を浮かべただけだった。

「きみはギャルリー・ベリトに雇われた案内人だと聞いていたが？」

「その依頼なら、もう済ませた。まだ報酬は受け取ってないけどな」

「そうか……ならば、きみを殺しても損害賠償の必要はないな？」

くっくっ、とフィルマンが喉を鳴らして笑う。彼は無抵抗であることを示すように、両手を肩の高さで広げたままだ。

　しかし次の瞬間、ヤヒロの腹部を衝撃が襲った。鋭利な馬上槍《ランス》のようななにかが、ヤヒロの胴体に突き刺さり、一気に背中まで貫通する。

「なんだ……なにが……⁉」

　ゴボッと血塊を吐き出しながら、ヤヒロが呻《うめ》いた。

　ヤヒロの胴体を貫いていたのは、鋼色の鱗《うろこ》に覆われた生物の尻尾だった。フィルマンが背中に生やした長大な尻尾が、凶悪な刺突武器となってヤヒロを襲ったのだ。

「ファフニール剤《メディスン》〝モッド3〟――残念だったな、少年。私こそが龍人《りゅうじん》の完成体だ」

　声を上げて笑うフィルマンの肉体が、ファフニール兵の姿へと変わっていく。

　自ら完成体と名乗るフィルマンは、薬剤を投与するまでもなく、自らの意思で姿を変えることができるのだ。だが、ヤヒロがそれを理解したとき、フィルマンはすでに完全な変身を終えていた。強靭《きょうじん》な鱗《うろこ》に覆われたフィルマンの喉は、九曜真鋼《くようまさかね》の刃《やいば》をあっさりと弾《はじ》く。

「ぐ……お……っ」

　突き刺さっていた尻尾が引き抜かれ、ヤヒロはよろよろと後退した。

　そんなヤヒロを満足げに眺めて、フィルマンが右手の鉤爪《かぎづめ》を構える。

「そうそう。その制服にはボディアーマーが仕込んであるんだったな。ならば今度こそ確実にとどめを刺しておこうか――」

「――っ⁉　駄目っ！　やめて――！」

フィルマンの意図に気づいて、彩葉《いろは》が絶叫した。

しかし龍人化《りゅうじんか》したRMS《ラムス》の部隊長は、無造作に右手を一閃《いっせん》し、ヤヒロの喉を掻《か》き切った。

噴き出した鮮血で自らの全身を濡《ぬ》らしながら、ヤヒロは仰向けに倒れていく。

「うわああああああああああああ──っ！」

彩葉《いろは》が自らの頭を抱えて泣き崩れた。

ヤヒロはそんな彼女の様子を、ぼやけた視界の中で眺めていた。

おかしな話だ、と不思議に思う。

出会ったばかりのヤヒロのために、彼女が泣く理由がわからない。そしてヤヒロはようやく思い出す。大殺戮《ジェイノサイド》が起きる前までは、彼女の感覚のほうが正常だったということを。

間違っているのは彼女ではなかった。変わってしまった、この世界のほうだ。

彩葉《いろは》の激情に反応して、純白の雷獣が荒々しく吠《ほ》えた。

これまでとは比較にならないほどの強力な雷撃が撒《ま》き散《ち》らされて、周囲のファフニール兵が十数体まとめて消し炭に変わる。荒れ狂う雷撃はなおも止まらず、装輪戦車を爆散させた。内部の戦車砲弾を誘爆させたのだ。

「なるほど。これがクシナダの力か……」

フィルマンが感心したように呟《つぶや》いた。それでも彼の声にはなおも余裕があった。

「だが、もはや恐るるに足らんな──」

龍人化状態《りゅうじんか》を解除したフィルマンが、拳銃を引き抜いて雷獣を撃った。

もちろん、その程度の攻撃は魍獣《もうじゅう》には通じない。荒れ狂う雷獣の前で人間の姿に戻るなど、自殺行為としか思えない。顔面に数発の拳銃弾を浴びて、雷獣が鬱陶しげに首を振った。

それが、自分を彩葉《いろは》から引き離すための挑発だと、果たして雷獣が気づいたかどうか——

「ヌエマルっ——⁉」

フィルマンを攻撃するために跳躍した純白の魍獣《もうじゅう》の半身が、破裂するように吹き飛んだ。

一瞬遅れて轟音《ごうおん》が響く。一キロ以上離れた場所に待機していた装輪戦車の砲撃。超音速で飛来した戦車砲弾が、雷獣を正確に撃ち抜いたのだ。

いかに強靭《きょうじん》な肉体を誇る魍獣《もうじゅう》とはいえ、戦車砲の直撃に耐えられるはずもなかった。全身の七割近くを失った巨体が、地面に転がり瘴気《しょうき》を撒《ま》き散《ち》らす。

「嘘《うそ》！　ヌエマル、しっかりして！　ヌエマル！」

彩葉《いろは》が雷獣の亡骸《なきがら》にすがりついて泣き叫ぶ。そんな彼女を、数体のファフニール兵が捕らえた。魍獣《もうじゅう》を操る力を持つとはいえ、彩葉《いろは》自身は無力な少女だ。身動きもできないまま雷獣から引き剝がされ、そのままフィルマンのほうへと連行される。

「駄目だ、姫さん！　お嬢！　これ以上は保《も》たねえ！」

「弾が……足りない……」

ジョッシュとパオラが、口々に叫んだ。ギャルリーの戦闘員《オペレーター》たちは、彩葉《いろは》が育てていた子どもたちを一カ所に集めて守っている。それが双子の指示だったのだ。

しかし、頼みの綱の雷獣が倒れた今、それも限界に近かった。相手が素手とはいえ、異様な耐久力を誇るファフニール兵を倒すには、通常の何倍もの弾薬を消費する。その弾薬が枯渇《こかつ》しようとしているのだ。

「大丈夫。来る——！」

ジュリが確信に満ちた口調で呟《つぶや》いた。

同時に世界が暗転した。雷鳴のような低い唸《うな》りが、ビリビリと大気を震わせる。

翼龍型《ワイバーン》、鷲獅子型《グリフォン》、昆虫型、ありとあらゆる種類の飛行可能な魍獣《もうじゅう》たちが、空を覆い尽くしていた。魍獣《もうじゅう》を操るクシナダの権能。彩葉《いろは》の嘆きに反応して、二十三区中の魍獣《もうじゅう》たちが集結しているのだ。

「撤退します、ジュリ！」

「了解。ニンジャ——！」

ロゼの号令に合わせて、ジュリが周囲に銀色の缶をばらまいた。そこから噴き出したのは、強烈な臭気を含んだ催涙ガスだった。

その臭気は魍獣《もうじゅう》や、薬剤で強化されたファフニール兵の感覚器官により強く作用した。視界を奪われたファフニール兵たちが軽いパニックに陥った隙に、ギャルリーの戦闘員《オペレーター》たちは逃走を開始する。

「馬鹿な……これだけの数の魍獣《もうじゅう》を呼び集めたというのか……!?　どうやって!?」

一方、フィルマンは呼び集められた魍獣《もうじゅう》たちの数に、動揺を隠しきれずにいた。

集結しているのは飛行可能な魍獣《もうじゅう》だけではない。地上型の魍獣《もうじゅう》たちも、廃墟《はいきょ》の街のあちこちから姿を現し、フィルマンたちをめがけて迫っている。彼らは、白い雷獣のように完全に彩葉《いろは》に制御されているわけではなく、本能的な衝動に従っているだけのように感じられた。おそらく彩葉《いろは》の能力が暴走し、際限なく魍獣《もうじゅう》たちを惹《ひ》きつけているのだ。

いかにファフニール兵といえども、これだけの数の魍獣《もうじゅう》が相手では全滅は免《まぬが》れない。

フィルマンはすでに部下を見捨てることを決めている。完成体《モッド3》である自分だけなら、魍獣《もうじゅう》の包囲を破って脱出する自信があったからだ。残る問題は、魍獣《もうじゅう》に追われる危険を冒してでも、クシナダを回収するべきかどうか――

その判断を下すために彩葉《いろは》に視線を向けて、その瞬間、フィルマンは驚愕《きょうがく》した。

彩葉《いろは》を捕らえていたファフニール兵たちが、鮮血を噴き出しながら倒れていた。

彼らの代わりに彩葉《いろは》を抱えていたのは、絶命したはずの日本人――ヤヒロだった。フィルマンに貫かれたはずの腹部の傷は癒え、斬り裂かれたはずの喉も完全に回復している。

負傷の痕跡を残しているのは、彼の全身を濡《ぬ》らす鮮血だけだ。

「馬鹿な……！」

フィルマンが拳銃を発砲する。ほぼ無意識の抜き打ち《クイックドロウ》――しかし、わずか数メートルの距離から放たれた銃弾を、ヤヒロは左腕で受け止めた。銃弾はその腕を貫通することなく、火花を散らして弾《はじ》かれる。生身のはずの腕を覆った深紅の鎧《よろい》が、フィルマンの銃撃を防いだのだ。

「馬鹿な……その腕……なぜ貴様が、〝龍殺し《シグルズ》〟の力を使っている……!?」

「は？　知るか！」

拳銃を投げ捨てたフィルマンが、龍人化《りゅうじんか》した右手の鉤爪《かぎづめ》を振り上げた。

ヤヒロは握っていた刀を一閃《いっせん》する。甲高い金属質の激突音が響く。龍人化《りゅうじんか》したフィルマンの肉体に、ヤヒロの刀はすでに一度弾《はじ》かれている。しかし鮮血を撒《ま》き散《ち》らして砕けたのは、銀色の鱗《うろこ》に覆われたフィルマンの腕だった。

「ガアアアアアアアアアッ──！」

フィルマンが怪物めいた絶叫を上げた。

ヤヒロはそんな彼を無視して、地面を蹴る。押し寄せてきた新たな魍獣《もうじゅう》の群れは、敵も味方も関係なく、目につくものを片っ端から襲っていた。すでにギャルリーの戦闘員《オペレーター》たちは、子どもたちを連れて撤退している。こんなところに長居する理由はない。

「逃げるぞ、彩葉《いろは》！」

ヤヒロが荷物のように小脇に抱えた少女に向かって言う。

「いや……駄目！　ヌエマル……！　置いていかないで！」

彩葉《いろは》は子どものように泣きじゃくりながら、激しく首を振った。彼女が伸ばした手の先にあるのは、地面に横たわる雷獣の死体だ。

暴れる彩葉《いろは》を無理やり押さえつけ、ヤヒロは力の限り疾走する。

「いやあああああああああああああっ！」

魍獣《もうじゅう》に覆い尽くされた空の下、クシナダと呼ばれた少女の叫びがいつまでも響き続けていた。

第三幕　ラナウェイ・ラナウェイ

THE HOLLOW REGALIA

CHAPTER.3

1

彩葉《いろは》を抱えたまま一時間近く走り続けて、ヤヒロはようやく足を止めた。

旧・文京区《ぶんきょう》と旧・豊島区《としま》の境界付近。有名な文豪の墓があるという古い霊園の前だった。

一流アスリート並みのヤヒロの異様な持久力は、不死者《ラザルス》の肉体が持つ再生能力の応用だ。筋繊維の損傷や疲労物質の蓄積を無理やりなかったことにして、強引に身体《からだ》を動かし続けたのだ。

しかし肉体を修復できるからといって、苦痛や疲労が消えるわけではなく、ヤヒロの消耗は時間とともに加速度的に増加する。それまでの戦闘のダメージもあって、ヤヒロの肉体はとっくに限界を迎えていた。

「ここまで来れば、さすがに大丈夫か……」

疲労で完全に動けなくなる前に、とヤヒロは、適当な廃ビルを見繕って中へと入る。

ビルの中には小さなコンビニが、比較的まともな状態で残っていた。生鮮食品はもちろん壊滅状態だが、一部の菓子や缶詰はまだ喰《く》えそうだ。

RMS《ラムス》と魍獣《もうじゅう》たちとの戦闘は、今も続いているらしい。ヤヒロたちの背後から、時折、断続的な銃声が聞こえてくる。ヤヒロたちが魍獣《もうじゅう》たちと遭遇することもなく、RMS《ラムス》の追跡を振り切ることが出来たのもそのせいだ。

「……ったく、痛《い》ってーな。人を噛《か》むわ引《ひ》っ掻《か》くわ……運んでやってるんだから、せめて大人しく担《かつ》がれとけよ」

乱れた呼吸を整えながら、ヤヒロは抱きかかえていた彩葉《いろは》を床に投げ落とす。

疲れて感覚のなくなったヤヒロの両手には、無数の歯形やひっかき傷が残っていた。自分を置いていけと泣《な》き喚《わめ》く彩葉《いろは》が、激しく抵抗した痕跡だ。

「うっさい。なによ、そんなかすり傷……」

彩葉《いろは》が、赤く泣き腫らした目でヤヒロを睨《ね》め上げた。拗《す》ねた子どものような今の彼女は、最初に見たときよりもずいぶん幼く見えた。

「──そうだ、傷！　あなた、怪我《けが》は⁉　あの役者みたいな外国人に首を切られて──」

彩葉《いろは》が思い出したように立ち上がり、ヤヒロに慌てて詰め寄った。彼女はヤヒロがフィルマン・ラ・イールに殺される瞬間を見ていたのだ。

「心配しなくていい。俺は死なないから」

さすがに誤魔化しきれないと判断して、ヤヒロは斬られたはずの首を彼女に見せつける。

彩葉《いろは》が唖然《あぜん》としたように目を見張った。

「死なない……って、どうして？」

「さあな。もしかしたら、もう死んでるから、なのかもな。四年前のあのときに──」

突き放すようなヤヒロの言葉に、彩葉《いろは》は沈黙した。

四年前。大殺戮《ジェイノサイド》。あの惨劇を経験した人間に対して、それ以上の説明は不要だった。なんらかの奇跡か異能がなければ、大殺戮《ジェイノサイド》を生き延びることはできなかった。魍獣《もうじゅう》を操る異能を持つ彩葉《いろは》も、当然のようにそれを理解《わか》っている。

「……なんでわたしを助けたの？」

彩葉《いろは》が口調を変えて静かに訊《き》いた。

ヤヒロは、頭を抱えてその場に座りこむ。

「あぁくそ……なんでなんだろうな……」

「は⁉　勝手に助けといて後悔してるわけ⁉」

さすがにその反応は予想していなかったのか、彩葉《いろは》が動揺して気色《けしき》ばむ。

「べつに後悔してるわけじゃねーよ。助ける相手を選べる状況じゃなかったしな」

ヤヒロが溜息《ためいき》まじりに呟《つぶや》いた。

「ただ、依頼人に死なれると困るんだ。まだ報酬をもらってない」

「依頼人……って、どういうこと？」

彩葉《いろは》の声が冷ややかさを増した。それにつられて、ヤヒロの口調も投げやりになる。

「俺は回収屋なんだよ。二十三区に残ってる美術品や工芸品を持ち帰って、海外の金持ちに売ってんの」

「……泥棒じゃん」

「そうかもな。だけど、今の日本に残しておいても、保存状態は悪くなる一方だし、それなら海外のコレクターの屋敷《やしき》に飾っといてもらったほうがまだマシじゃないか？」

「それは……そうかもだけど……」

ヤヒロがあっさり自らの非を認めたせいで、彩葉《いろは》は不満を顔に出しつつも口ごもる。

「……待って。そんな仕事をしてるのに、どうしてわたしたちのところに来たの？」

「だから、そういう依頼があったんだよ。あんたを回収するから、案内しろって」

「わたしを……？　なんで？　可愛《かわい》いから？」

彩葉《いろは》がびっくりしたように目を瞬《またた》く。

「最初に会ったときから思ってたんだが、あんたのその自己肯定感の高さはなんなんだ……？」

ヤヒロは、どう反応すればいいのかわからず、独り言のようにぼそりと呟《つぶや》いた。

たしかに彩葉《いろは》は顔立ちだけならかなりの美人だが、泣き腫らしてボロボロな状態の上に、芋ジャージなせいで、素直に可愛《かわい》いと認めるのは抵抗がある。表情がめまぐるしく変わるという意味で、愛玩動物的な魅力があるというのは百歩譲って認めなくもないのだが。

「正確に言うと、俺が聞いてたのは、魍獣《もうじゅう》の群れを率いてるボスみたいなやつを捕まえるって話だったんだけどな。まさか、そいつの正体が日本人の女とは思わなかった」

「群れを率いてるとか……そんなんじゃない。ヌエマルたちはわたしの家族だもん……」

直前までの強気な態度が嘘《うそ》のように、彩葉《いろは》が落ちこんで目を伏せた。

それから彼女は、無理やり気を取り直そうとするように自分の頬を叩《たた》く。

「待って。魍獣《もうじゅう》たちのボスって、もしかしてボス猿みたいなのを想像してたわけ？」

「俺の依頼人は薄々知ってたみたいだけどな。あんたのことをクシナダって呼んでたし」

失礼な、と憤《いきどお》る彩葉《いろは》を無視して、ヤヒロは続けた。

彩葉《いろは》は、なぜか納得したように深々とうなずいて、

「クシナダって、日本の女神様だもんね。そっか、女神か……間違いなくわたしのことだね」

「こいつウゼえ……」

「それで、わたしを連れて帰ったら、どんな報酬がもらえるはずだったの？」

咎《とが》めるような口調で、彩葉《いろは》が訊《き》く。

ヤヒロは無愛想に短く答えた。

「妹の情報」

「え？」

「四年前から行方不明になってる俺の妹の居場所を教えてもらうはずだった」

「え……と……そっか。なんか、ごめん……」

彩葉《いろは》がうろたえて目を泳がせる。妹が行方不明だとヤヒロの口から言わせてしまったことに、罪悪感を覚えているらしい。

「べつにあんたが謝ることじゃないだろ」

ヤヒロは苦笑まじりに肩をすくめた。

「それに、まだ俺の依頼人が死んだと決まったわけじゃないしな。あんたの子どもたちを連れて俺たちより先に逃げてたみたいだし」

「……あの、なんか聞き捨てならないことを言われた気がしたんだけど、わたしの子どもたちってなに？　どういうこと？　そこは弟妹《きょうだい》っていうところでしょ⁉」

彩葉《いろは》が眉を吊《つ》り上《あ》げて抗議する。ヤヒロは訝《いぶか》るように彼女を見返して、

「弟妹《きょうだい》？　だけど、ママって呼ばれてなかったか？」

「ままな！」

「は？」

「だから、侭奈彩葉《ままないろは》！　わたしの名前！」

彩葉《いろは》が自分の胸元に手を当てて主張する。彼女がなにを言っているのか理解できずに、ヤヒ

ロは、しばらくきょとんとした顔で彼女を見つめた。

「あー……そういうことか。まぎらわしいな」

「うっさい。人の名前のこと、まぎらわしいって失礼でしょ！」

彩葉《いろは》がむくれたように唇を尖《とが》らせた。名前のことでからかわれるのは、これが初めてではないのだろう。

「それで、あんたは？」

「俺？」

「名前よ、名前！　なんて呼べばいいの？」

「ヤヒロだ。鳴沢八尋《ナルサワヤヒロ》」

「オーケー、ヤヒロね」

覚えたからね、と一人で納得したようにうなずく彩葉《いろは》。

「歳《とし》は？　いくつ？」

「年齢？　今、西暦何年だ？　たしか大殺戮《ジェイノサイド》が始まったときに十三歳だったから……」

「十七歳？　うっそ、同学年《タメ》じゃん！　何月生まれ？」

「同学年《タメ》って、おまえな……」

どことなく場違いな彩葉《いろは》の言葉に、ヤヒロは思わず噴き出してしまう。同級生同士で話しているような懐《なつ》かしい感覚。久しく味わったことのない気分だった。

「そっか……同い年か……今まで身近に年上の男子がいなかったから、きっとみんな喜ぶな。蓮《れん》も希理《きり》も京太《きようた》も遊び相手が増えて……」

弟妹《きようだい》の名前を口にしながら、彩葉《いろは》が楽しそうに口元をほころばせる。しかし、彼女の声は途中でかすれて、しゃくり上げるような嗚咽《おえつ》が混じった。

「だけど、わたしの妹たちに軽い気持ちで手を出したら許さないからね。みんないい子なんだから……絢穂《あやほ》も……凛花《りんか》も……みんな……可愛《かわい》くて……みんな……」

彩葉《いろは》が、堪《こら》えきれなくなったように目元を覆って顔を伏せた。

RMS《ラムス》の部隊に襲われて、彩葉《いろは》の弟妹《きようだい》たちの安否は不明だ。味方の魍獣《もうじゆう》はすでに殺され、子どもたちを庇護《ひご》する者はもういない。

彩葉《いろは》を慰めてやりたくても、ヤヒロは彼女にかけるべき言葉を思いつかなかった。なにを言っても、気休めに過ぎないことがわかっていたからだ。

暴走した魍獣《もうじゆう》の群れと、ファフニール兵たちの混戦状態。あの状況から生きて脱出するのは、ギャルリーの戦闘員《オペレーター》でも困難だろう。ましてや年端《としは》もいかない子どもたちの生存は絶望的。仮にヤヒロたちがその場にいても、彼らの運命が変わることはなかった。

彩葉《いろは》もそれは理解している。だから彼女はヤヒロを責めず、声を殺して泣き続けるだけだ。

いっそ罵ってくれたほうが気楽だと思えるような重苦しい時間は、しかし、唐突な電子音の響きに破られた。ヤヒロのレッグバッグの中で、なにかがブルブルと震えている。

「なんの……音……？」

彩葉《いろは》が涙目のまま顔を上げた。

「これって、ジュリが押しつけてきた……」

震動を続ける小さな包みを、レッグバッグから取り出してヤヒロは目を細める。

高級洋菓子店の包装紙にくるまれた、板チョコサイズの菓子箱だった。


『もしもーし、ヤヒロー……見えてるー？』

オレンジメッシュの髪の少女が、画面の中で親しげに手を振っている。

菓子箱の中から出てきたのは、スマホサイズの無線通信機だった。さすがに映像再生は滑らかとはいかないが、音声はクリアでノイズも少ない。応答に若干のタイムラグを感じるのは、通話内容に複雑な暗号変換がかけられているせいだろう。

「……ジュリ？　なんだ、この通信機？　これって菓子じゃなかったのか？」

破れた包装紙を見せながら、ヤヒロがジュリエッタ・ベリトに訊《き》いた。通信機の存在を知っていれば、もっと早くに連絡が取れたのに、という遠回しの非難をこめた口調だ。

だが、ジュリは困惑したように首を傾《かし》げて、

『え？　お菓子、入ってなかった？　ラムネ一個』

「食玩《しょくがん》かよ⁉」

菓子箱の底に申し訳程度に入っていたラムネ菓子に気づいて、ヤヒロはぐったりと脱力した。お菓子のおまけと言い張るには、無線通信機はかさばりすぎる。重要性も桁違いだ。

『クシナダは確保できたようですね』

姉に任せていては埒《らち》が明かないと判断したのか、通話相手がロゼに変わる。ヤヒロの隣にいる彩葉《いろは》の存在は、通信機のカメラを通じてロゼたちにも伝わっているらしい。

「そっちは？　二十三区から脱出できたのか？　あの状況で、どうやって？」

『逃走手段のオプションは用意してありました。切り札のひとつを使うことになりましたが』

感情の乏しい口調でロゼが答える。切り札とやらの詳細について、説明する気はないらしい。

「誰も死ななかったのか？」

『負傷者はいますが、ギャルリーの戦闘員《オペレーター》に人的被害はありません。クシナダ——侭奈《ままな》彩葉《いろは》が育てていた子どもたちも全員無事です』

「本当に⁉　絢穂《あやほ》たちはみんな生きてるの⁉」

彩葉《いろは》が悲鳴のような声を上げて、ヤヒロたちの会話に割りこんでくる。

ロゼがカメラを動かして、同じ部屋の中にいる子どもたちの姿を画面に映し出した。

彼らがいるのは大きな車両の中らしい。横一列のベンチシートに、七人の子どもたちが寄り添うようにして座っている。疲労と緊張の色は見えるが、大きな怪我《けが》はないようだ。

『ママお姉ちゃん……？』

『うそ、彩葉《いろは》ちゃん？』

『お、彩葉《いろは》だ』

子どもたちが口々に彩葉《いろは》の名前を呼ぶ。

「瑠奈《るな》……ほのか……よかった……」

それを聞いた彩葉《いろは》は、安堵《あんど》のあまりその場に崩れ落ちた。そのまま声を上げて泣き始める。

どっちが子どもなのかわからないな、と冷静に観察するヤヒロ。ふと見れば、子どもたちも苦笑しているようだった。

「それで、この通信機はなんなんだ？」

再び画面に映ったロゼに、ヤヒロが訊《き》く。

『暗号通信機です。あなたの位置情報と通話内容を偽装するようになっています』

「最初からライマットが俺たちの敵に回るのは予想してたってわけか」

ヤヒロは恨みがましい目つきでロゼを見た。

魍獣《もうじゅう》の相手をするだけなら暗号通信機は必要ない。ロゼたちは、ライマットが裏切ることを作戦が始まる前から知っていたのだ。ヤヒロにはそれをひと言も伝えずに、だ。

『リスクヘッジは商取引の基本ですから』

ロゼが平然と答えてくる。

『ただし、その通信機が使えるのは一度きりです。二度目以降は、暗号パターンが解析されて、高確率で位置を特定されてしまいます。同じ理由で長時間の通信もできません』

「俺の位置情報がバレるとなにかまずいのか？」

　ヤヒロが、ある意味わかりきったことを質問する。

　ロゼは当然のようにうなずいた。

『ライマットがあなたたちを追っています。RMS《ラムス》は、新たに戦闘員《オペレーター》三十六名を二十三区に投入した模様です。おそらくは全員が——』

「ファフニール兵ってやつか」

『はい』

　ロゼの肯定に、ヤヒロの目つきが険しくなる。

　過去二度の遭遇で、ファフニール兵の厄介さは嫌というほど身に染《し》みていた。人間離れした身体能力と打たれ強さ。個々の戦闘力では魍獣《もうじゅう》に劣るが、代わりに彼らは人間の兵器を操り、集団戦術を使う。次に彼らと遭遇して、再び逃げ延びる自信はヤヒロにはない。

「俺たちはどうすればいい？」

『RMS《ラムス》を壊滅させてください』

　ヤヒロの真剣な問いかけに、ロゼは事も無げに言ってのけた。ヤヒロが彼らを壊滅できると、確信しているような口振りだった。

　あまりにも自然な彼女の言葉に、ヤヒロは思わず絶句する。

「無茶言うな！　俺一人でそんなことができるわけないだろ！」

『正当防衛です。日本の法律でも罪にはならないのでは？』

「そういう問題じゃねえ！　戦力的に不可能だって言ってんだよ！」

『では、二十三区から脱出してください。ただし南側、神奈川《かながわ》方面に。そうですね、第一京浜《だいいちけいひん》を使って多摩川《たまがわ》を越えるルートを使うのがいいでしょう』

ヤヒロの反論を予想していたのか、ロゼがあっさりと代案を出してくる。

「神奈川《かながわ》方面……？　本気で言ってるのか？　回収屋だって近づかない未踏区域だぞ？」

青髪の少女の提案に対して、ヤヒロは違う意味で難色を示した。

ヤヒロたちの現在地は南池袋《みなみいけぶくろ》。そこから神奈川《かながわ》方面に向かうためには、旧・渋谷《しぶや》区、あるいは旧・港《みなと》区のどちらかを確実に通ることになるからだ。

『知っています。渋谷《しぶや》区と港《みなと》区に跨《また》がる一帯は、二十三区でも別格の危険地帯だそうですね。いわば魍獣《もうじゅう》の巣のようなものだとか』

「それがわかってるなら――」

『だからそのルートを選ぶ意味があるのです。忘れたのですか、あなたが誰と一緒にいるのか』

ロゼが、ヤヒロの反論を遮って続けた。

ヤヒロは隣にいる彩葉《いろは》の横顔に目を向ける。

「クシナダ、か——」

魍獣《もうじゅう》を手足のように自在に使役《しえき》する少女。彼女の能力が初遭遇の魍獣《もうじゅう》に対しても有効なら、未踏区域の危険度は大きく低下する。それどころか魍獣《もうじゅう》たちの存在が、逆にRMS《ラムス》の追跡を防いでくれるかもしれない。

『いずれにせよ、ほかに選択肢はありません。RMS《ラムス》の増援部隊は、埼玉《さいたま》方面から南下中です。旧さいたま市は、ライマット日本支部のお膝元ですから』

『——それに横浜《よこはま》まで行けば、船があるよ』

ジュリが楽しげな声で会話に割りこんでくる。

「船？」

ヤヒロは困惑に眉をひそめた。

大殺戮《ジェイノサイド》によって高速道路網が寸断されたため、今の日本国内では船舶が重要な輸送手段になっている。しかし速度の遅い船は逃走に不向きだ。ヤヒロたちが横浜《よこはま》に着いたところで、事態が好転するとは思えない。

しかし、そんなヤヒロの疑問は、続くロゼの説明で氷解した。

『横浜港《よこはま》にはギャルリーの息がかかった輸送船を待機させてあります。そこまで辿《たど》り着《つ》けば、侭奈《まま な》彩葉《いろは》を国外に脱出させることもできるでしょう。もちろん彼女の子どもたちも一緒に』

『先にあっち行って待ってるねー』

「あ……おい……！」

ヤヒロが制止するより早く、一方的に通信回線が切断される。

沈黙した通信機を握りしめたまま、ヤヒロは苦い表情を浮かべて彩葉《いろは》と顔を見合わせた。

2

「あの子たちがあなたの依頼人だったの？　若くない？」

どうにか泣《な》き止《や》んだ彩葉《いろは》が、疑いの眼差《まなざ》しをヤヒロに向けた。

彩葉《いろは》の気持ちもよくわかるので、ヤヒロもそのことを不満には思わない。

「そうだな。まあ、いろいろあんだろ、あいつらも」

「そっか……でなきゃ、あんな可愛《かわい》い子たちが今の日本なんかに来ないよね」

彩葉《いろは》もあっさりと納得して引き下がる。

彼女の視点は、ヤヒロには少し新鮮だった。武器商人の家系に生まれた彼女たちにも、案外、ヤヒロの知らない苦労があるのかもしれない。

「それよりも問題は、これからどうするか、だな」

ヤヒロの意味のない呟《つぶや》きに、彩葉《いろは》は意外そうな顔をした。

「横浜港《よこはまこう》に向かうんじゃないの？」

「あいつらの言うことが、どこまで信じられると思う？」

「なにそれ。あなたの依頼人なんでしょ？」

彩葉《いろは》が呆《あき》れたように訊《き》き返す。ヤヒロは不機嫌そうに顔をしかめて、

「初めて会ったのは三日前で、一緒に仕事をするのは今回が初めてだ。あいつらが信用できるかどうかなんて、俺にもさっぱりわかんねーよ」

「うーん……たしかになにか企《たくら》んでるかもだけど、あの子たちはいい人たちだと思うよ」

彩葉《いろは》が妙に自信ありげな口調で言い切った。ヤヒロは少し驚いて彼女を見る。

「どうしてそう思う？」

「だって、うちの子たちを助けてくれたもの」

なぜか得意げにドヤ顔で胸を張る彩葉《いろは》。

「そうやってあんたに言うことを聞かせるための、ただの人質のつもりかもしれない」

「本当に人質にする気なら、七人全員助ける必要はないでしょ。自分たちが生き延びられるかどうかもわからないようなあの状況で、子どもたちを連れて行くの、大変だったと思うよ」

慎重な姿勢を崩さないヤヒロに、彩葉《いろは》が反論した。

彼女の冷静な指摘に、ヤヒロは少し驚いた。

もちろんギャルリーの連中は、いい人だから子どもたちを見捨てなかったわけではないだろう。彼女たちは、彩葉《いろは》を味方につけるために、それが必要だと判断したから子どもたちを助け

ただけ。逆に言えば、ギャルリーは、それほどまでに彩葉《いろは》を重要視しているということだ。

だとすれば、少なくとも彩葉《いろは》を引き渡すまでは、ギャルリー・ベリトは信用できる。ひとまずそう判断しても問題ないだろう。

「そういえば、なんであんたは、あんなところで子どもたちを育ててたんだ？」

ヤヒロが今更な質問を口にした。

彩葉《いろは》は弟妹《きょうだい》と呼んでいたが、全員と血が繋《つな》がっているわけではないはずだ。彼らとはどういう関係なのか。なぜ彩葉《いろは》が彼らの面倒を見ていたのか。なぜ二十三区のド真ん中にいたのか――それらの疑問すべてを引っくるめて説明を求める。

そして彩葉《いろは》の回答は、ヤヒロにとって意外なものだった。

「べつにわたし一人で育ててたわけじゃないよ。最初は大人の人のほうが多かったの。看護師さんだった人とか、機械に詳しいお爺《じい》ちゃんとか――」

「その人たちは？」

「みんな死んじゃった。魍獣《もうじゅう》に襲われたわけじゃないんだけど、世界が変わっちゃったことに耐えられなかったんだと思う。二十三区の外に出て行こうとして、人間に殺された人もいる」

彩葉《いろは》が感情を遮断したような平坦《へいたん》な口調で言った。

ヤヒロは、表情を変えないまま沈黙した。

大殺戮《ジェイノサイド》からすでに四年。世界の変貌と向き合うには、決して短くはない時間だ。同胞が死に絶え、魍獣《もうじゅう》たちの棲息域《なわばり》に閉じこめられて生きるしかないという絶望に、大人たちが耐えきれなかったとしても不思議はなかった。

「そうか。それであの子たちは俺たちを見て怯《おび》えてたんだな」

菜園で出会った子どもたちは、ヤヒロたちのことをひどく警戒していた。

それは彼らが、二十三区の外の人間に知り合いの大人を殺されていたからだ。彼らにとって、〝外《そと》〟から来た人間は救いではない。自分たちの安寧を脅《おびや》かす災いなのだ。

「もちろん、いつまでも二十三区で暮らしていけると思ってたわけじゃないよ。大殺戮《ジェイノサイド》が終わったことは知ってたし。保存食の消費期限もそろそろ限界だし」

店内に残された保存食を眺めて、彩葉《いろは》が息を吐いた。

自分たちで野菜を育てていたとはいえ、あの少人数では生産量にも限りがある。二十三区内で食料を賄うには、商業施設に残された保存食などに頼るしかない。だが大殺戮《ジェイノサイド》から四年が経《た》って、それにも限界が訪れようとしている。いずれ彩葉《いろは》たちは、〝外〟に出て行くしかなかったのだ。

「でも、ヌエマルたちを外に連れて行くわけにはいかなかったから――」

そう言って彩葉《いろは》は自分の膝を抱きかかえた。

二十三区に棲《す》む魍獣《もうじゅう》たちは危険な存在だが、〝外〟にいる人間たちの悪意から子どもたちを守る楯《たて》でもあった。

しかし彩葉《いろは》たちが〝外〟に出ようとすれば、彼らを置いていくしかない。そうなったときに彩葉《いろは》一人では、子どもたちを守り切れない。だから彼女は二十三区に残るしかなかった。

彼女たちの奇妙なコミュニティは、そうやって生み出されたものだったのだ。

「あんたの判断は間違ってなかったと思う」

ヤヒロはぼそりと本音を口にした。彩葉《いろは》を励ますため、というよりも、彼女に対する賞賛と羨望《せんぼう》の混じった言葉だった。

「え？」

「魍獣《もうじゅう》の数が少ないってだけで、俺たちにとっちゃ外も二十三区と変わらない地獄だよ」

言葉少ななヤヒロの言葉に、彩葉《いろは》が沈黙して唇を噛《か》む。彼女が弟妹《きょうだい》たちと暮らしている間、ヤヒロは一人きりで〝外〟の世界にいた。そのことに彩葉《いろは》も気づいたのだ。

「ヤヒロにはいなかったの？　わたしにとっての弟妹《きょうだい》みたいな、心の支えになってくれる人」

「それは……」

彩葉《いろは》の素朴な質問に、今度はヤヒロが黙りこむ番だった。

心の支えと呼べる存在が、まったくいなかったわけではない。しかし、それを口にするのは憚《はばか》られた。今まで気にしたことはなかったが、あらためて口にしようとすると、かなりイタい過去のような気がしたからだ。

「そういえば、ヤヒロって、日本語喋《しゃべ》るの久しぶりじゃないの？　全然たどたどしくないね？

そういうのって四年も経《た》ってるのに忘れないものなの？」

「たぶん……配信を見てたせいだと思う」

ヤヒロが開き直ったような態度で告白する。笑いたければ笑え、という投げやりな気分だ。

「配信？　ネットの？」

彩葉《いろは》がなぜか表情を硬くした。ああ、とヤヒロはうなずいて、

「伊呂波《いろは》わおんって配信者がいて、その子が今も日本語で配信してくれてるんだ。雑談とか、料理とか、本当に他愛《たわい》もない内容なんだけど」

「へ、へえ……」

「心の支えとまでは言わないけど、彼女のおかげで救われてた部分はあると思う。少なくとも俺は一人きりじゃないって思えて……って、なんで俺はこんな話をしてんだ」

「そ、そっかー……いやー、照れますなあ」

彩葉《いろは》がぎこちない笑みを浮かべて、困ったように頭をかいた。

ヤヒロは、挙動不審な彩葉《いろは》に冷ややかな視線を向ける。

「は？　なんでおまえが照れるんだよ？」

「え？　待って待って、まだ気づいてないの⁉」

彩葉《いろは》が驚いたように目を見開いた。そしてヤヒロに顔を突きつけてくる。

「わたし！　それ、わたし！　伊呂波《いろは》わおん！　わおーん！」

「いや、もう。そういうのいいから」

馬鹿にしてんのか、とヤヒロが不快感を滲《にじ》ませる。動画配信者に救われた、などと言えば、笑われても仕方がないが、そんなふうにからかわれて気分がいいはずがない。

だが、まともに取り合おうとしないヤヒロに対して、キレたのは彩葉《いろは》のほうだった。

「なんかムカつく！　信じなさいよ！　ほらこれ！　新衣装！　凛花《りんか》が縫ってくれたの！」

彩葉《いろは》が、着ていた芋ジャージを勢いよく脱ぎ捨てた。

ふわり、と花のようないい匂いが広がった。

ジャージの下に彼女が身につけていたのは、アイドルやゲームキャラクターを連想させる派手な衣装だ。装飾が多いわりに露出度が高く、肌の白さが目に眩《まぶ》しい。

正視するのもためらわれるような彩葉《いろは》の恰好《かっこう》から、しかしヤヒロは目を離せなかった。ヤヒロの瞳に浮かんでいるのは、純粋な戸惑いと驚愕《きょうがく》だ。

「……どうして侭奈《ままな》が、わおんの衣装を……」

「だから、わたしがわおんなの！　今日もヤヒロたちが来るまで配信してたの！」

驚くヤヒロに、彩葉《いろは》が主張する。伊呂波《いろは》わおんの正体が侭奈《ままな》彩葉《いろは》。理屈はわかるが、実感がわかない。脳が事実と認めるのを拒んでいる。

誰も本気にしていなかったが、たしかにわおんは日本人の生き残りで、東京在住という設定だった。しかし彩葉《いろは》は、その条件に当てはまる。よく見れば顔立ちもわおんに似ている。銀髪

のウィッグを被《かぶ》って、カラコンで目の色を変えればそっくりだ。

そしてなによりも決定的なのが声だった。いくらスピーカー越しではないとはいえ、今まで気づかなかったのが不思議なくらい、彩葉《いろは》の声は、わおんそのままなのだ。

「待って、じゃあ、ヤヒロって、もしかして、やひろんさん⁉　嘘《うそ》……⁉」

彩葉《いろは》がヤヒロを指さして叫ぶ。

ヤヒロは思わず頭を抱えてうずくまりたい衝動に襲われた。

これまでにヤヒロがわおんに送った何通ものメッセージは、すべて目の前の少女に読まれていたのだ。そう思っただけで顔から火が出そうだ。

しかし彩葉《いろは》の次の反応は、ヤヒロにとってまったくの想定外だった。彩葉《いろは》はヤヒロを見つめたまま、ボロボロと大粒の涙をこぼし始めたのだ。

「おい……なんでおまえが泣く⁉」

さすがに焦《あせ》りを覚えてヤヒロはうろたえた。彩葉《いろは》の感情の振り幅の大きさには慣れたつもりだったが、この状況で泣かれるのは意味不明すぎて困惑するしかない。

「だって……だって、嬉《うれ》しかった……」

ぐすっぐすっ、と洟《はな》をすすりながら彩葉《いろは》が嗚咽《おえつ》まじりに言う。

「わたし、恐《こわ》くて……もしかしたら、わたしの配信を見てる日本人なんて一人も残ってないんじゃないかって……でも、届いてた……ちゃんと……」

途中から彩葉《いろは》の声は言葉にならなくなったが、彼女の気持ちはヤヒロにも伝わった。

二十三区に隔離された彩葉《いろは》にとって、あの動画は安全に〝外〟の様子を探り、日本人の生き残りを探すための手段だった。だからこそ、ほとんど再生されることのない動画を、彼女は休むことなく配信し続けていたのだろう。だが、そんな活動を何年も続けて彩葉《いろは》が不安にならないはずがなかったのだ。

ヤヒロが彼女に救われていたように、彼女にとってもヤヒロの存在は救いだったのかもしれない。それは不思議な感覚だが、決して悪くない気分だった。

「日が暮れる前に、もう少し移動しよう。未踏区域に入る前に、追っ手との距離を出来るだけ稼いでおきたい。夜の間は、RMS《ラムス》の連中も動かないだろうしな」

彩葉《いろは》が落ち着くのを待って、ヤヒロは彼女に呼びかけた。

魍獣《もうじゅう》の生態はいまだにわからないことだらけだが、夜間のほうが彼らの活動が活発なのは、ヤヒロの経験的にも間違いない。それでなくても街灯の明かりのない二十三区の夜は暗く、その状況で廃墟《はいきよ》の街を移動するのは自殺行為だ。移動するなら、日没前の今しかない。

「わかった……うちの子たちが待ってるんだもんね」

彩葉《いろは》が涙の痕をゴシゴシと拭きながら立ち上がる。画面からイメージしていたよりも華奢《きやしや》で小顔だが、たしかに彼女には伊呂波《いろは》わおんの面影があった。

「しっかし、まさか伊呂波《いろは》わおんが、こんな鼻水垂らして泣くような女だったとはな……正直、ショックだわ……」

「うっさい。そこはもっと喜ぶとこでしょ。推しと直接会って話せて触れ合えるんだよ」

照れ隠しの混じった感想を呟《つぶや》くヤヒロに、彩葉《いろは》が笑いながら反論する。そこで彼女はハッとなにかに気づいたように、慌てて自分の胸元を隠して、

「──って、触れ合うって、本当に触っちゃだめだからね！」

「誰が触る……か……」

反射的に言い返そうとして、その瞬間、ヤヒロは急激な脱力感に襲われた。

平衡感覚を失って壁に手を突き、それでも身体《からだ》を支えきれずにその場に倒れこむ。

手足に力が入らない。まるで自分の身体《からだ》ではないみたいだ。意識が暗闇に飲まれていく。深い海の底に沈んでいくように。

「ヤヒロ……？」

「嘘《うそ》……だろ……こんなときに……反動が……！」

不死身のはずの肉体が力を失う。凍りついたように体温が下がっていく。血の気《ちけ》をなくした肌の色は、否応《いやおう》なく死体を連想させた。

不死という加護の突然の喪失。流し続けた血の代償を支払う時間が訪れたのだ。

「ヤヒロ⁉　ちょっと、どうしたの⁉　しっかりして、ヤヒロ……！　ヤヒロ！」

彩葉《いろは》が、倒れるヤヒロを抱き留めてなにかを叫んでいる。

すべての感覚が消えた中、肌に触れる彼女の温《ぬく》もりだけを感じながら、ヤヒロは糸が切れるように完全に意識を失った。

3

「――嫌いよ、兄様《にいさま》」

振り返った少女が、彼に告げる。

真新しいセーラー服を着た、小柄な少女だ。

降り始めた雨が、彼女の髪を濡《ぬ》らす。幼さを残した端整な顔立ち。印象的な大きな瞳。

これまでに何度も繰り返し夢に見た光景。薄れることのない過去の記憶だ。

「この世界なんか、大嫌い」

雲の隙間からのぞく夕陽《ゆうひ》は、不気味なほどに赤かった。

建物の屋上から見下ろす街も同じように赤い。

燃えさかる炎が大地を覆い尽くしているのだ。

少女は、その深紅の炎を背負って、屋上の縁で両腕を広げる。

「みんな壊れてしまえばいいのに」

美しく微笑《ほほえ》む少女の背後を、龍が舞っている。

虹色の翼を広げた、巨大な龍が。

そして彼は血塗《ちまみ》れの両手を握りしめ、夢の中で絶叫する。

†

目が覚めたのは、息苦しさのせいだった。

瞼《まぶた》を開けたヤヒロの視界を塞ぐように、顔の上になにかが載っている。

寒い冬の日、ベッドの上に乗っかってくる猫たちの感触に少し似ていた。圧迫感はあるが、不快ではない。布越しに心地好《ここちよ》い花の匂いと、柔らかな体温が伝わってくる。

「あ、ごめん、起こしちゃった？」

頭上から声が聞こえてきて、ヤヒロの視界が不意に鮮明になる。

そこでヤヒロは、自分が膝枕されていたのだと気づいた。ヤヒロの顔の上に載っていたのは、前屈《まえかが》みになっていた彩葉《いろは》の胸だ。

「ま……侭奈《ままな》……？」

ヤヒロは混乱しながら上体を起こした。自分が、なにかとんでもない体験をしていたような気もしたが、寝起きで朦朧《もうろう》としているせいでイマイチ実感を持てずにいる。

「俺は……どうして……」

周囲を見回して状況を確かめる。半壊したオフィスビルの一階。すぐ近くに見覚えのある小さなコンビニ跡地。意識をなくす前のヤヒロが、休憩地点として選んだ場所だ。

しかし崩れた壁の外は暗い。隙間から、ひんやりとした夜風が吹きこんでくる。

「何日寝てた……⁉」

ヤヒロが血相を変えて彩葉《いろは》に詰め寄った。

その勢いに、彩葉《いろは》は気圧《けお》されたように軽く仰《の》け反《ぞ》って、

「何日って……ヤヒロが倒れて三時間くらいは経《た》ってると思うけど……」

「三時間？　たったそれだけ……？」

ヤヒロが呆然《ぼうぜん》と彩葉《いろは》を見つめて首を振る。

彩葉《いろは》は、そんなヤヒロを不思議そうに見返した。どうしてヤヒロが動揺しているのか、理解できないという表情だ。

「いきなりぶっ倒れるから、びっくりしたよ。大丈夫なの？」

「ああ……いや、不死の反動が出ただけだ。今日は血を流しすぎたからな……」

ヤヒロが苦々しげに唇を歪《ゆが》めて息を吐く。

「反動？」

「再生を使いすぎると、たまにこんなふうに前触れもなく意識が落ちるんだ。そのまま五日くらい眠り続けることがある」

「五日……!?」

彩葉《いろは》が目を見開いて絶句した。

「じゃあ、もし魍獣《もうじゅう》に襲われてる最中に意識がなくなったりしたら——」

「俺の不死身なんて、そんなたいして都合のいい能力じゃないんだよ。本当になにをやっても死なないんだったら、こんなふうに逃げ回る必要もなかったんだけどな」

ヤヒロが自虐的な笑みを浮かべて嘆息する。

不死の反動。怪物めいた異様な再生能力の代償。それが不意に訪れる〝死の眠り〟だった。負傷で失われた生命力を埋め合わせようとするように、ヤヒロの肉体は定期的な眠りに落ちる。それも仮死状態に近い深い眠りだ。

その間、ヤヒロは完全に無防備になる。その状態で殺されたらどうなるのか、それはヤヒロにもわからない。だが、代謝が停止しているということは、肉体の再生もできないということだ。二度と復活できない可能性が高い。ヤヒロの不死身は完全ではないのだ。

「じゃあ、どうして？」

彩葉《いろは》が真剣な表情で尋ねてくる。彼女の質問の意味が理解できずに、ヤヒロは眉を寄せた。

「え？」

「どうして二十三区で回収屋なんかやってたの？　いきなり倒れて……二度と目が覚めないかもしれないってわかってるのに、どうして……？」

「どうして……って言われてもな」

ヤヒロは目を逸《そ》らして口ごもる。

生きるため。効率よく金を稼ぐため。適当に受け流す言葉はいくらでも思いつく。しかし、なぜかそうやって嘘《うそ》をつく気にはなれなかった。

彩葉《いろは》が本気で心配していることがわかるからかもしれない。決して彼女の膝枕に恩義を感じているわけではない。

「……侭奈《ままな》は、大殺戮《ジェイノサイド》が始まった日、どこにいた？」

「え？」

ヤヒロの唐突な質問に、彩葉《いろは》が怪訝《けげん》な表情を浮かべる。しかしヤヒロは構わずに続けた。

「公式発表じゃ、大殺戮《ジェイノサイド》の原因を作ったのは隕石《いんせき》の落下だっていわれてる。日本に落ちてきた隕石《いんせき》が東京に壊滅的な被害をもたらして、大殺戮《ジェイノサイド》のきっかけになったって」

「隕《いん》……石……？」

彩葉《いろは》が表情を硬くする。彼女の瞳にかすかな怒りの色が滲《にじ》む。ヤヒロの質問の意味に彩葉《いろは》も気づいたのだ。

「違うよ……わたしが見たのは違う。あれは隕石《いんせき》なんかじゃなかった。東京のド真ん中に深い穴を空けて、魍獣《もうじゅう》を呼び出したのは隕石《いんせき》じゃない——！」

呟《つぶや》く彩葉《いろは》の声が震えた。ヤヒロは小さくうなずき返す。

「そうか。俣奈《ままな》も見たんだな。あいつの姿を」

ヤヒロがゾッとするような空虚な笑みを浮かべた。あの日の恐怖と絶望を共有できるのは、大殺戮《ジェイノサイド》を生き延びた者だけだ。

あの日、日本に隕石《いんせき》は降らなかった。

大殺戮《ジェイノサイド》の引き金を引いたのは、別の存在だ。

「龍——だった。空を覆い尽くすくらい大きな、虹色の龍」

今にも泣き出しそうな表情で彩葉《いろは》が言う。

どれだけ必死に訴えても、おそらく誰も信じない真実。この街を廃墟《はいきょ》に変えたのは、たった一体の龍だった。彩葉《いろは》はそれを知っている。

だからヤヒロは微笑《ほほえ》んで続けた。

「あの龍は、俺の妹だ」

「……妹？」

彩葉《いろは》が首を傾《かし》げてヤヒロを見る。なにを言っているのかわからない、という表情だ。

「龍を喚《よ》び出《だ》したのか、取《と》り憑《つ》かれたのかはわからない。だけど妹はたしかに龍の力を使って、自分の願いを叶《かな》えようとした」

「妹さんの願い……って？」

「この世界を、滅ぼすこと」

ヤヒロは淡々と言い放つ。あらためて口にしてもリアリティのない言葉だ。しかし現実に龍は出現し、ヤヒロたちが暮らしていた平和な日常は崩壊した。龍は願いを叶《かな》えたのだ。

「だから俺は珠依《スイ》を……妹を斬った。この手であいつを殺そうとしたんだ」

ヤヒロが右手を握り締める。その掌《てのひら》にぬるりとした血の感触を覚える。もちろんそれはただの錯覚だ。あの日から決して消えない幻覚だった。

「嘘《うそ》……冗談……だよね？」

彩葉《いろは》が弱々しく首を振る。

ヤヒロは肩をすくめて自嘲気味に笑った。

「俺のこのふざけた身体《からだ》が証拠だよ。龍を殺して、その返り血を浴びた人間は不死身になる。そういう伝説、知らないか？」

彩葉《いろは》が、ぐっ、と言葉を詰まらせた。彼女は実際に龍を目撃し、ヤヒロの再生能力も目《ま》の当《あ》たりにしている。どんなに否定したくても、彩葉《いろは》はヤヒロの言葉に反論できない。

「だけど、ヤヒロはさっき、妹さんのことを探してるって言ってなかった？」

殺したはずなのにどうして、と彩葉《いろは》が訊《き》き返《かえ》す。

「俺は、失敗したんだ」

ヤヒロが苦悩するように表情を歪《ゆが》めた。

「失敗？」

「妹を殺しきれなかった。だから見つけ出して、今度こそ殺す。俺が回収屋をやってたのは、あいつを捜すための資金集めだ。回収屋は金になるからな」

他人事《ひとごと》のように冷たく告げるヤヒロを、彩葉《いろは》は瞬《まばた》きもせずにジッと見つめた。

その目から、突然、涙があふれ出してヤヒロは動揺する。

「待ってくれ……なんで侭奈《ままな》が泣くんだよ……？」

「だって……だって……悲しすぎるよ！　自分の妹を殺そうとするなんて……そのためだけに生きてるなんて、ヤヒロが可哀想《かわいそう》……！」

彩葉《いろは》がしゃくり上げながら乱暴に首を振る。

なんでこいつはすぐに泣くんだ、とヤヒロは軽く途方に暮れた。自分のために彩葉《いろは》が泣いてくれるのは嬉《うれ》しくもあるが、それよりも面倒くさいというのがヤヒロの本音だった。

大殺戮《ジェイノサイド》以降、ずっと一人で生きてきたヤヒロは、当然ながら同世代の少女の扱いには慣れていないのだ。こんなときに異性をどう扱えばいいのかわからない。

「あのさ、侭奈《ままな》……」

「ママっていうな……わたしはあんたなんか生んでない……！」

「いや……普通におまえの苗字《みようじ》だろうが……」

面倒だしこのまま放っておくか、とヤヒロは無責任な考えに傾き始める。

だが、そんな呑気《のんき》なことで悩んでいられたのは、その瞬間までだった。

「彩葉《いろは》、魍獣《もうじゅう》を呼べるか？」

刀を拾い上げながら、ヤヒロが声を潜めて言った。

「魍獣《もうじゅう》を呼ぶ……って、ヌエマルみたいに？　そんなのやったことない」

ヤヒロの雰囲気が変わったことに気づいたのか、彩葉《いろは》がしゃくり上げながら答えてくる。

「そうか」

厄介だな、とヤヒロは唇を噛《か》んだ。魍獣《もうじゅう》は彩葉《いろは》の護衛としては使えない。彼女を魍獣《もうじゅう》に乗せて逃がすこともできない。

「どうして？」

彩葉《いろは》が頬を拭きながら立ち上がる。

ヤヒロは建物の外を睨《にら》んで、事実だけを短く告げた。

「敵だ」

4

ライマット・インターナショナル日本支部内の作戦指揮室では、戦術情報処理装置の前に座った大勢のスタッフたちが、慌ただしく状況を報告していた。

「ラキトフ隊、クシナダと同行者一名を捕捉しました」

「全隊員にクシナダの位置情報を送信。市街地の地図、出します」

室内中央の大型モニタに映し出されているのは、上空から撮影された市街地の映像だ。上空一万八千メートルを飛行中の無人偵察機が撮影した、二十三区のリアルタイム画像である。

「魍獣《もうじゅう》どもも、さすがに成層圏を飛行する無人偵察機には気づかんか」

基地司令用のシートに座ったエクトル・ライマット伯爵が、画像を眺めて愉快そうに呟《つぶや》いた。

魍獣《もうじゅう》の襲撃を避けるために飛行禁止区域とされている二十三区上空だが、高高度を飛行する無人偵察機は、今のところ攻撃を受けてはいない。将来的に地対空ミサイル並みの攻撃手段を持つ魍獣《もうじゅう》が出現しないとも限らないため、あくまでも現時点では、の話だが。

「――はい。これ以上は映像の精度を上げられませんが、部隊の誘導には問題ありません」

伯爵の背後から、不意に声がした。貴族趣味の制服を着た若い男が、ちょうど作戦指揮室に入ってきたところだった。RMS《ラムス》部隊長のフィルマン・ラ・イールだ。

「戻っていたのか、少佐。新しい腕の具合はどうかね？」

伯爵がフィルマンの右腕に目を向けた。

制服の袖口からのぞくフィルマンの手は、金属製の義手に交換されていた。

「問題ありません。もともと〝モッド3〟用に開発を進めていた装備ですから」

フィルマンが、目の前に掲げた義手を動かしてみせる。

鳴沢八尋《ナルサワヤヒロ》との戦闘で切断された右腕の代替品だ。ファフニール兵の治癒能力をもってしても、失われた腕を再生することはできなかったのだ。

むしろ、その治癒能力で瞬時に傷が塞がってしまったせいで、逆に生身の腕を接合できなかったという一面もある。それでもわずか数時間で義手と完全に適合したのは、やはりファフニール兵が持つ再生能力の恩恵だ。

龍人化《りゅうじんか》状態に合わせて作られたフィルマンの義手は、通常の人間の腕よりも二回りほど大きい。握力は最大で二百キロを超え、鋼鉄製の指先は防弾車両の装甲板を貫く威力を持っている。

「そうか。それは重畳だ」

伯爵は無関心な口調で呟《つぶや》くと、再び正面のモニタに視線を戻した。

二十三区上空を旋回する無人偵察機は、中央区《ちゅうおう》近辺を視界に収めている。正確には、かつて中央区《ちゅうおう》が存在した場所を、だ。

旧・中央区《ちゅうおう》、そして旧・千代田区《ちよだ》、旧・港区《みなと》と旧・江東区《こうとう》の一部があるべき場所に、陸地は存在しなかった。

そこにあったのは、虚《うつ》ろな闇だ。

底の見えない巨大な空洞が、東京のド真ん中にぽっかりと口を開けているのだ。

空洞の直径は約三キロ。漆黒の瘴気《しょうき》に覆われた穴の内部は、最新の偵察衛星を使っても見通せない。音響やレーザーパルスによる探査も効果がない。

唯一わかっているのは、その空洞こそが魍獣《もうじゅう》の発生源ということだ。魍獣《もうじゅう》たちは、その穴を通って、こちら側の世界に現れるのだ。

「冥界門《プルトネイオン》、か……何度見ても凄《すさ》まじいものだな」

伯爵が感慨深げな口調で呟《つぶや》いた。〝冥界門《プルトネイオン》〟──それが二十三区の中心に穿《うが》たれた空洞の通称だった。

「あの空洞が権能《レガリア》【虚《うつろ》】の痕跡なのですか？」

フィルマンが驚きを滲《にじ》ませた。冥界門《プルトネイオン》の存在は、重要機密として厳重に秘匿されている。フィルマンも実際に目にするのは初めてだ。

「そう。地の龍〝スペルビア〟が生み出した異界への通路《みち》だ」

伯爵が平然と笑って告げた。

冥界門《プルトネイオン》の内部は、人類が知る現実とは異なる世界に通じている。

それが、現在、もっとも有力視されている仮説だった。突拍子もない発想だが、魍獣《もうじゅう》たちの持つ異能の力が、その仮説の有力な傍証となっている。それどころか冥界門《プルトネイオン》の存在自体が、龍の異能によって生み出されたものだといわれている。

「【虚《うつろ》】を手に入れようと思っているのなら、やめておけ。あれは人類の手に負える力ではない。それは今の二十三区の惨状を見ればわかるだろう」

魅入られたように冥界門《プルトネイオン》を見つめるフィルマンに、伯爵がやんわりと警告した。

「理解できます」

失礼しました、とフィルマンが姿勢を正す。

一国の首都を一夜にして滅ぼす龍の異能。兵器としては破格の力だ。

しかし破壊の規模だけを比較するなら、核兵器でも事足りる。

そして龍の異能が持つ危険性は、核兵器の比ではない。

冥界門《プルトネイオン》に呑《の》みこまれた土地は、決して破壊されたわけではない。

世界の境界を越えて、そこで暮らしていた住民ごと異界へと転移したのだ。

そして、こちら側の世界には、巨大な空洞だけが残された。

その空洞が、世界にどのような影響をもたらすのか、いまだ完全に明らかにされてはいない。

いずれ門が閉じて魍獣《もうじゅう》たちが這《は》い出《だ》すこともなくなるのか。それともジリジリと拡大を続け、こちら側の世界を蝕《むしば》んでいくのか――それすらもわかっていないのだ。

「必要なのは権能《レガリア》ではない。龍の〝器〟だ」

伯爵が自らに言い聞かせるように独りごちた。

「お任せください」

フィルマンが自信に満ちた表情で告げる。

伯爵は鷹揚《おうよう》にうなずいて、

「ならば良い。追撃隊の戦力は？」

「ファフニール兵十二名です。後続として二十四名を投入する予定です」

「それだけで勝てるかね、あの不死者《ラザルス》の少年に？」

伯爵が訝《いぶか》るような口調で確認した。言外に、一度は取り逃がしたのではないか、というフィルマンへの揶揄《やゆ》がこもっている。

しかしフィルマンは意外にも、伯爵の疑念を平然と受け入れた。

「もしやつが本物の不死者《ラザルス》なら、〝モッド2〟を何人けしかけても殺すのは無理でしょう」

「ならばどうする？」

「殺す必要はないのです。絶え間なく襲撃を繰り返して、やつを消耗させればいい」

フィルマンが酷薄な笑みを浮かべて言う。彼の発言は、三十六名もの部下を捨て石に使うという意味にも受け取れたが、それを批判する者は今この場にはいなかった。

「不死者《ラザルス》といえども人間の姿をしている以上、無限に再生を続けられることなどあり得ません。もし仮にあり得たとしても、やつの精神はそれに耐えられますまい」

「なるほどな」

伯爵は楽しげに微笑《ほほえ》んだ。

死には、ある意味で、苦痛からの解放という救済の側面がある。不死という呪いに侵された不死者《ラザルス》は、その救済から見捨てられた存在だ。

絶え間ない攻撃で苦痛を与え続ければ、鳴沢八尋《ナルサワヤヒロ》の精神はいずれ限界を超えて破綻する。

不死者《ラザルス》の攻略法としては、妥当な考えだと思われた。

「しかし稼働《かどう》時間の短さは、ファフニール兵にも共通する欠点だ。不死者《ラザルス》の少年がこのまま二十三区に留《とど》まり続けるつもりだと厄介だな」

伯爵がもうひとつの問題点を指摘する。

戦闘員《オペレーター》の肉体に与える過度の負担は、F剤《エフメド》による龍人化《りゅうじんか》の最大の欠点だ。龍人化《りゅうじんか》を維持できる時間は、個人差もあるが最大で十分間。さらに龍人化《りゅうじんか》を繰り返すことで、細胞の急速な劣化や内臓への負担など、様々な副作用も発生する。

もちろんその不都合な事実は、戦闘員《オペレーター》たちには知らされていない。ファフニール兵とは、隊員を使い捨てにすることを前提にした短期決戦向けの戦力なのだ。

だからといって、魍獣《もうじゅう》たちの跋扈《ばっこ》する二十三区を、ファフニール兵なしで踏破することはできない。もしも運悪く目標を見失い、追跡に時間がかかるようなことがあれば、RMS《ラムス》の戦力が先に枯渇《こかつ》するという面倒な事態に陥ることも起こり得る。

今回は、なぜか鳴沢八尋《ナルサワヤヒロ》が四時間近く移動しなかったせいで、彼らに追いつくことができた。だが、次も上手《うま》くいくという保証はなかった。無人偵察機以外の追跡手段が使えない現状、鳴《ナル》沢八尋《サワヤヒロ》の逃走ルートの把握は、ライマットにとって緊急の課題だといえる。

「その件ですが、伯爵、実はギャルリー・ベリトより情報の提供がありました」

フィルマンが、笑いを噛《か》み殺《ころ》しているような表情で告げた。

伯爵がかすかに眉を上げる。

「ほう？　意外だな。作戦中に一悶着《ひともんちゃく》あったと聞いていたが」

「我々が彼らからクシナダを奪おうとしたことに対しては、書面で正式な抗議がありました」

フィルマンが苦笑まじりに首を振る。

「その上で、彼らが雇った案内人がクシナダを連れて逃走したことに対する謝罪として、クシナダの逃走ルートを我々にリークしたいと申し出ています」

「逃走ルートのリーク……だと？」

「はい。クシナダは旧・渋谷《しぶや》区、もしくは旧・港《みなと》区を縦断して横浜《よこはま》港へと向かうつもりだと」

「横浜方面……か。興味深いな」

ふむ、と伯爵が顎を撫《な》でた。

旧・渋谷《しぶや》区と旧・港《みなと》区に跨《また》がる未踏区域は、高グレードの魍獣《もうじゅう》たちがひしめく危険地帯だ。ファフニール兵の部隊でも突破できるという保証はないが、魍獣《もうじゅう》たちを従える力を持つクシナダがいれば、逆に安全だと判断したのかもしれない。

「ギャルリーからの密告、信用できると思うかね？」

「少なくともこれまでのところは、情報に齟齬《そご》はありません。彼らとしても、このままライマット・インターナショナルと敵対関係になるのは望んでいないということでしょう」

フィルマンが強気な笑みを浮かべた。まずまず妥当な判断だと、伯爵も認めた。

「しかしファフニール兵といえども未踏区域に投入するのは、躊躇《ちゅうちょ》せざるを得んな」

「はい。ですが、クシナダが神奈川方面に向かうなら、逃走ルートは絞りこめます。二十三区を脱出するには、必ず川を渡らなければなりませんから」

「先回りして、待ち伏せするつもりか」

伯爵が目を閉じて考えこむ。

フィルマンの作戦は、決して無謀なものではなかった。都合が良すぎて不安になるほどだ。仮にギャルリー・ベリトからもたらされた情報が虚偽だったとしても、配置した戦力が無駄になるだけで大勢に影響はない。むしろ目障《めざわ》りなギャルリー・ベリトを潰す口実になるだろう。

「――いいだろう。仙台《せんだい》で待機しているRMS《ラムス》の本隊を動かすことを許可しよう」

「感謝します、伯爵」

フィルマンが満足げに敬礼する。

伯爵は無表情にそれを見返して、

「その代わりにというわけではないが、できればクシナダだけでなく、不死者《ラザルス》の少年も捕獲してもらいたい。ああ、もちろんそちらは生死は問わんよ」

殺せるものならな、とほのめかす伯爵に、フィルマンは獰猛《どうもう》に微笑《ほほえ》んでみせた。

「この腕に誓って、必ず」

5

ヤヒロはただの回収屋で、兵士ではない。少なくとも望んで人を殺す覚悟は出来ていない。

だからヤヒロが恐れていたのは、平和的な交渉で、投降を呼びかけられることだった。話し合いを求める相手を一方的に攻撃するほど、非情にはなりきれないからだ。

しかしヤヒロの存在に気づいた瞬間、RMS《ラムス》の戦闘員《オペレーター》たちは即座に攻撃を仕掛けてきた。余計なことを考えずに済んで、むしろありがたい、とヤヒロは思う。

接触したRMS《ラムス》の戦闘員《オペレーター》は四人。全員がF剤《エフメド》を注入したファフニール兵だ。ライフルではなくナイフで武装しているのは、彩葉《いろは》を攻撃に巻きこむことを恐れたのかもしれない。だが、彼らが白兵戦を選んだのは、ヤヒロにとっては好都合だった。

ヤヒロは人殺しには慣れていない。自衛のために反撃するのはためらわないが、殺し合いでプロの戦闘員《オペレーター》に勝てるとは思っていない。

だが、相手が人間でなければ話はべつだ。

魍獣《もうじゅう》相手の殺し合いなら、この四年間で嫌と言うほど経験した。そして、ファフニール兵の戦闘スタイルは、圧倒的に人間よりも魍獣《もうじゅう》に近いのだ。

「残念だったな」

正面から挑みかかってくるファフニール兵の一体を、ヤヒロは刀で斬り伏せる。

ファフニール兵の生命力なら、少しばかり派手に斬りつけても死ぬことはない。手加減せずに済むぶん、ヤヒロにとっては気が楽だ。

「その薬を使わなきゃ、二十三《こ》区《こ》まで来られなかった——ってのはわかるけど、それでもあんたたちは、そんな姿になるべきじゃなかった」

肩から脇腹までを断ち切られて、ファフニール兵が崩れ落ちる。

まともな格闘戦の実力なら、RMS《ラムス》の戦闘員《オペレーター》たちは、ヤヒロよりも遥《はる》かに上だろう。しかし急激すぎる身体能力の上昇のせいで、ファフニール兵は自分たちの動きを制御できてきない。

相手がただの人間ならば、スピードとパワーで押し切れたのかもしれないが、魍獣《もうじゆう》との戦いに慣れたヤヒロにとって、彼らの動きは単調すぎて退屈なほどだった。

仲間の一体が斬られている間に、残る三体がヤヒロを包囲する。

三方向からの同時攻撃。だが、ヤヒロの表情に焦《あせ》りはない。群れを成して獲物を包囲する小型の魍獣《もうじゆう》は珍しくないし、そんな連中への対抗策を、当然ヤヒロは知っている。

「——なっ……なんだ⁉」

ヤヒロに殴りかかろうとしたファフニール兵の一体が、突然、姿勢を崩して転倒した。強《きよう》靭《じん》なファフニール兵たちの肉体が、見えない刃物で切り裂かれたように深々と抉《えぐ》れている。

「そのへんのホームセンターで売ってた、ただのワイヤーだよ。あんたらが無駄に素早くなってるから、そんなものでも派手にダメージを受けるんだ」

ヤヒロが屋内に張り巡らせておいたワイヤーが、ファフニール兵たちの肉体を斬り裂き、彼らの動きを封じていた。ワイヤーに搦《から》め捕《と》られて動きを止めたファフニール兵を、ヤヒロは順番に倒していく。

急所は外す。だが、それ以上は手加減しない。

常人なら確実に致命傷だが、ファフニール兵の生命力なら、命を落とすことはないだろう。もちろん〝外〟に連れ帰って、適切に治療すれば、だが。

「不死者《ラザルス》——貴様！」

仲間が無力化されたことに気づいて、後続の戦闘員《オペレーター》たちが突入してくる。彼らが銃を構えたことに気づいて、ヤヒロは咄嗟《とっさ》にファフニール兵たちの身体《からだ》を楯《たて》にした。

貫通力の高いライフル弾。しかし強靭《きょうじん》なファフニール兵の肉体はそれらを見事に喰《く》い止めて、味方の戦闘員《オペレーター》たちを動揺させる。

「くっ……！」

戦闘員《オペレーター》たちが銃を投げ捨てた。代わりにF剤《エフメド》を投与して、彼らもファフニール兵へと変わる。

だがそれはヤヒロの望みどおりの展開だった。

武器を手放した彼らに向かって、ヤヒロは手榴弾《しゅりゅうだん》を投げつける。最初に突入してきたファフニール兵たちの装備品だ。

手榴弾《しゅりゅうだん》は、後続のファフニール兵たちとヤヒロのほぼ中央で爆発した。四方に向かって破片が飛び散り、ファフニール兵たちはそれを避けるために咄嗟《とっさ》に姿勢を低くする。

その間に、ヤヒロは彼らとの距離を一気に詰めていた。

「破片に気を取られすぎだ。そんなもの、俺たちにはたいしたダメージじゃないだろうが」

血塗《ちまみ》れになりながら突っこんでくるヤヒロに、ファフニール兵たちが驚愕《きょうがく》する。

いまだ人間の常識に縛られた彼らの目に、不死身の肉体を利用するヤヒロの姿は、果たしてどう映ったのだろうか。

「待て……やめっ――！」

「悪いな。こっちは伊達《だて》に四年も化け物をやってないんだよ」

反撃することも忘れて叫ぶ彼らに、ヤヒロは刀を振り下ろす。

それから三分も経《た》たないうちに、ヤヒロは合計十二体のファフニール兵を無力化し、最初の戦闘を終わらせた。

「ヤヒロ！」

血塗《ちまみ》れで戻ってきたヤヒロを見るなり、彩葉《いろは》が小さく悲鳴を上げた。大半は敵の返り血だが、ヤヒロが無傷だったわけではない。それに気づいて彩葉《いろは》は動揺したのだ。

もっとも、ヤヒロの負傷自体はすでに治っている。手榴弾《しゅりゅうだん》の自爆攻撃で破れた服は、わりと悲惨な状況だが、それはどこかで着替えを調達すれば済むことだ。

幸いにも防弾防刃のギャルリー・ベリトの制服は比較的まともな姿を保っており、ド派手に汚れてはいるものの、見苦しいというほどの状態ではなかった。

「とりあえず追っ手は片付けた。後続の部隊に追いつかれる前に移動しよう」

彩葉《いろは》を怯《おび》えさせないように、ヤヒロは平静な口調で言った。

少し前まで聞こえていた装甲兵員輸送車のエンジン音は途絶えている。だがそれは、敵の戦《オペ》闘員《レーター》たちが、ヤヒロたちのすぐ近くまで接近し終えたということだ。

無駄な戦闘を避けるためにも、今のうちに少しでもこの場から離れたかった。

しかし彩葉《いろは》は足を止め、怯《おび》えたような眼差《まなざ》しをヤヒロに向けた。

「片付けた……って、殺したの？」

血に濡《ぬ》れたヤヒロの刀を見つめて、彩葉《いろは》が声を震わせた。

ヤヒロの胸に、一瞬、かすかな疼痛《とうつう》が走る。

表情を歪《ゆが》めたヤヒロに気づいて、彩葉《いろは》がハッと口元を押さえた。

自分の不用意なひと言が、ヤヒロを傷つけたことを彩葉《いろは》も理解したのだ。

しかしヤヒロは、彼女に反論することはできなかった。その前に彩葉《いろは》が、ヤヒロに思いきりしがみついてきたからだ。

「ごめん。わたし今、酷《ひど》いこと言ったよね。ヤヒロはわたしのために戦ってくれたのに……」

「いや、べつに気にしてないから。ていうか、あんまくっつくなよ。まだ血が乾いてないんだ。せっかくのジャージが汚れるぞ」

「やだ。ヤヒロが許すって言うまで離れない」

彩葉《いろは》が両腕に力をこめて、彼女を引き剝がそうとするヤヒロに抵抗する。駄々をこねる子どもか、とヤヒロは苦笑して息を吐き、

「許すもなにも怒ってない。そもそも、あいつらのことは殺してない」

「そう……なの？」

「俺の身体《からだ》を見てればわかるだろ。あいつらは簡単には死なねーよ。そう簡単に復活されても困るから、しばらく動けないくらいには痛い思いをしてもらったけどな」

ファフニール兵の再生能力は、不死者《ラザルス》であるヤヒロには及ばない。骨にまで達するダメージを負えば、すぐに動けるようにはならないことは確認済みだ。

もちろん、満足に動けない状況で放置すれば、魍獣《もうじゅう》に襲われる危険がある。だが、そうなる前に後続の部隊が彼らを回収するだろう。

そうやって負傷者の救助に人手を割けば、そのぶんヤヒロたちへの追撃は手薄になる。ヤヒロが人殺しを避けたのは、それを計算した上でのことだった。

「わかったらさっさと逃げるぞ。もう敵の援軍がそこまで来てる……から……」

壊れた壁越しに外の様子をうかがっていたヤヒロが、息を吞《の》んだ。

負傷したファフニール兵たちに、RMS《ラムス》の戦闘員《オペレーター》が近づいていく。そこまではヤヒロの予想どおりだ。

しかし戦闘員《オペレーター》の目的は、味方を回収することではなかった。

彼らは、深紅の薬剤が入ったシリンダー状の容器を取り出し、それを傷ついた仲間の身体《からだ》に半ば強引に突き立てる。F剤《エフメド》の追加投与だ。

「馬鹿な……どうして連れて帰らない⁉ あの状態でまだ戦わせる気か……⁉」

予期せぬ敵部隊の行動に、ヤヒロが動揺した。

F剤《エフメド》の過剰投与の影響は劇的だった。負傷していたファフニール兵たちの肉体が二回り以上も膨れ上がって、彼らの傷がたちどころに完治する。

一方で、その反動に耐えきれない者も少なくなかった。急激な細胞の増殖によってファフニール兵たちの肉体は崩壊し、血肉を撒《ま》き散《ち》らして砕け散る。

「戦えなくなった同僚を回収するつもりはない、ってことか……！」

ヤヒロがギリッと奥歯を噛《か》み締《し》めた。RMS《ラムス》の戦闘員《オペレーター》たちは仲間ではなく、たまたま同じ目的で雇われた同僚でしかない。役に立つなら最後まで利用し、使えなくなったら切り捨てる──それが彼らのやり方なのだ。

「ヤヒロ……駄目。囲まれてる！」

ビルの入り口の方角に目を向けて、彩葉《いろは》が呻《うめ》いた。

負傷したファフニール兵たちに気を取られているうちに、ヤヒロたちの隠れていた廃ビルは、RMS《ラムス》の別働隊に包囲されてしまっている。

「彩葉《いろは》。上の階に行って隠れてろ」

背後の階段を振り返りながら、ヤヒロが彩葉《いろは》に指示を出す。

「ヤヒロはどうするの？」

表情を強張《こわば》らせて、彩葉《いろは》が訊《き》いた。

「大丈夫だ。すぐに終わらせる」

「ヤヒロ……!?」

制止しようとする彩葉《いろは》の声を振り切って、ヤヒロが刀を抜く。

ほぼ同時に、RMS《ラムス》の戦闘員《オペレーター》がビル内に雪崩《なだ》れこんでくる。

最初に襲いかかってきたのは、F剤《エフメド》を過剰投与された四体の復活ファフニール兵だ。

攻撃衝動に支配された彼らは、すでに部隊の一員として連携が取れる状態ではない。所持しているナイフを抜くこともなく、鉤爪《かぎづめ》を生やした腕をヤヒロに叩《たた》きつけてくる。

彼らの動きは、復活前よりも遥《はる》かに速度を増していた。最初の一体に斬りつけたところで、別のファフニール兵に襲われる。その攻撃をよけきれない。

「ぐっ……！」

脇腹を深々と抉《えぐ》られて、ヤヒロは後方へと吹き飛んだ。それを好機といわんばかりに残りのファフニール兵が飛びこんでくる。咄嗟《とっさ》のカウンターで二体目に深傷を負わせるが、暴走した復活ファフニール兵たちは動きを止めない。反撃が間に合わないと悟ったヤヒロは、相打ち覚悟で敵の胴体を深々と抉《えぐ》った。防御に回した左肩を潰されながら、どうにか残りを無力化する。

「――っ⁉」

苦痛に呻《うめ》きながらファフニール兵の包囲を抜け出したヤヒロに、ライフル弾の嵐が降り注いだ。RMS《ラムス》の増援部隊による銃撃だ。両脚を撃ち抜かれて、瓦礫《がれき》まみれの床に転がるヤヒロ。そこに新たなファフニール兵が殺到してくる。

中距離からの銃撃とファフニール兵による波状攻撃。RMS《ラムス》は一気にヤヒロを無力化するのではなく、時間をかけて消耗させる作戦に切り替えたらしい。

不死者《ラザルス》の不死性を支える高速治癒は、凄《すさ》まじい勢いでヤヒロの体力を削っていく。その弱点を衝《つ》かれた恰好《かっこう》だ。このまま戦闘が長引けば、再び〝死の眠り〟の発作が起きかねない。

焦《あせ》るヤヒロは、無意識に刀身に自らの鮮血を纏《まと》わせた。その行為になにか意味があったわけではない。魍獣《もうじゅう》と戦う際のいつもの癖が出ただけだ。

倒れたヤヒロの頭上へと、ファフニール兵がナイフを振り下ろす。ヤヒロは、強引に身体《からだ》を旋回させて、起き上がりざまに刀を振るった。

無理な姿勢が災いして攻撃が軽い。ヤヒロの斬撃は、ファフニール兵の強靭《きょうじん》な鱗《うろこ》に阻《はば》まれて、相手の右腕を浅く斬り裂いただけだ。

だが、直後にヤヒロが目にしたのは、信じられない光景だった。

ヤヒロに斬られたファフニール兵の右腕が、軋《きし》むような音を立て、数倍の大きさへと瞬時に膨れ上がったのだ。

「ぐあああああああああああっ！」

ファフニール兵の喉から絶叫が漏れた。

龍人《りゅうじん》化した彼の表情が苦痛に歪《ゆが》み、その顔面もまた内側から腐食するように崩れていく。

再生能力の暴走。体細胞が際限なく増殖を続け、ファフニール兵の肉体が同一性を維持できなくなったのだ。本来の質量の三倍近くまで膨れ上がったところで、風船がはち切れるようにファフニール兵が爆発四散する。飛び散る血漿《けっしょう》を浴びながら、ヤヒロはそれを呆然《ぼうぜん》と眺めた。

ファフニール兵の肉体を暴走させたのは、ヤヒロの血だ。

九曜真鋼《くようまさかね》の刀身に纏《まと》わせたヤヒロの血が、ファフニール兵と接触したことで、彼らの細胞を異常に活性化させたのだ。

「どういうことだ……こいつら、魍獣《もうじゅう》と同じ……？」

飛び散ったファフニール兵の肉片を見下ろして、ヤヒロは呆然《ぼうぜん》と呟《つぶや》いた。

不死者《ラザルス》の血は、魍獣《もうじゅう》たちにとって猛毒だ。その毒が、ファフニール兵にも有効なことに戸惑いを覚える。

だが、魍獣《もうじゅう》とファフニール兵とでは、ヤヒロの血に対する反応が決定的に違っていた。

魍獣《もうじゅう》は単に崩壊するだけ。一方、ファフニール兵の肉体は、異常な活性化を示した。彼らの死因は、むしろF剤《エフメド》の過剰投与に近い。

あるいは有害な毒物に対する抗原抗体反応《アナフィラキシーショック》のような――

「ファフニール……そうか……そういうことかよ、畜生！　ライマット……！」

ヤヒロの唇が憤激に震えた。

無防備に姿をさらしたまま、ヤヒロはゆらりと前に歩き出す。撒《ま》き散《ち》らされた壮絶な鬼気に、一瞬、ファフニール兵たちが怯《ひる》んだように動きを止めた。

後衛の戦闘員《オペレーター》たちが、ヤヒロに向かって発砲する。しかしヤヒロはそれをよけなかった。撃ちこまれた弾丸を平然と受け止め、そのまま敵部隊のほうへと近づいて行く。

それを見た戦闘員《オペレーター》たちは気づくべきだった。

ヤヒロは、今この瞬間から、不死者《ラザルス》の本来の力を解放したのだと。

人間として戦うのをやめたのだと――

「聞け、RMS《ラムス》の戦闘員《オペレーター》！　おまえら、今すぐにそのクソみたいな薬を捨てて、ここから消《き》え失《う》せろ！　死ぬぞ！」

ヤヒロが大声で警告する。だがその声は、絶え間ない銃声によってかき消される。

背後からヤヒロに襲いかかろうとしたファフニール兵の一体が、突然、苦悶《くもん》の咆吼《ほうこう》とともに爆散した。続けて、一体。そして、もう一体。ヤヒロに近づこうとしただけで、ファフニール兵の肉体は、自らの再生能力を暴走させて崩れていく。

銃撃によって撒《ま》き散《ち》らされたヤヒロの血。それに触れたファフニール兵たちが、勝手に自滅しているのだ。そして彼らは、その事実に今も気づいていない。

銃弾が効かないことに業《ごう》を煮やした戦闘員《オペレーター》たちが、深紅の薬液を封入したシリンダーを取り出した。それを自らの身体《からだ》に撃ちこむ彼らの姿を、ヤヒロは蔑むように眺めて息を吐く。

残ったRMS《ラムス》の戦闘員《オペレーター》たちすべてが、ファフニール兵に変貌した。

その数は全部で約三十体。そう、たった三十体ほどだ。

「それが答えか……だったら化け物同士、遠慮しないぜ」

ヤヒロがギャルリーの制服を脱ぎ捨てた。

露《あらわ》になった上半身。破れたシャツの隙間から金属質の輝きが零《こぼ》れ出している。

赤錆《あかさ》びた装甲を連想させる鈍い輝き。鮮血の鎧《よろい》。ヤヒロの身体《からだ》が変質しているのだ。

呪われた不死の怪物の本来の姿に。

鋼鉄の肉体を持つと謳《うた》われた、伝説の〝龍殺し〟の英雄のように——

「消えろ。この世界はおれたちの居場所じゃない」

錆《さ》びた鋼の皮膚に覆われた頬を歪《ゆが》めて、ヤヒロは獰猛《どうもう》に笑った。

そして蹂躙《じゅうりん》が始まった。

6

「大丈夫、恐《こわ》くないよ。わたしたち、もう行くからね」

微笑《ほほえ》む彩葉《いろは》が手を伸ばして、金色の獣毛をグシャグシャと撫《な》でる。

彼女の目の前に伏せているのは、全長七、八メートルにも達する巨大な怪物だ。金色の翼を持つ獅子頭《ししがしら》の怪鳥アンズー。未踏区域近辺に出没するグレードⅣの魍獣《もうじゅう》である。

「よしよし。いい子だね。じゃあ、バイバイ」

巨大な顎のひと噛《か》みで容易《たやす》く自分を殺すであろう怪物を、彩葉《いろは》は平然とあやしている。金色の魍獣《もうじゅう》はそれに満足したのか、巨大な翼を羽ばたかせて自らの巣へと戻っていった。

「緊張したあ……やっぱり知らない子と話すのはドキドキするね」

額に浮いた汗を拭いながら、ジャージ姿の彩葉《いろは》が深々と息を吐く。

「グレードⅣの魍獣《もうじゅう》と遭遇したら、普通はドキドキする程度じゃ済まないんだけどな」

へへ、と笑う彩葉《いろは》の横顔を眺めて、ヤヒロは呆《あき》れたように呟《つぶや》いた。

ヤヒロたちの現在地はかつての大井《おおい》競馬場付近。危険地帯である未踏区域を突破して、まもなく旧・大田《おおた》区に入るところだ。

ここに辿《たど》り着《つ》くまでに遭遇した大型魍獣《もうじゅう》の数は十五体以上。それぞれが軍の大部隊を壊滅させる力を持つ怪物たちだ。その怪物たちを、彩葉《いろは》はことごとく手なずけて追い返した。

その事実はあらためて、彩葉《いろは》の異能の凄《すさ》まじさをヤヒロに思い知らせる形になった。

魍獣《もうじゅう》たちを自在に制御するクシナダの力。彼女の能力が解析できれば、二十三区内の脅威を取り除くだけでなく、新たな兵器として魍獣《もうじゅう》を活用することすら夢ではない。兵器商であるライマット・インターナショナルが、彩葉《いろは》に執着するのも当然だ。

そんなことを考えながら、ヤヒロは路上に駐めておいたバイクへと近づいた。モトクロス競技用の日本製オフロードバイク。廃墟化《はいきょか》したバイク販売店から、勝手に持ち出してきたものだ。四年以上も放置されていたにもかかわらずバイクの保存状態は良好で、少し整備しただけであっさりとエンジンが始動した。キックスターター方式で、燃料噴射装置もついていない旧型車だが、逆にそれが幸いしたらしい。RMS《ラムス》の部隊を撃退したあと、ひと晩で未踏区域を縦断できたのも、このバイクが手に入ったおかげである。

慣れないキックスターターに手間取りながら、ヤヒロはバイクを再始動した。県境である多《た》摩川《まがわ》までの距離は、残り十キロ弱。このまま何事もなければ、夜が明ける前には二十三区を抜けられるはずだ。

「いやー……なんだか、青春映画みたいだねー」

バイクの後席に乗った彩葉《いろは》が、風で乱れる前髪を気にしながら声をかけてくる。競技用バイクのシートは狭く、必然的に彼女はヤヒロの背中に密着して座る形になっていた。

長く放置された路面は荒れ果て、障害物も多い。オフロードバイクといえども出せる速度は自転車と大差なく、そのぶん会話には困らない。

「青春映画？」

「そう。なんか、映画でありそうな感じでしょ。優等生の美少女と落ちこぼれの不良が、バイクに二人乗りで逃避行、とか」

「落ちこぼれの不良ってのは俺のことかよ……」

ヤヒロが顔をしかめて言った。自らを美少女と呼んで恥じない彩葉《いろは》の強靱《きょうじん》なメンタルには、今さら突っこむ気にもなれなかった。

「まだ気にしてる？　ファフニール兵の人たちを、助けてあげられなかったこと」

彩葉《いろは》がヤヒロに体重を預けながら訊《き》いてくる。

不意を衝《つ》かれて、ヤヒロは沈黙した。

昨夜遭遇したRMS《ラムス》の戦闘員《オペレーター》たちは、最終的に全滅している。ファフニール兵となった彼らは、ヤヒロに触れることもできないまま、己の肉体を暴走させて跡形もなく弾《はじ》け飛んだのだ。

それは警告を無視してF剤《エフメド》に頼った彼らの自業自得《じごうじとく》だ。それでもヤヒロは、結果的に三十人以上の命を奪ったことになる。彩葉《いろは》はそのことでヤヒロが落ちこんでいると想《おも》っているのだろう。

だが、ファフニール兵を助けてあげられなかった、と彼女が言ってくれたことに、ヤヒロはほんの少しだけ救われた気分になる。そう。ヤヒロは彼らを助けたかった。自分と同じ被害者である彼らを、死なせたくはなかったのだ。

「……珠依《スイ》の血だった」

ヤヒロがぼそりと独り言のように告げた。

背後の彩葉《いろは》が、戸惑う気配が伝わってくる。

「すい？」

「ファフニール兵を生み出すF剤《エフメド》って薬……あれの正体は珠依《スイ》の血だ」

「珠依《スイ》って、ヤヒロの妹さんのこと？　ヤヒロがずっと捜してるって言ってた……」

「もっと早く気づくべきだったんだ。あいつらの姿や、馬鹿げた再生能力……あれは俺と同じ力だ。ライマットは不死身の兵隊を作り出すために、龍の血を利用しやがったんだよ……！」

ヤヒロが、低く押し殺した声を吐き出した。

F剤《エフメド》と呼ばれていた深紅の液体。あの薬品の正体は、鳴沢《ナルサワ》珠依《スイ》の血液を元に作りだした血液製剤だ。

浴びた者に不死の力を与えるという龍の鮮血。だがそれは、体質的に適合しない人間に対して劇毒ともいうべき副作用をもたらすらしい。F剤《エフメド》を過剰投与されたファフニール兵が、再生能力を暴走させて自滅したのがその証拠だ。

その副作用を抑えるために、龍の血を化学的に加工し、効果時間を限定した薬剤。それがF《エフ》

剤《メド》の正体なのだろう。だからこそ、体内にヤヒロの血を撃ちこまれた彼らは、強烈な抗原抗体反応《アナフィラキシーショック》を起こして命を落とした。不死者《ラザルス》であるヤヒロの血液は、より濃度の高い龍の血で汚染されているからだ。

ライマットは龍の血を兵器として利用している。

にわかには信じがたいその情報が、もうひとつの事実を浮き彫りにしていた。

それはライマット・インターナショナルが、F剤《エフメド》を量産できるほど大量の龍の血を入手できるということだ。龍の血——すなわち、鳴沢珠依《ナルサワスイ》の血液を。

「ライマットって企業が、珠依《スイ》さんを捕らえてるってこと？」

「だろうな。でなきゃ、いくら薄めてあったとしても、あれだけ大量の珠依《スイ》の血を手に入れられるとは思えない」

彩葉《いろは》の質問にヤヒロがうなずく。

フィルマン・ラ・イールは、自分専用のF剤《エフメド》を第三段階の改良型——モッド3と呼んでいた。つまり彼らは何カ月も、あるいは何年もかけて、龍の血を研究し続けてきたということだ。

F剤《エフメド》を開発するための実験材料として、そして量産用の素材として、彼らは生きた龍の血液を安定的に手に入れていた。龍の本体を確保しない限り、そんなことは不可能だ。

「……待って。ライマットって、ヤヒロの雇い主の出資者《スポンサー》なんだよね？」

彩葉《いろは》が、なにかに気づいたように声を硬くした。

ヤヒロは無言で肯定する。クシナダ捕獲計画の主催者はライマット・インターナショナル。ギャルリー・ベリトは、彼らに雇われた民間軍事会社の一社だ。

「ジュリさんとロゼさん、だっけ……ギャルリー・ベリトの人たちは、それを知ってたのかな。ライマットが珠依《スイ》さんを捕らえてるって」

「たぶんな。F剤《エフメド》の正体が、珠依《スイ》の血だってことまで知ってたのかどうかはわからないけど……いや、たぶん知ってたんだろうな」

ヤヒロが思い出していたのは、双子に見せられた珠依《スイ》の写真のことだった。

棺桶《かんおけ》のようなベッドに固定され、全身にチューブを繋《つな》がれていた龍の娘。彼女の周囲を取り巻いていた機械は、単なる生命維持装置ではなく、採血装置を兼ねていたのではないか――ヤヒロはそう確信する。

でも、と彩葉《いろは》が、納得できないというふうに首を振る。

「それは変だよ……だって、珠依《スイ》さんの居場所を教えるのがヤヒロへの報酬のはずなのに……それってヤヒロが、ライマットの敵になるって最初からわかってたってことだよね？」

「ライマットの戦力を削《そ》ぐために、俺を利用しようとしたってことだろ。たまたま今回は協力してただけで、あいつらはもともと商売敵《しょうばいがたき》なんだ。べつにおかしな話じゃない」

ヤヒロが無関心な口調で言い捨てた。彩葉《いろは》の口調が真剣さを増す。

「そうだよ。おかしくない。だからおかしいんだよ」

「は？」

「ヤヒロをライマットと戦わせたいのなら、ギャルリー・ベリトは、どうしてわたしたちを逃がそうとするの？　戦わずに逃げたら意味なくない？」

「それは……」

思いがけない彩葉《いろは》の指摘に、ヤヒロが声を詰まらせた。

ヤヒロたちはギャルリー・ベリトの双子の指示で、横浜《よこはま》方面へと向かっている。埼玉《さいたま》方面に本拠地を持つライマットの追っ手から逃れるため、というのがその理由だ。

特におかしな指示ではない。事実、未踏区域に阻《はば》まれて、RMS《ラムス》の追撃は途絶えている。

だがそれは、RMS《ラムス》側の被害も減るということだ。ヤヒロをライマットと戦わせるという、彼女たちの目的とは矛盾する。

「あんたのことを確実に手に入れるため――じゃないのか？」

双子が、ライマットの戦力を削ることよりも彩葉《いろは》の入手を優先しているのなら、彼女たちの指示も理解できる。しかし彩葉《いろは》は、即座にその仮説を否定した。

「だったら、どうしてすぐに迎えに来ないの？　わたしとヤヒロの二人だけで未踏区域を縦断させるなんて、そんな不確実はやり方、おかしいよ」

「あいつらがどっかおかしいのは、最初からわかってたことだけどな」

ヤヒロが負け惜しみに似た態度で言う。

彩葉《いろは》の指摘はもっともだ。ヤヒロとライマットを戦わせたいのなら、逃走を指示する必要はなかった。彩葉《いろは》の回収を優先するのなら、珠依《スイ》の写真を見せるべきではなかった。ギャルリー・ベリトの指示には矛盾がある。あの双子には、なにかヤヒロの知らない目的があるのだ。

「騙《だま》されてるかもしれないってわかってても、あいつらのところに行くしかないんだろ。あんたの子どもたちが待ってるんだから」

わからないことを考えても仕方ない、とヤヒロは思考を放棄した。どのみちヤヒロたちに、双子の指示に従う以外の選択肢は残されていないのだ。

「弟妹《きようだい》ね！　わたしの子どもじゃなくて弟妹《きようだい》だから！」

彩葉《いろは》が律儀《りちぎ》にヤヒロの発言を訂正する。

そして彼女は不意に沈黙した。めずらしく逡巡《しゆんじゆん》するように何度か深呼吸を繰り返し、そして意を決したように告白する。

「ねえ、ヤヒロ。わたし、あなたに謝らなきゃいけないことがあるの」

「まさか……俺が寝てる間になにかしたのか……？」

ヤヒロが不安げな口調で訊《き》き返《かえ》した。なっ、と彩葉《いろは》は目を剝《む》いて、

「なにかってなに⁉　するわけないでしょ。そんなこと……！」

「いや、冗談のつもりだったんだが、そんなムキにならなくても……」

「う、うっさい！」

彩葉《いろは》が声を上擦らせながら、ぽかぽかとヤヒロの背中を殴打《おうだ》した。どうしてそこまで焦《あせ》るのか、とヤヒロは逆に困惑する。

「それで、なんなんだよ。謝りたいことって」

「え、と……大殺戮《ジェイノサイド》の前に、わたし、珠依《スイ》さんに会ってるかもしれない」

「は⁉」

ヤヒロは思わずブレーキを握りしめた。急制動をかけられたバイクが、前につんのめるような勢いで停止する。

「ぎゃああっ⁉　なにすんの⁉　危ないでしょ、いきなり止まったりしたら！」

危うく投げ出されそうになった彩葉《いろは》が、慌ててヤヒロの背中にしがみついた。

ヤヒロは無理やり身体《からだ》をよじって、そんな彩葉《いろは》に向き直る。

「それよりも今の話、どういうことだ⁉　珠依《スイ》に会ったって、いつ⁉　どこで⁉」

「ゆ……夢の中で……？」

彩葉《いろは》が圧倒されたように頼りなく答える。

「夢？」

ヤヒロはなんとも言えない戸惑いの表情を浮かべた。彩葉《いろは》にからかわれていると思ったわけではない。だが、彼女の証言になんの意味があるのかわからない。

彩葉《いろは》を見つめて眉間にしわを刻んでいたヤヒロが、ハッと顔を上げて表情を硬くした。

「その話、ゆっくり聞かせてもらいたかったが、そんな余裕はなさそうだな」

「ヤヒロ？」

彩葉《いろは》が、ヤヒロの視線を追って背後に目を向け、息を吞《の》む。

夜が明ける直前の廃墟《はいきょ》の街。周囲のビルは巨大な爆発でなぎ倒されたように倒壊して、焦土と化した大地が広がっている。

その平坦《へいたん》な地形の向こうに側に、鈍色に輝く装甲車両の群れが見えた。二十両近い装輪戦車、そして数え切れないほどの戦闘員《オペレーター》が、ヤヒロたちを包囲するように待ち構えている。

彼らが身に着けているのは、中世の貴族を連想させる華美な制服。RMS《ラムス》の戦闘員《オペレーター》の制服だ。

「待ち伏せ、された？」

呆然《ぼうぜん》と目を見開いて、彩葉《いろは》が呟《つぶや》く。

未踏区域を縦断してきたヤヒロたちを、RMS《ラムス》が追跡できるはずがない。仮に追跡できたとしても、ヤヒロたちに先んじて、これだけの大部隊を集結させるのは不可能だ。

考えられる可能性はただひとつ。彼らは、ヤヒロたちが横浜方面に向かうことを知っていたのだ。ヤヒロたちの逃走ルートを知る誰かが、RMS《ラムス》に情報を流したのだ。

それが可能な組織はただひとつ——

「ギャルリー・ベリト……あの双子、俺たちを売りやがった……！」

怒りに肩を震わせながら、ヤヒロはバイクのハンドルを殴りつける。

ヤヒロたちを包囲するRMS《ラムス》の装甲部隊が砲撃を開始したのは、その直後のことだった。

7

曲射弾道を描いて落下した迫撃砲弾が、ヤヒロたちの後方で炸裂《さくれつ》する。

爆発によって道路が抉《えぐ》れ、アスファルトの破片がバラバラと路上に降り注いだ。

砲撃が逸《そ》れたわけではない。彼らは最初から地面を狙っていた。道路を破壊し、ヤヒロたちの退路を塞ぐのが目的だ。

「彩葉《いろは》、おまえは投降しろ……！」

爆風に逆らうようにヤヒロが声を張り上げた。

この場にいるはずだった、ギャルリーの双子の姿はない。あの双子は、ヤヒロたちの逃走ルートという情報をライマットに売ったのだ。

それを裏切りと呼ぶのは的外れだろう。彼女たちにとって、ヤヒロはたまたま雇っただけの案内人だ。見捨てることに躊躇《ちゅうちょ》するはずがない。無理をして彩葉《いろは》を手に入れるより、ライマットに恩を売るほうが儲《もう》かると思えば、ギャルリー・ベリトは迷いなくヤヒロたちを売る。

日本人の生き残りというだけで、騙《だま》され、裏切られることには慣れているつもりだった。それでも歯痒《はがゆ》いと感じてしまうのは、なんだかんだで、あの双子を無意識に信じていたせいだ。

「投降って……あいつらに降伏しろってこと？」

彩葉《いろは》が怒りを露《あらわ》にする。彼女にとってRMS《ラムス》の戦闘員《オペレーター》たちは、長年暮らした家を壊し、家族でもある魍獣《もうじゅう》たちを殺した敵なのだ。

「あいつらの目的はおまえの能力なんだから、手荒に扱われることはないはずだ。ギャルリーに連れて行かれた弟妹《きょうだい》も、交渉次第で取り戻せるかもしれない」

ヤヒロが彩葉《いろは》を懸命に説得する。この状況から彩葉《いろは》を連れて逃げ延びるのは不可能だ。攻撃に巻きこまれて負傷する前に、彼女だけでも投降したほうがいい。

そんなヤヒロの判断を嘲笑《あざわら》うかのように、地面が爆《は》ぜた。

アサルトライフルによる威嚇射撃。銃撃を浴びたバイクが吹き飛び、火花を散らす。

「っ⁉」

降り注ぐ弾丸の雨から彩葉《いろは》を守るため、ヤヒロは彩葉《いろは》を押し倒して地面に転がった。数発の弾丸がヤヒロをかすめ、飛び散った鮮血が肩を濡《ぬ》らす。

僧帽筋の裂傷。肩甲骨《けんこうこつ》の一部損傷。完治まで約十秒といったところ。しかしこの弾丸をまともに喰《く》らうと、ヤヒロでも彩葉《いろは》を庇《かば》い切《き》れない。

「どういうつもりだ⁉　おまえら、クシナダの捕獲に来たんじゃねーのかよ⁉」

激痛に顔をしかめながら立ち上がり、襲撃者に向かってヤヒロは怒鳴った。

道路沿い。倒壊したビルの瓦礫《がれき》の上に、RMS《ラムス》の戦闘員《オペレーター》の姿がある。人数は十四、五人といったあたり。その中央にいるのは大型の義手をつけたフィルマン・ラ・イールだ。

「捕獲するさ。だが、無傷で連れ帰れという依頼《オーダー》は受けていないのでね」

フィルマンが、再び部下に威嚇射撃を命じた。

彩葉《いろは》の周囲に無数の弾丸が降り注ぎ、砕けたアスファルトの破片が彼女を襲った。彩葉《いろは》は、それでも悲鳴を上げずに、フィルマンに怒りの視線を向けている。

「これだけの戦力を動かしたんだ。あっさり投降されたら私の立場がない。せいぜい抵抗して、部下たちを楽しませてくれ」

フィルマンの言葉に、彼の部下たちが下卑《げび》た声で笑う。

威嚇射撃のはずの弾丸は、次第にヤヒロたちの身体《からだ》をかすめるようになっていた。日本人の生き残りであり、異能の力を持つヤヒロと彩葉《いろは》は、彼らにとっては魍獣《もうじゅう》たちの同類だ。そして彼らの同僚の仇《かたき》でもある。傷つけることに対する罪悪感などないに等しいのだろう。

彼らがF剤《エフメド》を使ってくれれば、まだしもヤヒロに勝機があった。しかし龍人化《りゅうじんか》することなく、銃器を使う彼らに対して、ヤヒロには反撃の手段がない。

「それが……狙いか。俺の動きを封じるために……！」

彼らの目的を悟って、ヤヒロはギリギリと歯噛《はが》みした。

彩葉《いろは》を巻きこむような形で威嚇射撃を続けているのは、ヤヒロの足を止めるためだ。下手に動けば、彩葉《いろは》を巻きこむ。そう思わせることで、ヤヒロをこの場に釘付《くぎづ》けにしているのだ。

だとすれば、彼らの次の行動は――

「――ッ！」

フィルマンの左手が、拳銃を抜く。そしてヤヒロの心臓めがけて、容赦なく弾丸を撃ちこんだ。ヤヒロはその弾丸を右腕で防ぐ。

弾丸は火花を散らして弾《はじ》け飛《と》び、鮮血の鎧《よろい》に覆われたヤヒロの肌を露《あらわ》にした。

「やはり、そうか。不死者《ラザルス》の少年――きみは龍の血を浴びたのか。そして鋼の剣にも傷つくことのない、〝龍殺し《シグルズ》〟の肉体を手に入れたのだな！」

フィルマンの唇が歓喜に歪《ゆが》んだ。その間も彼は繰り返し引き金を引き、そのたびにヤヒロは飛来する弾丸を打ち落とす。

ヤヒロの肉体を覆う鮮血の鎧《よろい》は、ギャルリー・ベリトの連中にも見せなかった切り札だ。しかし、出し惜しみしている余裕はなかった。ヤヒロがよければ、弾丸は間違いなく彩葉《いろは》に当たる。フィルマンは、あえてそういう角度で銃を撃っている。

「素晴らしい！　実に素晴らしい性能だ！　〝モッド2〟では相手にもならないか！　きみを生きたまま連れ帰れば、伯爵もさぞ喜んでくださるだろうな！」

弾倉が空になった拳銃を投げ捨て、フィルマンは足元から巨大な銃器を拾い上げた。

六本の銃身を持つ連装機関銃。最大で毎分六千発という馬鹿げた発射速度を誇る電動式ガトリングガンである。本来は軍用ヘリコプターに搭載するための装備だが、フィルマンはそれを片手で構えていた。巨大な義手の握力に加えて、ファフニール兵の怪力がなせる技だ。

「だがそれでは、この右腕の疼《うず》きが収まらぬ！」

フィルマンが機関銃を発砲する。彼が引き金を引いたのは、ほんの一瞬。しかしその一瞬で放たれた数十発の弾丸が、信じられないほどの正確さでヤヒロを撃ち抜いた。

「ぐっ⁉」

鮮血の鎧《よろい》が砕け散り、ヤヒロの全身がちぎれ飛ぶ。一瞬で叩《たた》きこまれた大量の機関銃弾の前には、龍の血がもたらす鋼鉄の肉体も無力だった。

現代兵器の猛威に翻弄され、ヤヒロは地面へと叩《たた》きつけられる。それでも人間の姿を保っていられたのは、不死者《ラザルス》の肉体の恩恵というより、致命傷を避けたフィルマンの気まぐれに過ぎなかった。

「ヤヒロ！　ヤヒロッッ！」

倒れたヤヒロを庇《かば》おうと、彩葉《いろは》が両腕を広げて立ち上がる。

その彩葉《いろは》を、駆けつけてきた二体のファフニール兵があっさり取り押さえた。彩葉《いろは》の抵抗をものともせずに、ファフニール兵たちは彼女をヤヒロから引き離す。

それを確認したフィルマンが、再び機関銃の引き金を引いた。立ち上がろうとしていたヤヒロが再び弾《はじ》け飛び、ちぎれた左腕が地面に転がる。

「ははっ、これだけの弾丸を喰《く》らって生きてられるのか。さすがだ、不死者《ラザルス》！」

フィルマンはもはや狙いをつけようともしていなかった。無数の弾丸が霰《あられ》のように降り注ぎ、ヤヒロの全身が細切れの肉片へと変わっていく。

それでもフィルマンは銃撃をやめない。不死者《ラザルス》の限界を試すように、ヤヒロが回復の兆候を見せるたびに巨大な機関銃を撃ちまくる。

「だが、ここに辿《たど》り着《つ》くまでに貴様はどれだけの血を流した？　貴様の体内に流れる龍の血は、あとどれだけ残っている⁉」

「駄目！　やめて！　離して！　ヤヒロォォォッ！」

彩葉《いろは》が髪を振り乱して泣き叫ぶ。

ヤヒロは倒れたまま動かない。その肉体はかろうじて人の姿を残しているが、再生が始まる気配はない。血を流しすぎた、というフィルマンの言葉を裏付けるような光景だ。

フィルマンが、ようやく満足したようにうっすらと笑った。

だが、次の瞬間、驚きに打たれて彼の笑みが引《ひ》き攣《つ》る。

「ヤヒロを傷つけるなあああああっ！」

彩葉《いろは》を拘束していたはずのファフニール兵が、突然、彼女を解放する。彼らの手を振りほどいた彩葉《いろは》がヤヒロを庇《かば》うように覆《おお》い被《かぶ》さった。

フィルマンが咄嗟《とっさ》に引き金から手を離す。しかし毎秒百発の連射能力を持つ連装機関銃は、その一瞬で彩葉《いろは》に無数の銃弾を浴びせていた。

彩葉《いろは》の全身から飛び散った鮮血が、横たわるヤヒロに降り注ぐ。

「ちっ……愚かな真似《まね》を……！」

フィルマンが機関銃を投げ出して舌打ちした。不死者《ラザルス》対策として用意した連装機関銃は、人間相手には過剰戦力《オーバースペック》だ。近くをかすめただけでも確実に命を奪う。侭奈《ままな》彩葉《いろは》の生存はもはや絶望的だった。

フィルマンの怒りの矛先は、彩葉《いろは》を解放してみすみす死なせた、二体のファフニール兵へと向けられる。

しかし彼らを睨《にら》みつけた瞬間、フィルマンは瞠目《どうもく》して息を呑《の》んだ。

銃弾に倒れた彩葉《いろは》を眺めて、呆然《ぼうぜん》と立ち尽くす二体の龍人《りゅうじん》。彼らの身体《からだ》が燃えていた。

猛々《たけだけ》しく燃える青白い炎がファフニール兵たちの全身を包み、真っ白な灰へと変えていく。

ファフニール兵の再生能力も、その猛炎の前では無力だった。悲鳴を上げる間もなく彼らは燃え尽き、跡形も残さずに消滅した。

「なに……？　なんだ……なにが起きている？」

フィルマンの瞳が動揺に揺れた。

燃えていたのはファフニール兵だけではなかった。ヤヒロに重なるようにして倒れた彩葉《いろは》の死体。その全身が眩《まばゆ》い炎に包まれている。激しく渦を巻き、上空へと舞い上がっていく炎の輝きは、空へと昇る巨大な龍の姿を連想させた。

「撃て！　あの女の死体を撃て！　炎を止めろ！」

本能的な恐怖に衝《つ》き動《うご》かされて、フィルマンが叫んだ。部下の戦闘員《オペレーター》たちが一斉に引き金を引き、フィルマン自身も再び機関銃を構える。

しかし撃ちこまれた銃弾が、彩葉《いろは》たちの身体《からだ》を傷つけることはなかった。炎が銃弾を瞬時に熔《と》かし、二人に届く前に蒸発させていく。

「馬鹿な……！」

フィルマンが、端整な顔を焦《あせ》りに歪《ゆが》めた。

まるでそれが引き金になったように、巨大な爆発音が廃墟《はいきょ》の街を揺るがした。


フィルマンたちの背後に布陣していた装甲車部隊が、轟音《ごうおん》とともに爆発四散する。

主力戦車クラスの大口径火砲による砲撃。対戦車用の高速徹甲弾が相手では、対人戦闘用の軽装甲しか持たない車両はひとたまりもなかった。

直撃を受けた装甲車はもちろん、至近距離で爆発に巻きこまれた戦闘員《オペレーター》たちも飛び散る破片を喰《く》らって、たちまち無力化される。

最初の爆発の衝撃が収まらないうちに、次の攻撃が着弾し、更に複数の車両が破壊される。

上空からは迫撃砲弾が降り注ぎ、その時点でRMS《ラムス》の装甲車部隊は恐慌《きょうこう》状態に陥った。想定外の奇襲に反撃することもままならず、一部の戦闘員《オペレーター》が我先にと逃走を開始する。

「今度はなんだ⁉」

フィルマンが怒鳴るような勢いで副官を問い詰めた。

歩兵用の戦術データリンクバイザーを装備した副官が、干からびたような声を絞り出す。

「ほ、砲撃です！」

「そんなことはわかっている！　どこからだ⁉」

「線路の高架上。装甲列車です！　ギャルリー・ベリト所属の〝揺光星《ヤオクアンシン》〟！」

「ギャルリー・ベリト……だと……」

フィルマンが瞠目《どうもく》して振り返る。

RMS《ラムス》の本隊が布陣していたのは、旧・第一京浜国道《だいいちけいひん》の周辺だ。その国道跡地と並行するように、鉄道の線路が走っている。

その線路上に灰色の鉄道車両が停《と》まっていた。八両編成の装甲列車だ。

各車両は分厚い装甲で覆われ、無数の火砲で武装している。

中でも目を引くのが、前後の車両に搭載された四門の巨大な砲塔だった。五五口径一二〇ミリ滑腔砲《かっこうほう》。あの装甲列車は一編成で主力戦車一個小隊に匹敵する火力を持っているのだ。

「まさか奴《やつ》らの狙いは、我々か……⁉　RMS《ラムス》の本体をおびき出して殲滅《せんめつ》するために……不死者《ラザルス》とクシナダを囮《おとり》にしたのか⁉」

フィルマンが呆然《ぼうぜん》と呟《つぶや》いた。

大殺戮《ジェイノサイド》によって壊滅的な被害を受けた日本国内の交通網だが、唯一、鉄道路線だけは今も機能の一部を維持している。その中には二十三区の一部区間も含まれていた。

ギャルリー・ベリトは、その鉄道網を利用することで大火力の装甲列車を極秘裏に動かし、RMS《ラムス》への奇襲を成功させた。

道路と線路の距離が近く、周囲に射線を遮る障害物のない廃墟《はいきょ》の街は、奇襲に最適の地形だった。鳴沢八尋《ナルサワヤヒロ》の逃走経理をフィルマンにリークすることで、ギャルリー・ベリトは、この場所にRMS《ラムス》主力部隊を誘い出したのだ。

「クシナダ捕獲作戦で殺されかけたことへの復讐《ふくしゅう》のつもりか。愚か者どもめ」

隠しきれない怒りを滲《にじ》ませながらも、フィルマンの声は冷静だった。

たしかに装甲部隊を失ったのは痛手だが、RMS《ラムス》にはまだF剤《エフメド》がある。ファフニール兵の生き残りはフィルマン自身を含めて八名だが、ギャルリー・ベリトの装甲列車を制圧するには十分だ。

フィルマンが、部下たちにF剤《エフメド》投与の指示を出す。

彼らに与えたF剤《エフメド》は改良型のモッド3《スリー》。各種能力の向上に加えて、戦闘可能時間も大幅に伸びている。この状況にはうってつけの性能だ。

龍人化《りゅうじんか》した戦闘員《オペレーター》たちが咆吼《ほうこう》する。ギャルリー・ベリトの装甲列車は、多数の対人機銃で武装しているが、ファフニール兵にとってそれらはなんの脅威にもならない。

反撃を開始するべく部下に号令をかけようとして、そこでフィルマンは硬直した。

青白い炎の渦の中で、ゆらゆらと立ち上がる影が見えたからだ。

意識のない少女を抱え上げた、血塗《ちまみ》れの少年。

抜き身の日本刀を構えた、鳴沢八尋《ナルサワヤヒロ》だった。

8

——わおーん！　おはようございます！


朦朧《もうろう》とした意識の中で、懐《なつ》かしい声が聞こえた気がした。彩葉《いろは》の声だ。

夢を見ているのだ、とヤヒロは思う。

周囲は目が眩《くら》むほどの青白い輝きに包まれて、なにも見えない。自分の輪郭すら見分けられない。自分がどこかに浮かんでいるのか、それとも落ち続けているのかもわからなかった。

ただ彩葉《いろは》がそこにいることだけがわかる。一糸まとわぬ姿で傍《そば》にいる彼女の存在を、気配だけでヤヒロは感じている。


——ごめんね、ヤヒロ。自分のことなのに、わたし、なにもわかってなかった……

彩葉《いろは》の想《おも》いが流れこんでくる。悲しみ。嘆き。苦悩。後悔。そして慈愛。傷ついたヤヒロの魂を癒やすような温かな感情の奔流を感じる。

――ようやく思い出したよ。あの日に起きたこと……

ヤヒロの脳裏に、無数の記憶の断片が浮かぶ。
蒼穹《そうきゅう》。雲海。炎の翼。眼下に広がる海面と巨大な都市。そして光。
八つの頭を持つ巨大な龍と、それらを従えた八人の少女。
ふと気づくとヤヒロの目の前には、裸の彩葉《いろは》が立っている。
彼女の胸元に抱かれているのは、ひと振りの剣。
炎に包まれたその剣を彩葉《いろは》は振り上げ、ヤヒロの心臓へと突き立てる。
言葉にならない悲嘆とともに、彼女が流す血の涙がヤヒロの胸に滴《したた》り落《お》ちて――

「龍は、一体だけじゃなかったんだ――」

「他人の夢の中にまで出てきて、わおーんとか言ってる場合じゃねえだろ……」

彩葉《いろは》をそっと地面に横たえて、ヤヒロは気怠《けだる》く呟《つぶや》いた。

銃弾を浴びたはずの彩葉《いろは》の身体《からだ》は無事だ。彼女愛用の芋ジャージはズタズタに引き裂かれて、大変な姿になっているが、破れ目からのぞく素肌に傷はなかった。

その理由も今ならわかる。

†

ただの人間の攻撃で、彼女を傷つけられるはずがない。

「ずいぶん痛めつけてくれたな、フィルマン・ラ・イール」

炎の中から現れたヤヒロの肉体は、人間でも龍人《りゆうじん》でもない奇怪な姿へと変貌していた。

ひび割れた鎧《よろい》のような、あるいは龍の鱗《うろこ》のような硬質な外殻は、腕だけでなくヤヒロの全身を覆っている。その表面は艶《つや》やかに輝いて、炎を纏《まと》うように揺らめいていた。

銃撃を浴びて砕けたはずの打刀《うちがたな》の刀身も復活している。

拵《こしら》えの壊れた九曜真鋼《くようまさかね》の茎《なかご》を握って、ヤヒロはゆっくりと歩み出た。

その静かな足取りに気圧《けお》されたように、ファフニール兵たちが動揺する。

「各自の判断で交戦を許可する。殺す必要はない。手脚をもぎ取れ」

フィルマンが部下たちに攻撃を命じた。

「了解……！」

ファフニール兵たちが恐怖を隠して、それぞれ山刀《マチエット》型のナイフを抜く。

フィルマンは右腕の義手を掲げ、指先に内蔵されていた鉤爪《かぎづめ》を伸ばした。

連装機関砲の弾丸をあれだけ撃ちこんでも、不死者《ラザルス》を殺し切ることはできなかった。ならば無理に殺す必要はない。動けなくして捕らえた上で、氷漬けにでもすればいい。フィルマンはそう考えたのだ。だが、それは致命的な失策だった。

「さあ、復讐《ふくしゅう》の時間だぜ——！」

ヤヒロが、構えた刀に呼びかけるようにぼそりと呟《つぶや》いた。

そして斬りかかってきたファフニール兵に反撃する。その動きは素人《しろうと》同然で、ナイフ格闘の訓練を受けた戦闘員《オペレーター》とは比べるべくもない。駆け引きも防御もなく、間合いすら無視した獣めいた動き。それが不死者《ラザルス》にとって最適の戦術だと、果たして何人が気付いていたか——

「なっ……⁉」

フィルマンの背後で、彼の副官が絶句した。

ヤヒロと接触した直後、二体のファフニール兵が爆発する。自らの再生能力を暴走させて、内側から弾《はじ》け飛《と》んだのだ。続けて、追撃を仕掛けた二体が倒される。

ファフニール兵の攻撃が、ヤヒロに届かなかったわけではない。しかしファフニール兵の山刀《マチェット》はヤヒロの外殻に阻《はば》まれ、逆にヤヒロの刀はわずかに斬りつけただけで、ファフニール兵たちに致命傷を与えた。

もはやそれは戦闘ではない。殺し合いとすら呼べない一方的な破壊。いつの間にか立場は完全に逆転していた。狩られているのはフィルマンたちのほうだ。

「貴様ら、持ち場を離れる気か⁉　契約違反だぞ！」

龍人化《りゅうじんか》していない副官たちが、フィルマンの命令を無視して逃走を始める。

逃げ出したのは彼らだけではない。ギャルリー・ベリトの攻撃を受けている装甲部隊も、すでに壊走を始めている。

ファフニール兵は命令に従って――というよりも、本能的な恐怖に駆られてヤヒロに攻撃を仕掛けていたが、不死者《ラザルス》の圧倒的な力の前にあっさりと蹂躙《じゅうりん》された。

残ったファフニール兵はフィルマンだけだ。

「金で雇われた戦闘員《オペレーター》だ。そりゃ形勢がヤバくなったら逃げ出すよな」

他人事《ひとごと》のようなのんびりとした口調で、ヤヒロがフィルマンに呼びかける。その声音《こわね》には、かすかな同情の響きすらあった。その事実がフィルマンを激昂《げっこう》させる。

「だけど、あんたは逃がさないぜ。ラ・イール少佐。訊《き》きたいことが山ほどあるからな」

「鳴沢八尋《ナルサワヤヒロ》オォォ――――！」

フィルマンが、鉤爪《かぎづめ》を構えてヤヒロへと突進した。

ヤヒロはその攻撃を素手で受け止めた。ファフニール兵の怪力で突き出された鋼鉄の義手は、巨大な戦槌《せんつい》に匹敵する威力を持つ。生身の肉体で対抗できるようなものではない。

それでもヤヒロの腕は砕けない。圧倒的な再生能力が、破壊される前に彼の肉体を癒やしたのだとフィルマンは気づく。

ヤヒロが右手の刀を振り上げた。ファフニール兵にとっての必殺の攻撃。フィルマンは、それを地面に転がるようにして回避した。取り繕う余裕もない無様な姿だ。

「なぜだ……鳴沢八尋《ナルサワヤヒロ》⁉ 貴様は、死にかけていたはず……！」

フィルマンが屈辱に顔を歪《ゆが》めながら、荒々しく唸《うな》る。

そして彼は、ヤヒロの背後にいる彩葉《いろは》に目を向けた。

「そうか、クシナダ……あの女の正体は……地の龍《スペルビア》と同じ……！」

フィルマンが、ヤヒロの一瞬の隙を衝《つ》いて疾走した。

彼が向かった先は、いまだ倒れたままの彩葉《いろは》の姿があった。

彩葉《いろは》を連れ去ることがフィルマンの目的だと、ヤヒロは気付く。ファフニール兵の脚力は、不死者《ラザルス》であるヤヒロより上だ。フィルマンをここで逃がしたら、ヤヒロには追いつくことができない。

それがわかっていても、ヤヒロは奇妙に落ち着いていた。

自分がなにをすればいいのかわかる。

体内にある剣が教えてくれる。

「やめろ、フィルマン・ラ・イール——！」

最後の警告とともに、ヤヒロは刀を構えた。

イメージする。闇を裂く一条の閃光《せんこう》を。空を焦がす深紅の輝きを。

彩葉《いろは》が抱いていた炎の剣を——

全身の血が灼熱《しゃくねつ》の奔流へと変わる。それは龍を焼く炎。龍殺しの光。あの日のヤヒロが手に入れられなかった力だ。

無意識に、その言葉がヤヒロの口から漏れた。

「【焔《ほむら》】——」

一瞬が永遠に引き延ばされる。敵との距離がゼロに変わる。ファフニール兵の体内を流れる、希釈された鳴沢珠依《ナルサワスイ》の血液——龍の血を焼き尽くすために、刃《やいば》が奔《はし》った。

十数メートル。決して届くはずのない距離を走り抜け、ヤヒロはゆっくりと振り返る。

背後には、全身を炎に包まれた最後のファフニール兵の姿があった。

「馬鹿……な……私が、こんな……化け物どもに……」

胴体を深々と斬り裂かれたフィルマンが、ヤヒロに襲いかかろうとして、その場に崩れ落ちる。その肉体を包む炎が勢いを増し、たちまち白い灰へと変えた。

「……呪われた……怪物……め……」

呪詛《じゅそ》の言葉を残して、フィルマンの肉体が消滅する。

ヤヒロはそれを無言で眺めた。

同情する気にはなれなかった。彼はヤヒロに何十発もの弾丸を撃ちこみ、あまっさえ彩葉《いろは》を殺そうとしたのだから。だがそれでも、龍の存在がなければ、彼はこんな最期《さいご》を迎えずに済んだのではないか、と考えずにはいられない。

ヤヒロの全身を覆っていた深紅の鱗《うろこ》が、バラバラと剝がれるように脱落する。それと同時に、体内で荒れ狂っていた大きな力が薄れていくのを感じた。ヤヒロが焼き尽くすべき龍の血は、もはやここには存在しない。ヤヒロの肉体が、無意識にそう伝えているかのようだった。

「ヤヒロ……生きてる……の？」

背後で、彩葉《いろは》が起き上がる気配があった。

ヤヒロが振り向くと同時に、どん、と柔らかななにかがぶつかってくる。体当たりするような勢いで駆け寄ってきた彩葉《いろは》が、ぼろぼろと涙を流してヤヒロにしがみつく。

「よかった……よかったよぅ……」

「よくねえよ。あんな無茶しやがって」

泣きたいのはこっちだ、と言わんばかりに、ヤヒロは深々と嘆息した。ろくに身動きできない状態で、彩葉《いろは》が撃たれるのを目にした絶望感は、今思い出しても身が凍る。

「あと、できれば少し離れてもらえるとありがたい。ついでに、その服もなんとかしてくれ」

「……へ、服？　って、わああああっ⁉」

ズタズタに引き裂かれた臙脂色《えんじいろ》のジャージを見下ろして、彩葉《いろは》が甲高い悲鳴を上げた。

ジャージの下に着ていた配信用衣装は、ただでさえ布面積が小さかったこともあり、もっとすごい状態になっている。素肌同士が触れ合う感触に、ヤヒロも動揺を隠せない。

「見、見た？」

彩葉《いろは》が胸元を隠したまま、上目遣いにヤヒロを睨《にら》みつける。

「いや、なにも」

ヤヒロは突き放すように素っ気なく言った。

彩葉《いろは》は、むうっ、と眉を吊《つ》り上《あ》げて、

「嘘《うそ》！　じゃあ、なんでそんな赤くなってるの？」

「朝陽《あさひ》のせいだろ」

すっとぼけた表情を浮かべながら、ヤヒロは東の方角に目を向ける。

逆光の中に浮かぶ廃墟《はいきょ》の街並みを、昇り始めた太陽が血のように赤く染めている。

RMS《ラムス》の装甲部隊は壊滅し、生き残った戦闘員《オペレーター》たちもすでに姿を消している。ギャルリー・ベリトの装甲列車は砲撃を終え、不気味な沈黙を保っていた。そして――

ぴったりと寄り添うヤヒロと彩葉《いろは》の間に、ぬっとオレンジメッシュの髪の少女が顔を出す。

「ふーん、ひと晩でずいぶん仲良くなったみたいだね。なにか楽しいことあった？」

「きゃあ⁉」

「ジュリ⁉　おまえ……！」

胸元を押さえたままの彩葉《いろは》が悲鳴を上げて、ヤヒロは反射的に身構える。

気配もなく現れて立っていたのは、ジュリエッタ・ベリトだ。しかし彼女からは敵意を感じない。むしろジュリは子どものように目を輝かせながら、ヤヒロが握る刀を見つめて、

「ねえねえ、それよりさっきのなに⁉　ズバーンってやつ、どうやったの⁉」

「いや、ズバーンって……」

ヤヒロは顔をしかめて口ごもる。

ジュリが表現しているのは、ヤヒロがフィルマンを斬った技のことだろう。だがヤヒロには、自分がどうやって彼を倒したのか思い出せない。斬れると単に感じただけだ。もう一度やれと言われても、再現できる自信はなかった。

「あれがあなたの神蝕能《レガリア》ですか、ヤヒロ。見事なものですね。それに、その血纏《ゴア・クラッド》も」

ジュリの隣に立っていた青髪の少女が、感情の読めない平坦《へいたん》な声で言う。

神蝕能《レガリア》。そして血纏《ゴア・クラッド》――聞き慣れない単語に、ヤヒロは眉をひそめた。

「ロゼ……おまえら、なにを考えてる？　どうして今になって現れた？」

「ご挨拶ですね。あなた方を助けに来たつもりですが？」

特に気分を害した様子もなく、ロゼッタ・ベリトが淡々と答える。

ヤヒロは苛立《いらだ》たしげに唇を歪《ゆが》めた。

「俺たちを囮《おとり》にしておいて、よくもそんなことが言えるな」

「おかげでRMS《ラムス》の戦力の大半を削ることができました」

ロゼが悪びれもせずに堂々と告げる。思いがけない彼女の返答に、ヤヒロは声をなくした。

「つまり、ライマットの守りがそれだけ手薄になったってことだよ」

ジュリが、残酷な猫を思わせる好戦的な笑みを浮かべた。

「まさか……おまえらの……ギャルリー・ベリトの本当の目的は……」

ヤヒロが呆然《ぼうぜん》と声を絞り出す。

ギャルリー・ベリトは、ライマットが鳴沢珠依《ナルサワスイ》を囚えていることを知っていた。そしてヤヒロが珠依《スイ》を殺したがっていることも。

鳴沢珠依《ナルサワスイ》を殺すためには、ライマットとの戦闘は避けられない。相手は巨大な資本力を持つ軍事企業大手だ。たとえギャルリー・ベリトといえども、まともに戦って勝てる相手ではない。

しかしRMS《ラムス》の主力部隊を失ったことで、ライマットの民間軍事部門は壊滅状態に陥った。

ジュリたちは、ヤヒロと彩葉《いろは》を囮《おとり》にすることで、鳴沢珠依《ナルサワスイ》を殺すチャンスを作り出したのだ。

放心したように立ち尽くすヤヒロの前で、人形めいた美貌の双子が、恭《うやうや》しく礼をする。

「あらためてご挨拶を申し上げます。我が名はジュリエッタ・ベリト。こちらは我が妹ロゼッタ。ベリト家当主に成り代わり、お二方をお迎えに上がりました」

ジュリの慇懃《いんぎん》な言葉遣いに、ヤヒロと彩葉《いろは》は戸惑った。しかしジュリの表情は真剣で、ヤヒロたちをからかっているわけではないらしい。

「お二方って、わたしとヤヒロのことを言ってるの？」

「然様《さよう》です。〝火の龍《アワリティア》〟――侭奈《ままな》彩葉《いろは》さま」

「あわ……あわりてあ？」

ジュリに知らない名前で呼ばれて、彩葉《いろは》が混乱したように首を傾《かし》げる。

「あんたたちが欲しがってたのは、彩葉《いろは》の能力だけじゃなかったのか？」

ヤヒロは、双子に警戒の眼差《まなざ》しを向けたまま訊《き》いた。

ライマットの力を削《そ》ぐためとはいえ、二人がヤヒロと彩葉《いろは》を囮《おとり》に使ったことは忘れていない。甘い言葉で丸め込み、再びヤヒロたちを利用するつもりではないかと疑ったのだ。

だが、ロゼは、きっぱりと首を振って否定した。

「いいえ。我らがギャルリー・ベリトより与えられた任務は、あなたを王にすることですから。〝龍殺しの英雄〟鳴沢八尋《ナルサワヤヒロ》――我が主よ」

真顔で答えてくる彼女に、ヤヒロは途方に暮れるしかなかった。

第四幕 ホロウ・レガリア

THE HOLLOW REGALIA

CHAPTER.4

1

年間降水量の多い日本は、比較的、水資源に恵まれた国だ。だが、大殺戮《ジェイノサイド》によって上下水道が停止した現在、入浴は少なからず贅沢《ぜいたく》な風習という扱いになっていた。

だからギャルリー・ベリトの装甲列車でヤヒロがもっとも感動したのは、シャワー室の存在だったかもしれない。なにしろ蛇口を捻《ひね》ればお湯が出てくるのだ。魔法のようだとすら思う。

もっともさすがに空間的な余裕はなかったのか、シャワーブース内はかなり手狭で仕切りも薄い。天井の換気口を経由して、女性用シャワー室での会話もがっつり聞こえてくる。

『うわ……ロゼさん、肌綺麗《きれい》……！　ウエスト細っ！』

『あなたもスタイルがよくて羨ましいです、彩葉《いろは》。すごく立派で……すごく……憎い……！』

『……憎まれるほど!?』

彩葉《いろは》とロゼの明け透けな会話を聞きながら、ヤヒロは黙々とシャンプーを続けた。不死者《ラザルス》の肉体は、ある程度以上の出血量のある傷しか治癒してくれない。シャワーヘッドから噴き出すお湯の圧力が、全身あちこちに残ったかすり傷に染《し》みる。

『これまで入浴はどうしていたのですか？』

『あー……わたしたちの家《ホーム》には温泉があったから、お風呂《ふろ》には困らなかったかな』

ロゼの質問に彩葉《いろは》が答える。ロゼは訝《いぶか》るように一呼吸おいて、

『温泉？　二十三区内にですか？』

『そうそう。むしろ温泉が湧いてたから、あそこで暮らしてたんだよね、実は』

『なるほど、あなたのそのすごいのは日本の温泉の効能ですか……なるほど』

『いや……そ、それはどうだろう……』

妙に真剣なロゼの呟《つぶや》きに、彩葉《いろは》が曖昧に言葉を濁す。魍獣《もうじゅう》使いの少女と武器商人の幹部の会話とはとても思えない。いったいなにがどうすごいんだ、と困惑しつつ、ヤヒロは全身をすすぎ終えてバスタオルに手を伸ばした。

直後にシャワー室のドアが開き、バタバタと誰かが駆けこんでくる。

「ヤヒロヤヒロ！　お湯加減どう？　シャワーの使い方わかる？」

「うおっ、ジュリ⁉　なんでおまえが入ってくるんだ⁉」

シャワーブースを仕切るスイングドアは、ヤヒロの肩までの高さしかない。小柄なジュリは、

背伸びしながらドアの上に顔を出し、

「着替えを持ってきたんだよ。ついでにヤヒロのボディチェックもしようかなって。ほほう……これはなかなか……！」

「なに堂々と見てんだコラ⁉」

ジュリの邪《よこしま》な視線に晒《さら》されて、ヤヒロは思わず身を固くする。彼女がヤヒロの回復具合を確かめるために来たのだと、なんとなくわかるだけに余計に警戒してしまう。実際には、バスタオルを腰に巻いているので、そこまで神経質になる必要はないのだが。

「見るだけじゃなくて触ってもいいってこと？」

そう言って、ジュリがペタペタとヤヒロの腕の筋肉に触れる。

「そんなことひとっ言も言ってねえ！」

「まあまあ、良いではないか良いではないか」

『——ヤヒロ、ジュリになにをやらせているのですか⁉』

『ちょっと待って、ロゼさん！　その恰好《かっこう》で男湯に殴りこんじゃ駄目！』

女性用シャワー室の会話が聞こえてくるということは、当然こちらの会話も向こうに筒抜けということだ。めずらしく感情的なロゼの怒鳴り声と彩葉《いろは》の悲鳴が聞こえてきて、ヤヒロは、うんざりと天井を仰いだ。

「いやー、シャワー使えてよかったね」

装甲列車の通路を歩きながら、彩葉《いろは》が明るい声を出す。

一晩中、休む間もなく逃走を続けて、汗まみれになっていたのを気にしていたのだろう。のぞき窓に映る自分の姿を眺める彩葉《いろは》は、いつになくご機嫌な様子だった。

「まあ、着替えを貸してもらえたのは助かった」

彩葉《いろは》の隣で、ヤヒロが無愛想な声を出す。なんとなく居心地が悪いのは、さっきまでの彼女とロゼの会話を思い出してしまったせいだ。通路に漂う石鹸《せっけん》の匂いを、妙に意識してしまう。

しかし彩葉《いろは》は、ヤヒロの気持ちなどお構いなしに間合いを詰めてきて、

「そうだよね。でも、この制服、ちょっと身体《からだ》のライン出過ぎじゃない？」

「あんたの配信衣装と変わらんだろ」

「あ、あれは、だって可愛《かわい》いから……！」

双子とお揃《そろ》いのノースリーブの制服は、肩や胸元の露出度が高い。

戦闘時に動きやすいから、というのが、彼女たちのいちおうの主張だが、むしろ自分たちの見た目の良さを活《い》かして、交渉時に優位に立つのが目的ではないか、とヤヒロは疑っている。

彩葉《いろは》はその巻き添えを喰《く》らった恰好《かっこう》だ。

「まあ、涼しそうだからいいんじゃないか。夏だし、そこまで違和感ないだろ」

「そっか。うん。似合うってヤヒロが思ってくれてるなら、まあいいか」

「そんなことはひと言も言ってないが……」

彩葉《いろは》の謎の自己肯定感の高さに呆《あき》れつつ、ヤヒロは、あえてそれ以上はつっこまなかった。似合っていると思ったのは事実だったからだ。

車両連結部の貫通扉を開けて、ヤヒロたちは隣の車両に移動する。

その車両は、厳《いか》つい装甲列車に似合わない、小洒落《こじゃれ》た食堂《ダイナー》風のフリースペースになっていた。休憩用のラウンジカーだ。アナログボードゲームに興じていた戦闘員《オペレーター》たちが、ヤヒロたちに気づいて、おお、と楽しげな歓声を上げる。思いがけない歓迎ムードに、ヤヒロは少し戸惑った。

「ヤヒロ！　なんだ、意外に元気そうだな！」

「ジョッシュ……魏《ウェイ》さん……あんたたちも無事だったんだな」

「おう。すげえだろ、揺光星《ヤオクアンシン》は。ディーゼル・エレクトリック方式で出力四千四百馬力。この図体《ずうたい》と装甲で最高時速百十キロだ。大口径砲の反動を押さえこむために、高速走行用の車体傾斜システムを応用してるのがキモでな。それと新開発の流体ブレーキを組み合わせることで重装甲と速度を両立させてるわけよ。ベッドは狭くて硬くて寝心地最悪だけどな」

鉄道好きな子どものように、ジョッシュが装甲列車の自慢を始める。

「グレードⅢまでの魍獣《もうじゅう》だったら、この列車だけで撃退できる。僕らが子どもたちを連れて二十三区から脱出できたのも、これが来てくれたからだよ」

魏洋《ウェイヤン》が、爽やかな笑みを浮かべながらジョッシュの説明を補足した。

彩葉《いろは》たちの〝家《ホーム》〟があった東京ドーム跡地に近くにも、無傷の鉄道用線路が残っていた。

クシナダ捕獲作戦に失敗し、魍獣《もうじゅう》の群れに取り囲まれた魏《ウエイ》たちは、装甲列車を使って二十三区から安全に撤退したのだ。ロゼが無線機で語っていたギャルリー・ベリトの切り札とは、この揺光星《ヤオクアンシン》のことだったのだろう。

「そうだ……子どもたち……！　うちの子たちには会えますか!?」

彩葉《いろは》が勢いよく身を乗り出して魏《ウエイ》に訊《き》いた。

その迫力にやや圧倒されながらも、魏《ウエイ》は朗らかに首肯する。

「彼らなら、さっき連結した客車に乗ってきたはずだよ。そろそろここに来ると思うけど」

魏《ウエイ》の言葉を裏付けるように、連結部の扉が開いて、わらわらと小柄な人影がラウンジカーに雪崩《なだ》れこんでくる。二十三区で暮らしていた彩葉《いろは》の弟妹《きょうだい》たちだ。

「ママお姉ちゃん！」

「彩葉《いろは》ちゃん！」

「ママナー！」

口々に彩葉《いろは》の名前を呼びながら、子どもたちが彩葉《いろは》にしがみつく。

「みんな、よかった……本当に無事でよかったよお……！」

彩葉《いろは》も子どもたちを抱きしめて、当然のように号泣を始めた。無事だという説明は受けていても、実際に再会するまでは、やはりどこか不安を覚えていたのだろう。

「あの……ヤ……ヤヒロさん！」

彩葉《いろは》の泣き顔を眺めていたヤヒロは、突然名前を呼ばれて少し驚いた。緊張を露《あらわ》に立っていたのは、セーラー服を着た大人しそうな少女だった。

「あんた……彩葉《いろは》のとこの……」

「は、はい。佐生《さしょう》絢穂《あやほ》です！　あの、家《ホーム》では助けてくださってありがとうございました！」

声を可愛《かわい》らしく上擦らせながら、少女が深々と頭を下げる。魍獣《もうじゅう》に襲われそうになった彼女を、成り行きで助けたのはヤヒロだ。そのときのお礼を言われているのだと、しばらく考えてようやく気づく。

「あ、いや……よかった。無事で」

久しく他人にお礼を言われるような経験がなかったせいで、咄嗟《とっさ》に言葉が出てこない。しかし、しどろもどろなヤヒロの返事に、絢穂《あやほ》と名乗った少女は、はにかむように微笑《ほほえ》んだ。

だが、その瞬間、強烈な殺意のこもった視線を感じてヤヒロは身体《からだ》をすくませた。

視線の主は彩葉《いろは》だった。大切な妹に不埒《ふらち》な真似《まね》をしたら許さない、という彩葉《いろは》の強烈な意志を感じる。その一方で、絢穂《あやほ》を悲しませるのも許さない、とも彩葉《いろは》の視線が語っている。

どうすりゃいいんだ、とヤヒロが唇を歪《ゆが》めたとき、絢穂《あやほ》の肩越しにべつの子どもが顔を出した。年齢は十歳ほどだろうか。少女と見間違ってしまいそうな、綺麗《きれい》な顔立ちの少年だ。

「絢《あや》ちゃん、この人？　彩葉《いろは》ちゃんの朝帰りの相手って？」

幼い美貌に悪戯《いたずら》っぽい笑みを浮かべて、少年が言う。え、と顔を赤らめて絶句する絢穂《あやほ》。

「ちょ……希理《きり》！ あんた、なに言ってんの……!?」

彩葉《いろは》が激しくうろたえて、そんな彼女を見てジョッシュたちが噴き出した。疚《やま》しいところがないのだから堂々としてろよ、とヤヒロは思うが、今更それを言っても逆効果になりそうなので黙っておく。

「ふーん、顔立ちはまあまあね」

友紀《ゆき》の隣にいた少女が、ヤヒロを見上げて値踏みするように呟《つぶや》く。こちらの年齢は絢穂《あやほ》より年下。小学校の高学年というあたり。気が強そうな美少女だ。

「駄目だよ、希理《きり》。年上をからかっちゃ。凜花《りんか》ちゃんも失礼だよ」

大人しそうな顔立ちの少年が、ヤヒロを気遣いながら姉弟たちの間に割って入る。

「ママお姉ちゃん、朝帰りってなに？」

「なにー？」

年少組の少年少女が、無垢《むく》な眼差《まなざ》しを彩葉《いろは》に向けて質問し、彩葉《いろは》はおろおろと視線を彷徨《さまよ》わせた。助けを求められているような気もしたが、ヤヒロは気づかないふりをする。

そんなヤヒロの左手が、誰かに、くい、と引かれた気がした。

ふと見ると、小さな女の子と目が合った。

彩葉《いろは》の弟妹《きょうだい》たちの中でも飛び抜けて幼い小柄な少女が、ヤヒロの手を握って、じっと見つめてくる。吸い込まれるような不思議な瞳《め》をした少女だった。

「……………」

「ご、ごめんなさい、ヤヒロさん。瑠奈《るな》、お兄ちゃんを離してあげて」

絢穂《あやほ》が慌てて妹に呼びかける。

「めずらしいね、瑠奈《るな》がこんなに誰かに懐《なつ》くなんて」

「ヤヒロって、もしかして小さい子が好きだったりするんじゃない？」

凛花《りんか》と呼ばれていた気の強そうな少女と、希理《きり》少年が勝手な感想を口にする。

それを聞いた彩葉《いろは》が、ギョッとしたように目を剝《む》いて、

「そうなの、ヤヒロ⁉」

「おまえまで真に受けてるんじゃねえ！」

ヤヒロはうんざりと彩葉《いろは》を怒鳴りつけた。

子どもたちと合流して三分も経《た》っていないのに、一時間くらい魍獣《もうじゅう》と戦っていたような疲労を感じる。これまで彼らの面倒を見てきた彩葉《いろは》のことを、あらためて少しだけ尊敬する。と、

「侭奈《ままな》彩葉《いろは》」

遅れてラウンジカーに入ってきたパオラが、彩葉《いろは》を呼んだ。

「は、はい！」

抑揚の乏しいパオラの声音《こわね》に、彩葉《いろは》が緊張したように姿勢を正す。

　しかしパオラの表情は柔らかい。長身の彼女の足元には、蓋の開いた弾薬箱《アモケース》が置かれている。コンテナの中から顔を出しているのは、中型犬ほどのサイズの真っ白な毛玉だった。狼《おおかみ》とも狼《おおかみ》とも小熊ともつかない謎の生き物——魍獣《もうじゅう》だ。

「この子、わかる……？」

「う……そ……」

　彩葉《いろは》が、その場に崩れ落ちるように膝を突いた。そんな彼女に向かって、キャリーバッグ代わりの弾薬箱《アモケース》から白い魍獣《もうじゅう》が飛び出した。

「……もしかして、ヌエマル？　ヌエマルなの⁉」

　魍獣《もうじゅう》を抱き止めて、彩葉《いろは》が叫ぶ。ふさふさの尻尾を振って肯定する魍獣《もうじゅう》。ヤヒロはそれを見て眉をひそめた。その白い毛玉には、言われてみれば少しだけ、巨大な雷獣の面影がある。

「ヌエマルって……あのときの魍獣《もうじゅう》か？」

「そう。小《ち》っちゃくなっちゃった……けど……」

　ヤヒロの質問に、パオラが答えた。

　RMS《ラムス》の戦車砲弾を喰《く》らって死んだと思われた雷獣だが、飛び散った肉体を再構成して、ちゃっかり生き延びていたらしい。不死者《ラザルス》のヤヒロが言うことではないが、魍獣《もうじゅう》という生物は、やはり非常識な存在だ。

「よかった……生きてた……ヤヒロー……ヌエマルが生きてたよー……！」

GALERIE
BERITH

「わかった……わかったから、泣くな……！　つか、くっつくな……！」

彩葉《いろは》が、人目も憚《はばか》らず、子どものように泣きじゃくりながらヤヒロにしがみついてくる。新品の制服が汗と鼻水でベタベタになるのを、ヤヒロは諦めの境地で眺めた。

そんなヤヒロたちを、ショックを受けたように見つめる絢穂《あやほ》。ほかの子どもたちは、一様に興味深そうな表情を浮かべ、ジョッシュはなぜかもらい泣きして涙を拭っていた。

そしてタイミング悪くラウンジカーに入ってきたロゼが、醒《さ》めた視線をヤヒロに向けて、

「また彩葉《いろは》を泣かせたのですか、ヤヒロ」

「またってなんだ⁉　俺がなにをした⁉」

言いがかりめいたロゼの暴言に、ヤヒロは必死に反論する。

「まあまあ、そんなことより、ご飯にしよ。あたし、お腹《なか》減っちゃって」

混沌《こんとん》とした空気の中、最後に姿を現したジュリが、いつものマイペースな態度で言った。

ヤヒロと彩葉《いろは》は、互いに顔を見合わせる。廃墟《はいきょ》のコンビニで調達したわずかな菓子と保存食を除けば、ヤヒロが最後にまともな食事を取ってから、丸一日近くが経《た》っている。それは彩葉《いろは》も似たようなものだろう。それを意識すると急激に空腹が襲ってくる。

「食べながら、説明してあげる。気になってるでしょ、龍のこと」

ジュリが、にっこりと微笑《ほほえ》んで告げた。

ヤヒロたちは無言でうなずくことしかできなかった。

2

ベリト家の双子がヤヒロと彩葉《いろは》を招き入れたのは、装甲列車に似つかわしくない、開放的な、ガラス張りの展望デッキだった。

デッキ中央のテーブルには、四人分の食事が用意されている。

食材そのものに関していえば、決して豪華なものではない。だが、そこに並べられた料理を見た瞬間、ヤヒロと彩葉《いろは》は驚きに言葉を失った。

「ヤヒロ、これって……」

「日本食……だな」

戸惑う彩葉《いろは》に、ヤヒロが肯定の言葉を告げる。

焼き魚と味噌《みそ》汁《しる》、だし巻き卵。パリパリの海苔《のり》を巻いた三角おにぎり。昆布の佃煮《つくだに》とたくあんがふた切れ――漆塗りのお盆に載っていたのは、紛《まご》う方《かた》なき日本の朝食だ。

「うちの料理長の申《シン》さんは、世界各地のあらゆる美食をマスターしてるからね」

驚くヤヒロたちを楽しげに眺めて、ジュリが満面のドヤ顔で言った。

「大殺戮《ジェイノサイド》が始まる前も、日本に住んでいましたから」

コック服《コート》を着た東洋人の男性が、湯飲みに入れた日本茶を運んでくる。

大殺戮《ジェイノサイド》が始まったとき、日本に住んでいた外国籍の人々の多くは、巻き添えとなって命を落とした。一方で国外に退去し、ギリギリ難を逃れた人々も多い。中《シン》と呼ばれたベリト家お抱えの料理長も、その中の一人なのだろう。

「美味《おい》しい……です……」

おにぎりを齧《かじ》った彩葉《いろは》が、涙声で言った。

「それはよかった。おかわりもたくさんありますから」

料理長が満足げに微笑《ほほえ》みながら一礼する。

彼が退出するのを待って、ヤヒロは双子に向き直った。

「ずいぶん、俺たちによくしてくれるんだな？」

「あなたの臣下として当然の務めです、我が主《あるじ》」

ロゼが澄まし顔で答えて味噌汁《みそしる》をすする。

ジュリはおにぎりを頬張りながら、テーブルの端に手を伸ばし、

「あ、そこの醬油《しょうゆ》取って、我が主《あるじ》」

「だからなんなんだ、その主《あるじ》ってのは」

ふざけてんのか、と顔をしかめてヤヒロが訊《き》いた。

「龍殺しの英雄のことだと伝えたはずですが」

怒気のこもったヤヒロの視線を、ロゼは平然と受け流す。

皮肉のつもりか、とヤヒロの口元が苦々しげに引《ひ》き攣《つ》った。

「俺は龍を殺してない」

「ええ。ですから殺してください。すべての龍を」

ロゼが表情を変えずに続けた。

その何気ない言葉にヤヒロは片眉を上げる。

「すべての……龍？」

はい、とロゼが瞳の動きだけで首肯した。

「大殺戮《ジェイノサイド》の始まりの日に、日本上空で確認された龍は一体だけではありません」

「え……？」

「出現が予測された龍は全部で八体。〝地の龍《スペルビア》〟――鳴沢珠依《ナルサワスイ》は、その一体に過ぎません」

「聞いてないぞ……そんな話……」

ヤヒロが声を震わせながら、ロゼの瞳を睨《ね》めつける。

あの日、ヤヒロが目撃した龍は一体だけ。珠依《スイ》が喚《よ》び出《だ》した虹色の龍だけだ。

それ以外の龍の存在など知らない。そんな情報は聞いていない。珠依《スイ》以外の〝龍〟が大殺戮《ジェイノサイド》に関わっている可能性など、これまで一度も考えたことがない。

「当然です。秘匿されていますから」

わざわざ言わせるな、とばかりにロゼが冷ややかな態度で言った。

「目撃者はみんな死んじゃったしね。ヤヒロみたいな例外はいるかもだけど」

ジュリが、焼き魚の尻尾をくわえたまま肩をすくめる。

ヤヒロは無言で彼女たちを見つめた。

龍は一体ではなかった――つい最近、同じ言葉を聞いた記憶がある。

それはヤヒロの夢の中で、彩葉《いろは》が口にした言葉だった。

そう告げた直後に彼女の肉体は炎に包まれ、瀕死《ひんし》のヤヒロと彼女自身を復活させたのだ。

「龍って、なんなの？」

彩葉《いろは》がぼそりと呟《つぶや》いた。普段の彼女とは別人のような、か細く頼りない声だった。

「その問いは、神とはなにか、という質問と同義です」

ロゼが静かに溜息《ためいき》を漏らす。彩葉《いろは》は困惑したように目を瞬《またた》いた。

「……神？」

「太古の昔、多くの神と龍は同じものでした。たとえば創造神であるケツァルコアトルや女媧《じょか》。あるいは、世界そのものであるアナンタやヨルムンガンド……龍とは、新たな世界を生み出し、そして英雄に殺される――そう運命づけられた存在です」

「英雄に殺される……存在？」

彩葉《いろは》が自分の肩を抱き、怯《おび》えたように声を震わせた。

はい、とロゼはうなずいて、薄く唇の端を吊《つ》り上《あ》げる。

「ですから龍はこの世界にはもう存在しません。滅びたはずの龍が、もしもこの世界に現れたとすれば、それは客人《まろうど》——異なる世界からの来訪者です」

ロゼが、物言いたげな視線をヤヒロに向けた。

「だから、彼女たちは殺されなければならない。私たちが作り出す新たな英雄の手で」

「——それが、俺に珠依《スイ》の居場所を教える理由か？」

ヤヒロはおにぎりを咀嚼《そしゃく》しながら、不機嫌そうに息を吐く。

龍を殺せ、とロゼは言った。

彼女がその望みを叶《かな》えるために、珠依《スイ》の居場所をヤヒロに伝えるのは理にかなっている。たしかに珠依《スイ》以外にも龍がいるという情報には驚かされたが、逆にいえば想定外だったのはそれだけだ。ヤヒロがやるべきことはなにも変わらない。

「待って。龍と珠依《スイ》さんはどういう関係なの？」

彩葉《いろは》が、強引にヤヒロの質問を遮って訊《き》いた。ロゼは少し考えて、彩葉《いろは》への返事を優先することにしたらしい。両手で抱いた湯飲みを傾け、唇を湿らせて口を開く。

「龍がこの世界に顕現するためには、器となる憑巫《よりまし》が必要です」

「憑《より》……巫《まし》？」

「生贄《いけにえ》の巫女《みこ》といえばわかりやすいでしょうか」

ロゼの説明に、彩葉《いろは》がうなずく。単に神に仕える女性というだけでなく、より原始的で素朴な神への供物《くもつ》として捧《ささ》げられた存在——それがロゼのいう憑巫《よりまし》なのだろう。

「たとえば、悪龍バラウルに攫《さら》われた乙女たち。あるいは名も知れぬリビアの王女。世界各地の龍伝説には、生贄《いけにえ》となる巫女《みこ》がたびたび登場します」

青髪の少女が殊更にゆっくりと説明する。

ヤヒロは小さく眉をひそめた。彩葉《いろは》がクシナダと呼ばれていたことを思い出したのだ。出雲《いずも》のクシナダヒメもまた、龍の生贄《いけにえ》として捧《ささ》げられるはずだった少女の名だ。

「見方を変えれば、龍は彼女らによって召喚されたとも受け取れます。龍は、まず人間の姿で現れる、ということです。侭奈《ままな》彩葉《いろは》——あなたと同じように」

ロゼの瞳が、彩葉《いろは》を正面から射竦《いすく》めた。

彩葉《いろは》が声を詰まらせる。

「わ……わたし？」

「自覚がなかったわけではないのでしょう？　ただの人間が魍獣《もうじゅう》を従えられるとでも？」

「それ……は……」

彩葉《いろは》が困ったように視線を泳がせた。ある意味、当然の反応だ。おまえは龍だ、と唐突に名指しされたら、ヤヒロも似たような顔をするだろう。

しかし、心のどこかで納得もしていた。

彩葉《いろは》が傍《そば》にいるだけで、血を流しすぎて力尽き、死の眠りに陥ったヤヒロの肉体が、あり得ないほどの速度で回復した。彼女の血を直接浴びた二度目に至っては、不死者《ラザルス》としての能力すら劇的に向上して異能の力を発揮した。

彩葉《いろは》が珠依《スイ》の同類だとすれば、その奇妙な現象にも説明がつく。

龍の巫女《みこ》の血を浴びて手に入れた不死者《ラザルス》の肉体が、同じ龍の巫女《みこ》の血を浴びたことで力を増したのだと――

だがそれは、彩葉《いろは》の罪ではない。彼女が責任を負うべき理由はなにもない。彩葉《いろは》は珠依《スイ》とは、決定的に違うのだ。ヤヒロはそのことを知っている。

「俺とあんたたちの契約は、彩葉《いろは》を回収するところまでだったな？」

食事を終えて手を合わせながら、ヤヒロはベリト家の双子を見た。

ヤヒロが最初に請け負った仕事は、クシナダの棲処《すみか》までの道案内だ。その後、なし崩し的に彩葉《いろは》を連れて二十三区から脱出する羽目になったが、それ以上の依頼を受けた覚えはない。

ロゼはうなずき、悪戯《いたずら》っぽく目を細める。

「報酬は……もう必要ないようですね」

「ライマット・インターナショナルが珠依《スイ》を囚えてるんだな？」

「はい。彼女がいるのは、旧・埼玉《さいたま》県の陸上自衛隊駐屯地跡地――ライマット日本支部の駐留基地です。到着まであと二時間といったところでしょうか」

「――っ⁉　この列車、ライマットの基地に向かってるのか？」

ヤヒロは驚愕《きょうがく》に目を瞠《みは》った。RMS《ラムス》の主力部隊を壊滅させたギャルリー・ベリトの装甲列車は、そこから休む間もなくライマットの基地へと向かっていたらしい。

「さすがに二十三区を突っ切るのは危険なので、かなり遠回りすることになりますが」

ロゼが他人事《ひとごと》のような口調で言う。

「ライマットを潰すのが、あんたたちの目的なのか？」

ヤヒロは険しい表情でロゼを睨《にら》んだ。

傘下《さんか》の民間軍事会社が壊滅的な打撃を受けたことで、ライマットの戦力は低下している。彼らが態勢を立て直す前に、奇襲を仕掛ける。その作戦自体はべつにいい。

しかしヤヒロの目的は、龍と化した妹を殺すことで、ライマットを殲滅《せんめつ》することではない。

ロゼたちの商売敵《しょうばいがたき》を潰すために利用されるのは、正直、不愉快だ。

そんなヤヒロの疑念を払拭《ふっしょく》するように、ロゼは微笑《ほほえ》んで首を振る。

「まさか。彼らごときに、そこまでの価値はありません」

底知れぬ虚無をたたえたロゼの瞳に、ヤヒロはぞくりと寒気を覚えた。

彼女の言葉に嘘《うそ》はない。ロゼにとってライマット・インターナショナルは、路傍に転がる石《いし》塊《くれ》と同じだ。通るのに邪魔だから蹴散らすだけ。それが理解できてしまう。

「ヤヒロは珠依《スイ》ちゃんを殺したいんでしょ」

ジュリが、ヤヒロを見つめて楽しそうに笑った。

「あの子は龍の憑巫《よりまし》で、あたしたちはヤヒロに龍を殺して欲しい。この出会いは、もう運命だね」

「どんな運命だ……！」

ヤヒロが頬を引《ひ》き攣《つ》らせる。しかし反射的に否定してはみたものの、利害が一致しているという事実は認めざるを得ない。ライマットに囚《とら》われた珠依《スイ》のもとに辿《たど》り着《つ》くには、ギャルリー・ベリトの協力が必要だ。

「では、商談といえば納得してもらえますか？」

ロゼが冷静に言い換えた。ヤヒロは彼女の唐突な申し出に困惑する。

「商談？」

「はい。ギャルリー・ベリトは、鳴沢八尋《ナルサワヤヒロ》と侭奈彩葉《ままないろは》が龍を殺すために必要な各種サポートを提供します。代わりに、あなた方には龍を殺していただく——アスリートのスポンサー契約とだいたい同じようなものですね」

「い……いやいやいや、なにそれ⁉　全然違うでしょ⁉」

彩葉《いろは》が慌てて会話に割りこんでくる。

「ていうか、今しれっと契約者にわたしの名前も入ってなかった⁉」

「……なにか問題が？」

「あるでしょ、問題！　むしろ問題しかないよ！　ヤヒロもヤヒロだよ！　どうして妹さんを殺すのを当然みたいに言ってるの⁉」

彩葉《いろは》がキッとヤヒロを睨《にら》みつけた。

ヤヒロは彩葉《いろは》から目を逸《そ》らし、窓の外に向かって独り言のように吐き捨てる。

「珠依《スイ》のことは放っておけない。こいつらの都合とは関係なく、あいつは殺す」

「だから、なんで⁉」

「大殺戮《ジェイノサイド》を引き起こしたのが、あいつだから」

「――っ⁉」

彩葉《いろは》が虚を突かれたように動きを止めた。

大殺戮《ジェイノサイド》は、自然災害でも事故でもない。鳴沢珠依《ナルサワスイ》の望みは、殺戮《さつりく》だった。彼女はそのために首都東京を廃墟《はいきょ》に変え、日本人を皆殺しにしたのだ。

「それでも彩葉《いろは》は許せるのか？　生かしておけば、あいつは何度でも同じことを繰り返すぞ」

「なにが、あったの……？　珠依《スイ》さんは、この世界を恨んでるの……？」

彩葉《いろは》が、瞬《まばた》きもせずにヤヒロを見つめてくる。

ヤヒロはその質問に答えない。だったら、まだよかった、と声に出さずに呟《つぶや》いただけだ。

「珠依《スイ》を殺すのは俺がやる」

ベリト家の双子に向き直り、ヤヒロはもう一度きっぱりと告げた。

「彩葉《いろは》は関係ないだろ。こいつのことは、ほっといてやれよ」

「わー……ヤヒロ、優しいー……」

ジュリがヒューヒューと小学生のように囃《はや》し立《た》てる。いやあ、と本気《ガチ》で照れる彩葉《いろは》。

ヤヒロは顔を真っ赤にして、オレンジ髪の少女を睨《にら》み、

「うるせえよ。無関係なやつを巻きこんでも邪魔なだけだろうが！」

「あたしたちもほっといてあげたいけど、でも、そしたら彩葉《いろは》ちゃん殺されるよ。龍の巫女《みこ》を狙ってるのは、ライマットだけじゃないからね」

ジュリは楽しげな表情のまま、深刻な情報をさらりと口にした。

唇を噛《か》む彩葉《いろは》を気にしながら、ヤヒロは苛立《いらだ》ったように唇を曲げた。

「こいつを殺して誰になんの得があるんだよ？」

「古来、龍殺しの英雄の多くは、その偉業によって龍の財宝を手に入れます」

「……財宝？」

ＲＰＧ《ロールプレイングゲーム》のドロップアイテムかよ、とヤヒロは苦笑した。

しかしロゼは、ヤヒロが笑う理由がわからない、というふうに小さく首を傾《かし》げて、

「はい。龍殺しの英雄の証《あかし》――〝象徴の宝器《レガリア》〟です。英雄シグルズが奪った黄金の指輪や、素戔嗚尊《すさのおのみこと》が手に入れた天叢雲剣《あめのむらくものつるぎ》のような」

「そのお宝が、あんたらギャルリー・ベリトの本当の目的か？」

不意にヤヒロの瞳に理解の色が広がった。

黄金の指輪とやらはともかく、天叢雲剣《あめのむらくものつるぎ》が、天帝家に伝わる神代《かみよ》の神器《じんぎ》であることくらいはヤヒロも知っている。それらが美術品として、とてつもない価値を持つことも容易に予想できる。美術商《ギャルリー》を名乗る彼女たちが、そんな高価なものを見逃すはずがない。

龍を殺して宝器《レガリア》を手に入れる――それがギャルリー・ベリトの真の目的ならば、彼女たちがヤヒロに手を貸す理由もわかる気がした。

そしてロゼは、ヤヒロのその推測を否定しなかった。

「そう思ってもらって構いません。宝といっても、形のあるものとは限りませんが」

「え？」

彼女の説明をヤヒロは少し意外に思う。形のないものを手に入れる、という理屈が、ピンと来なかったのだ。

そんなヤヒロの疑問に答えるように、ロゼが、走り続ける走行列車の窓の外――二十三区の方角を指さした。

「たとえば二十三区の中心に、魍獣《もうじゅう》が湧き出す巨大な穴を穿《うが》ったのは、鳴沢珠依《ナルサワスイ》の神蝕能《レガリア》――【虚《うつろ》】だと推測されています」

「……権能《レガリア》……って……そういうことか……」

ヤヒロの背中を冷たい感覚が走り抜けた。

パズルのピースが嚙《か》み合《あ》うように、これまでヤヒロが抱いていた疑問の答えが浮かび上がる。

大殺戮《ジェイノサイド》で無人と化した日本列島に、なぜ世界各国の軍隊が大量の戦力を投入しているのか。

多くの民間軍事会社が、なぜ我先にと彩葉《いろは》を手に入れようとしていたのか。

龍の財宝が、一国を容易《たやす》く滅ぼすほどの兵器だとすれば、彼らの行動はむしろ必然だ。

彩葉《いろは》が命を狙われるとジュリが断言した、その理由も今や自明だった。

龍の権能を操る危険な日本人の生き残りを、人類が野放しにできるはずがない。

自分たちが確保できればよし。確保できないのなら、他の勢力の手に渡る前に殺すしかない
――おそらく誰もがそう考えるはずだ。

だから、ベリト家の双子もヤヒロに言ったのだ。すべての龍を殺して欲しい、と。

「龍は全部で八体だと言ったな」

ヤヒロが乾いた声で念押しする。

オレンジメッシュの髪の少女が、梅干しを噛《か》んで酸《す》っぱそうに目を瞑《つぶ》る。

「そうだよ。すべての龍の出現が確認されたわけじゃないけどね」

「俺が殺すのは珠依《スイ》だけだ。ほかのやつらのことは知らない」

「べつにいいよ。今は、それで」

ジュリが目の端に涙を浮かべて楽しそうに笑った。

「契約成立だね。じゃあ、指切りしよっか」

「……なんで指切り？」

右手の小指を差し出してくるジュリを見返し、ヤヒロは少し面喰《めんく》らう。

あれ、とジュリは不思議そうに小首を傾《かし》げて、

「日本人は契約のときにこうするんじゃないの？」

「いや……まあ、間違ってはない……のか？」

戸惑いながらもジュリの勢いに圧《お》されて、ヤヒロは彼女と小指同士を絡《から》めた。

その様子を複雑な表情で見つめる彩葉《いろは》。

「あなたはどうしますか、侭奈《ままな》彩葉《いろは》？」

そんな彩葉《いろは》に、ロゼが尋ねる。

彩葉《いろは》は、大きな瞳を揺らしながら、なにか決意したように一度だけうなずき、悪魔《ベリト》の名を持つ少女たちに向かって契約の言葉を口にする。

3

「──協力できないとは、どういうことだ？」

ライマット支部内の作戦指揮室。解像度の粗い通信用モニタに向かって、エクトル・ライマット伯爵は声を荒らげた。

モニタに映る通信相手は、軍事企業大手D9S《ディナインス》社の日本支店長。つまり伯爵の同業者だ。D《ディ》

9S傘下《ナインスさんか》の民間軍事部門から戦闘員《オペレーター》を借り受けるべく、交渉を始めた矢先のことだった。

「言葉どおりの意味です、伯爵。我々の部隊は、センダイ・シティの魍獣《もうじゅう》駆除に駆り出されておりまして、御社《おんしゃ》の警備に回すだけの戦力がありません。二週間ばかりお待ちいただけるなら、本国より追加の戦闘員《オペレーター》を呼びつけますが」

D9S《ディナインス》の支店長が、事務的な口調で説明する。言葉遣いこそ丁寧だが、やる気がないのは露骨なほどに明らかだった。やんわりと伯爵の依頼を断ろうとしているのだ。

「任務放棄の違約金はライマットが負担する。今すぐに旧・仙台《せんだい》市に派遣した部隊をこちらに回すことはできないか？」

こみ上げてくる怒りを抑えて、伯爵は続けた。

D9S《ディナインス》は、国際的な軍事企業九社の集合体。特に民間軍事部門では多数の人員を抱え、超大国並みの兵力を持つとまでいわれている。

もちろん会社の資金力に限れば、ライマット・インターナショナルも、彼らに大きく見劣りするものではない。しかし企業規模の大小など、今の状況においてはなんの意味もない。

二十三区に派遣したRMS《ラムス》の主力部隊は壊滅したのだ。ギャルリー・ベリトに潰されたのだ。その結果、ライマット日本支部が保有する戦力は、かつてないほど手薄になっている。

ほかの民間軍事会社の襲撃を受けたら、今のライマットはひとたまりもないだろう。そうなる前に戦力を補充しなければならない。戦闘員《オペレーター》の確保は最優先の課題だ。

D9S《ディナインス》に声をかけたのも、彼らの潤沢な戦力を当てにしてのことだった。

しかし――

「さすがにそれはご容赦いただきたいですな、伯爵。ミヤギ地区《エリア》を統治しているカナダ軍は、弊社の上得意だ。このようなところで信用を失いたくはありませんので」

D9S《ディナインス》の支店長が、伯爵の申し出を言下に退けた。

表面的な言葉だけなら彼の主張は至極もっともで、伯爵も反論の糸口がつかめない。そして支店長は、わざとらしく満面の笑みを浮かべて言い足した。

「そもそも我らになど頼らずとも、ライマット・インターナショナルは独自の民間軍事部門をお持ちのはずだ。たしかRMS《ラムス》……でしたかな。二十三区に派遣した主力部隊を呼び戻されてはいかがです？　まあ、呼び戻せる戦力が残っていればの話ですが――」

「貴様……！」

伯爵のこめかみに青筋が浮いた。

D9S《ディナインス》は、RMS《ラムス》の主力部隊が壊滅したことを知っている。

その上で彼らは伯爵への協力を断った。つまりライマット社を見限って、ギャルリー・ベリト側についたということだ。

「では、伯爵。私はこれで失礼します。ベリト家の双子によろしくお伝えください」

最後に辛辣な皮肉を残して、D9S《ディナインス》の支店長が通信を切る。

伯爵はそれからしばらくの間、屈辱で声も出なかった。

「ギャルリー・ベリト……すでに根回しは済んでいた、ということか……！」

ようやく状況を理解して、伯爵は杖《つえ》の柄を強く握りしめる。

ランガパトナ社。クイーンズランド《Q》・ディフェンシブ《D》・サービス《S》。そしてD9S《ディナインス》——関東近辺の民間軍事会社は、いずれも伯爵の協力要請を拒んでいる。ギャルリー・ベリトが事前に工作して、ライマットが孤立するように仕組んでいたのだ。

ほかの民間軍事会社を囮《おとり》に使って安全にクシナダを手に入れる予定が、いつの間にか、逆に自分たちが追い詰められる形になっていた。そのことに伯爵は苛立《いらだ》ちを隠せない。

「——RMS《ラムス》の増援部隊はどうなっている？」

「本国には二個大隊の派遣を要請しました。ですが、人員と輸送手段の確保に手間取っており、到着には最短でも四日はかかるかと——」

「それまでは手持ちの戦力でしのぐしかないということか……ラ・イール……あの無能め！」

秘書の報告に伯爵は舌打ちした。

すべては、フィルマン・ラ・イールがベリト家の双子の奸計《かんけい》に嵌《は》められ、RMS《ラムス》の主力部隊を失ったのが原因だ。預けたファフニール兵たちも全滅し、目当てのクシナダも取り逃がした。

民間軍事会社としてのギャルリー・ベリトの戦力は、それほど大規模というわけではない。

少数精鋭といえば聞こえはいいが、数の不足を戦闘員《オペレーター》の質で補っているというのが実情だ。

しかし今のライマットには、彼らに対抗できる戦力がない。RMS《ラムス》の本部があるのは欧州で、半日やそこらで増援分隊を呼び寄せるのは物理的に不可能だ。

対するギャルリー・ベリトの動きは速い。おそらくあと二時間もしないうちに、彼らはこの基地に殴りこんでくるだろう。

おまけに彼らは不死者《ラザルス》を抱えている。あの忌々《いまいま》しい日本人がいる限り、ファフニール兵をもってしてもギャルリー・ベリトの侵攻は止められないだろう。

いっそ基地を放棄して脱出するべきかと、伯爵は真剣に検討を始める。

基地の設備を失うのは大きな痛手だが、時間さえあれば、再び態勢を立て直すことも可能だ。ギャルリー・ベリトに逆襲する機会もあるだろう。

重要なのはファフニール兵の運用データ。そしてF剤《エフメド》の原料である龍の巫女《みこ》だった。それらさえ手元に残っていれば、あとのことは金でどうにでもなる。

もちろん龍の巫女《みこ》の勝手な移送を、統合体《ガンツアイト》は認めないだろう。だが、邪魔をするなら、監査役であるオーギュスト・ネイサンは、最悪、殺しても構わない――

そんな伯爵の物騒な思考は、突然の呼びかけに断ち切られた。

「お困りのようだな、伯爵」

「……っ!?」

伯爵が怯《おび》えたように振り返る。

気配もなく伯爵の隣に立っていたのは、シックなスーツを着た長身の黒人男性だった。

研究施設内にいるはずのオーギュスト・ネイサンだ。

「ネイサン卿《きょう》？　なんの用だ？　ここには立ち入りを禁じているはずだが――」

「ラ・イール少佐のファフニール兵部隊が全滅したと聞いた。火の龍〝アワリティア〟が覚醒して、ベリト家の不死者《ラザルス》に神蝕能《レガリア》【焔《ほむら》】を与えたと」

伯爵の詰問《きつもん》を無視して、ネイサンが告げる。

相手の長身から漂う威圧感に、伯爵は漠然とした恐怖を覚えた。

「なぜ……貴殿がそれを知っている？」

「すべてのファフニール兵は彼女の眷属《けんぞく》だ。感じ取れても不思議はあるまい？」

ネイサンが、なんでもないことのように無関心に答えた。

だが、伯爵は彼の言葉に戦慄した。ネイサンの背後から現れた少女の姿に気づいたからだ。

色素の抜け落ちたような、純白の髪の少女だった。

年齢は十五歳になるはずだが、それよりもずっと幼く見える。長く眠り続けていたせいで、筋肉のそげ落ちた手脚は細い。西洋人形を思わせる華やかなゴシックドレスを着た彼女の姿は、寂《さび》れた古城を徘徊《はいかい》する美しい幽霊の姿を連想させた。

「ブリュンヒルド……目覚めていたのか、鳴沢珠依《ナルサワスイ》……!?」

伯爵が畏怖の眼差《まなざ》しを少女に向けた。

少女──珠依《スイ》は無言のまま、大きな瞳で冷ややかに周囲を睥睨《へいげい》した。

作戦指揮室内にいるスタッフは、鳴沢珠依《ナルサワスイ》の素性を知らない。しかし彼女が異質な存在だと、誰もが本能的に悟っていた。強大な捕食者に遭遇した哀れな獲物のように、部屋中の人間が、身を固くして息を潜めている。

「戦力が不足しているのだろう？　ならば感謝するといい。彼女が力を貸してくれるそうだ」

ネイサンが厳かな口調で告げた。

その直後、巨大な衝撃で大地が揺れる。

空間そのものが軋《きし》みを上げて、激しい暴風が吹き荒れた。作戦指揮室のすべての窓ガラスが砕け散り、壊れた窓枠の外に見えたのは、光すら呑《の》みこむ漆黒な空隙《くうげき》だった。

「神蝕能《レガリア》……【虚《うつろ》】……！」

伯爵が嗄《しゃが》れた呻《うめ》き声を上げる。

ライマット日本支部の敷地《しきち》内に、直径十数メートルにも達する縦穴がいくつも穿《うが》たれている。

穴の内部は闇に包まれ、内部の様子はわからない。だが、その穴の奥底から、次々に這《は》い出《だ》してくる存在《モノ》たちがいた。既存の生物の体系《ルール》を無視した異形《いぎょう》の怪物たち。魍獣《もうじゅう》だ。

「この基地を魍獣《もうじゅう》どもの巣に変えるつもりか、オーギュスト・ネイサン⁉」

恐怖を忘れて、伯爵が怒鳴った。

たしかに魍獣《もうじゅう》の存在は、ギャルリー・ベリトの侵攻の妨げになるだろう。

しかし魍獣《もうじゅう》が攻撃するのは、外部からの侵入者だけとは限らない。むしろ真っ先に襲われるのは、基地内にいる伯爵の部下たちだ。

「喚《わめ》くな、伯爵。龍の御前《ごぜん》だ」

ネイサンが傲然と言い放ち、伯爵の前になにかを差し出した。F剤《エフメド》によく似た、円筒状《シリンダー》の容器に収められた薬液だ。しかし封入された薬液の色は深紅ではなく、ほぼ無色だ。

「これは？」

「貴様が待ち望んでいたものだ。F剤《エフメド》のような紛《まが》い物《もの》とは違う。本物の〝龍血〟だよ」

戸惑う伯爵に、ネイサンが告げる。

伯爵が目を見開いて、薬液を握る手を小刻みに震わせた。彼の瞳に映るのは歓喜の色だ。

「不老不死者の霊液《イーコール》……これがあれば私も不死者《ラザルス》になれるのか？」

「貴様にその資格があるならな」

突き放すように答えるネイサンの隣で、白い髪の少女がうっすらと微笑《ほほえ》んだ。

見る者すべてを凍りつかせるような、美しくも冷酷な笑みだった。

少女は無言のまま歩き出し、彼女に侍《はべ》る忠実な騎士のように長身の黒人男性が続く。

部屋の外に出る直前、ネイサンは伯爵のほうへと振り返り、無感情な声で警告した。

「決断は急げよ、伯爵。貴様にはもう時間がないぞ」

4

最初に異変に気づいたのは、装甲列車のハッチから顔を出していたジョッシュだった。

自衛隊駐屯地の跡地を利用して建造された、ライマット日本支部の駐留基地。堅固な防衛システムを備えたその巨大施設が、黒煙に包まれて燃えていた。

「どうなってんだ、こりゃ⁉」

双眼鏡を顔に押し当てたまま、ジョッシュが困惑の声を出す。

ライマット基地の異変の原因は、遠目で見ても明らかだった。魍獣《もうじゅう》だ。

数十体を超える魍獣《もうじゅう》が基地の敷地《しきち》内に出現して、無差別の破壊を繰り広げているのだ。

「これがライマット日本支部だと⁉　魍獣《もうじゅう》の棲処《すみか》じゃねえか！」

「すごいね、これは。二十三区並みか……いや、それ以上だ」

偵察用のドローンから送られてくる映像を眺めて、魏洋《ウェイヤン》が表情を険しくする。

ヤヒロも無言で魏《ウェイ》の言葉に同意した。二十三区に慣れたヤヒロですら、ここまで魍獣《もうじゅう》が密集した状態を見るのは初めてだ。まるで魍獣《もうじゅう》たちの発生源といわれる〝冥界門《プルトネイオン》〟を見ているようだ。

「地の龍〝スペルビア〟の神蝕能《レガリア》【虚《うつろ》】……鳴沢珠依《ナルサワスイ》は目覚めていたようですね」

制服に着替えて武装したロゼが、普段と同じ無表情で呟《つぶや》いた。

「珠依《スイ》の仕業《しわざ》……なのか？　これが？」

青髪の少女の言葉にヤヒロがハッとする。

ヤヒロが自分に会いに来たことを知って、自分の居場所に魍獣《もうじゅう》たちを解き放つ。珠依《スイ》ならそれをやりかねなかった。これは彼女の歓迎の意思だ。

「ジュリ、ロゼ……生存者は、どうする？」

抑揚の乏《かっぽ》しい口調で、パオラが訊《き》いた。

基地内を闊歩する魍獣《もうじゅう》たちに襲われて、すでに多くのライマット社員が命を落としていた。

一方で、今も多くの人間が魍獣《もうじゅう》たちから逃げ惑っている。

彼らを救うか、見殺しにするか、とパオラは上司である双子に尋ねているのだ。

「パオラの班は、投降してきた人たちを揺光星《ヤオクアンシン》に収容しちゃっていいよ。武装解除も忘れずに。魏班《ウエイはん》は揺光星《ヤオクアンシン》の防衛ね。とにかく魍獣《もうじゅう》を線路に近づけないで」

「了解……」

「了解だ、ジュリ」

命は大事にしなきゃね、とジュリがにっこり笑い、パオラと魏《ウエイ》が同時にうなずく。

装甲列車が使っている線路は、ライマットの基地から五百メートルも離れていない。戦闘が始まれば、魍獣《もうじゅう》たちは、たちまち揺光星《ヤオクアンシン》にも殺到してくるだろう。装甲列車の護衛に戦力を割くのは、想定外とはいえ妥当な判断だ。

「すると俺たちが姫さんとお嬢のお供だな」

愛用の軽機関銃を担《かつ》ぎながら、ジョッシュがヤヒロに笑いかけてくる。

ベリト家の双子がライマット基地に突入するのは、彼らの間では、わざわざ口に出すまでもなく既定事項になっているらしい。そして自分が彼女たちのお供扱いされていることに、ヤヒロは納得できないものを感じた。やはりどこかで選択を間違えたような気がして仕方がない。

「あなたはどうしますか、彩葉《いろは》?」

そんなヤヒロの不満を置き去りに、ロゼが彩葉《いろは》を見つめて訊《き》いた。

「これが……龍の力なの……?　珠依《スイ》さんが、これをやったの?」

偵察用ドローンの映像を見つめて、彩葉《いろは》は呆然《ぼうぜん》と呟《つぶや》いた。

破壊されていく施設。逃げ惑う人々。出現した直後の魍獣《もうじゅう》たちは、自らの同族の魍獣《もうじゅう》を含めて動くものを手当たり次第に襲っている。

それは、まさしく地獄のような光景だった。そしてロゼたちの説明が真実なら、この惨状を引き起こしたのは、鳴沢珠依《ナルサワスイ》というたった一人の少女なのだ。

「わたしも行く」

ギャルリー・ベリトに協力するか否《いな》か——その決断を先送りにしていた彩葉《いろは》が、毅然《きぜん》とした口調で言い切った。

「彩葉《いろは》」

ヤヒロは思わず口を挟む。この装甲列車の外にあるのは本物の戦場だ。龍の巫女《みこ》などと呼ばれていても、人間同士の戦いと無縁に生きてきた彼女が、見るべき光景ではないと思ったのだ。

「わたしがいれば、魍獣《もうじゅう》たちに襲われる人を減らせるもの！」

しかし彩葉《いろは》は真っ向から言い返す。ヤヒロは反論できずに沈黙した。

魍獣《もうじゅう》を操る彩葉《いろは》の力を、ヤヒロは未踏地域で何度も目撃している。彼女の異能がここでも通用するなら、基地内で暴れている魍獣《もうじゅう》の何割かを沈静化できるだろう。

それほどの戦力を遊ばせておく余裕は、今のギャルリー・ベリトにはない。

「私とジュリが、彩葉《いろは》の護衛につきます。ヤヒロもそれで構いませんね？」

「好きにしろ」

ロゼの質問に、ヤヒロは気怠《けだる》く肩をすくめた。

鋼鉄製の線路を軋《きし》ませ、装甲列車が停車する。牽引《けんいん》されていた車両運搬用の貨車が切り離され、二台の装輪装甲車が吐き出されるように地上へと降り立った。

兵員輸送車両の扉が開き、ヤヒロたちも地上に飛び降りる。

黒煙に包まれたライマットの基地は、もう目と鼻の先だった。

5

「——止まって。駄目だよ。そっちに行っちゃ駄目」

武器を持たない両手を伸ばして、彩葉《いろは》が魍獣《もうじゅう》に呼びかける。

名も知れぬ大型の魍獣《もうじゅう》だった。その姿は、狩猟犬《ボルゾイ》の形に似せたワニ、とでも表現するべきか。推定グレードはⅡの上位。野牛並みの巨体に比べれば、彩葉《いろは》の姿は恐ろしく頼りなく見える。

しかし彩葉《いろは》の視線を受けて、膝を屈したのは凶暴な魍獣《もうじゅう》のほうだった。

「人を襲っては駄目。ここにいて、あの列車を守りなさい」

彩葉《いろは》の命令を聞き入れたように、魍獣《もうじゅう》がくるりと向きを変えた。同類《なかま》であるほかの魍獣《もうじゅう》たちを威嚇して次々に追い払う。

「すげえな、イロハ。〝龍の巫女《クシナダ》〟の力ってやつ、マジだったんだな」

銃を構えたまま待機していたジョッシュが、賛嘆の息を吐きながら彩葉《いろは》に駆け寄った。

彩葉《いろは》たちの家《ホーム》での戦闘で、白い雷獣を駆る彩葉《いろは》を目撃しているジョッシュだが、目の前で魍《もう》獣《じゅう》を手懐《てなず》ける姿を見たのは初めてだ。だからといって、彩葉《いろは》に畏怖の感情を向けるようなこともなく、彼はすげえすげえと子どものように感心してはしゃいでいる。

「よくわからないですけど、そうみたいです」

うなずく彩葉《いろは》が、頰に浮いた汗を拭った。

「でも、この子たち、少し恐《こわ》いです。ギリギリまで近づかないとわたしの声が届かないみたい。ものすごく怯《おび》えて、苛立《いらだ》ってて、可哀想《かわいそう》」

「彼らは、あなたと同格の龍に支配されていますから」

ロゼが彩葉《いろは》の疑問に簡潔に答えた。彩葉《いろは》は驚いたように息を吞《の》む。

この基地にいる魍獣《もうじゅう》たちは、珠依《スイ》によって冥界門《プルトネイオン》から喚《よ》び出《だ》された存在だ。彼女から直接命令を受けたわけではなくても、魍獣《もうじゅう》たちは、召喚者の意思に強く影響されている。

彩葉《いろは》が感じた苛立《いらだ》ちと怯《おび》えは、おそらく魍獣《もうじゅう》たちが珠依《スイ》に対して抱いた感情でもあるのだ。

「なにはともあれ、魍獣《もうじゅう》に邪魔されずに進めることには感謝だね」

ジュリが無邪気に笑いながら、動揺する彩葉《いろは》を励ますように彼女に抱きついた。

たしかにな、とジョッシュや彼の部下たちが同意する。遭遇した魍獣《もうじゅう》たちを彩葉《いろは》が片っ端から手なずけたおかげで、ギャルリーの戦闘員《オペレーター》に今のところ被害は出ていない。

逆にライマットの警備隊は、守るべき基地内部から湧き出してきた魍獣《もうじゅう》によって、壊滅的な打撃を受けていた。結果的に彼らと交戦することなく、ヤヒロたちは基地の建物へと辿《たど》り着《つ》く。

「ジュリ、ライマットのスタッフを何人か生かしたまま捕らえてください」

「尋問用ね。オッケー、任せて」

双子の姉が気安く請け負うと、ガラスのドアを蹴破って基地本部のロビーへと飛びこんだ。

ビル内の保安システムは今も稼働中《かどうちゅう》で、侵入者迎撃用の自動銃座《セントリーガン》が真っ先に彼女に反応する。しかしそれらがジュリを狙い撃つ前に、ロゼのアサルトライフルが自動銃座《セントリーガン》すべてを破壊して無力化した。

その間にジュリは、ロビー内の警備員をすべて制圧していた。魍獣《もうじゅう》たちの侵入を防ぐために、ありったけの銃火器で武装していた警備員たちは、素手で突入してきた身軽なジュリに、文字どおり手も足も出なかったのだ。

「ジョッシュ班は二手に分かれて周囲の警戒を。それからヤヒロ——」

慣れた手つきでライフルの弾倉を交換しながら、ロゼがヤヒロに小声で囁《ささや》いた。

「彩葉《いろは》のことを頼みます」

「は？」

どういう意味だ、と彩葉《いろは》にちらりと視線を向けて、ヤヒロはロゼの言葉に納得する。

彩葉《いろは》の疲労の色が濃い。表情が硬く、呼吸が浅い。

戦場のド真ん中に放りこまれた緊張や、多数の魍獣《もうじゅう》たちを無理やり従わせた代償もあるだろう。しかし、それ以上のなにかが彼女を消耗させている。

その原因とは、おそらく珠依《スイ》の存在だ。

この土地が珠依《スイ》の縄張りだとしたら、今の彩葉《いろは》はそこに踏みこんだ余所者《よそもの》だ。龍の本能が、自分とは異質な龍の気配に恐怖を覚えているのかもしれない。

「任せました。私は、鳴沢珠依《ナルサワスイ》の居場所を調べてきますので」

「おい、ロゼ――」

一方的にヤヒロに言い残し、ロゼは建物の中へと入っていく。捕らえた警備員を尋問して、情報を聞き出すつもりなのだ。

彩葉《いろは》を外に残したのは、尋問の現場を彼女に見せないための配慮だろう。そして彼女を押しつけることで、ヤヒロにも同じものを見せないようにした。

それがロゼの気遣いだとわからないわけではなかったが、ヤヒロにしてみれば、ありがた迷惑というやつだった。任せますといわれても、なにをどうすればいいのかわからない。

「え……と、大丈夫か、彩葉《いろは》？」

装甲車にぐったりともたれている彩葉《いろは》に、ヤヒロがぎこちなく呼びかける。

彩葉《いろは》は少し驚いたように顔を上げ、無理やり唇に笑みを浮かべた。

「ありがと、ヤヒロ。大丈夫大丈夫。でも、少しだけくっついててもいい？」

そう言って彩葉《いろは》はヤヒロに寄り添い、頭をヤヒロの肩に乗せた。

触れ合った肌と肌が異様に熱い。そのことに気づいて、ヤヒロは戸惑う。

そして彩葉《いろは》が疲労している本当の原因を理解する。

ヤヒロは、そしておそらくロゼも誤解していたのだ。

彩葉《いろは》は恐怖で怯《おび》えていたわけではない。その逆だ。彼女の中で、獰猛《どうもう》な力が渦巻いている。

それは今にも暴れ出したくてうずうずしているのだ。

彩葉《いろは》はそれを意思の力で抑えている。彼女の龍が暴走しないように――

それでもヤヒロと触れ合うことでなにかしらの影響があったのか、彩葉《いろは》はホッとしたように肩の力を抜く。その結果、二人は戦場のド真ん中で、ぴったりと寄り添うような形になった。

「夢を見たの」

彩葉《いろは》が、目を閉じたまま独り言のように呟《つぶや》いた。

「夢？」

「ここじゃない、どこか遠くの、滅びてしまった世界の夢。わたしになる前のわたしの記憶」

「…………」

ヤヒロは、無言で彼女に続きを促す。この状況で彩葉《いろは》が突然思い出した夢の記憶に、意味がないとは思えない。

「わたしは、たぶんその世界の最後の一人で、その世界と一緒に滅びるしかなくて、そんなわたしの前に龍が現れて……ううん、わたし自身が龍で……上手《うま》く説明できないや。ごめん」

「夢の中の記憶なんて、そんなもんだろ」

「あはは……そうだね……」

ヤヒロの不器用な励ましに、彩葉《いろは》は頼りなく苦笑した。

「でね、その夢の中で龍に会ったの。自分以外の龍に。全部で八人。ううん、八頭かな」

夢の中で珠依《スイ》と会ったことがある――彼女が前にそう語っていたことをヤヒロは思い出す。

「なぜかわからないけど、そのとき、すぐに気づいたんだ。その子たちもみんな、それぞれの世界の最後の一人なんだって」

ヤヒロに触れた彩葉《いろは》の身体《からだ》が、ぐっと怯《おび》えたように縮こまる。

滅びた世界の最後の生き残り。圧倒的な永劫《えいごう》の孤独。彼女が、それを異様なまでに恐れているとヤヒロはすでに気づいている。

「龍は新たな世界を生み出す――って、ロゼさんに言われたときに思い出したよ。わたしたちには、やり直しの機会が与えられたのかもしれないって。失敗して、滅びてしまった世界を、もう一度最初から作り直せるのかもしれないって……！」

囁《ささや》き声《ごえ》のようだった彼女の独白は、今や弱々しい叫びに変わっていた。

「だけど、この世界がひとつしかなくて、龍が八頭いるのだとしたら――自分以外の龍は邪魔になる。同じ力の持ち主がほかにも存在したら、自分の望みどおりの世界は作れない！」

「龍同士が殺し合うのは、それが理由か」

「そうかも、しれない……」

彩葉《いろは》が震える腕をヤヒロの肩に回した。呼吸を整え、彩葉《いろは》はどうにか言葉を続ける。

「でも、わたしはそんなの納得できない。龍の力で、この世界を壊して、自分の思いどおりの世界に変えるなんて……認めたくない」

「そうか……」

ヤヒロは、苦悩する彩葉《いろは》の頭に優しく手を置いた。今はもう思い出せないほど遠い昔、幼い妹に対してそうしたように。

「だったらそれでいいだろ」

「はい？」

無責任とも受け取れるヤヒロの返事に、彩葉《いろは》が気が抜けたような声を出す。

しかしヤヒロは構わずに続けた。

「どうせ夢の中の話なんだろ。あんたはあんたの好きにすればいいんじゃねーか」

「いや、それはそうかもだけど……」

「ほかの龍がそれを邪魔をするのなら、あんたの隣で守るくらいのことはやってやる」

至近距離から睨《にら》みつけてくる彩葉《いろは》の瞳から目を逸《そ》らし、ヤヒロはぼそりと無愛想に言った。

視界の片隅で、彩葉《いろは》がこぼれ落ちんばかりに目を見開く。

「ヤヒロ……！」

「ただし、それは――」

「珠依《スイ》さんを止めたあとの話だね。わかってる。こんなのやっぱりほっとけないから……！」

彩葉《いろは》が唇を噛《か》んで、ゆっくりと周囲を見回した。

基地の敷地《しきち》内の戦いは、すでに収束しつつある。ライマットのスタッフの一部は基地の外に逃れ、残りは魍獣《もうじゆう》の餌食《えじき》となった。一方で基地の警備員たちの奮戦と装甲列車の砲撃によって、魍獣《もうじゆう》たちの多くも死んでいる。基地周辺には無数の死体が転がり、流れた血の臭《にお》いが鼻を突く。

この光景を生み出したのは、珠依《スイ》の悪意だ。

そして彩葉《いろは》は、そのことに責任を感じている。同じ龍の巫女《みこ》として、彼女を止められなかったことを――

「彩葉《いろは》」

「えっ……？」

ヤヒロが、ぐいと乱暴に彩葉《いろは》の肩を押した。

思い切りヤヒロに体重を預けていた彩葉《いろは》が、バランスを崩してつんのめる。なにをするのか、と彩葉《いろは》は眉を吊《つ》り上《あ》げてヤヒロを睨《にら》み、その表情が凍りついた。

ライマット基地本部の三階の窓を突き破り、なにかが飛び降りてきたからだ。

十メートルを超える高さから落下して、その異形《いぎょう》の影は平然と着地した。全身を深紅の鱗《うろこ》で覆った怪物。龍の特徴を備えた人型の影。

「ファフニール兵⁉」

「出てきたか……」

彩葉《いろは》が恐怖に目を瞠《みは》り、ヤヒロは背負っていた刀を静かに抜いた。

6

凶悪な鉤爪《かぎづめ》を伸ばした龍人《りゅうじん》が、彩葉《いろは》の姿を睨《にら》んで吠《ほ》えた。

その間にも新たなファフニール兵が、次々と姿を現していた。

彼らの肉体にまとわりつく衣服の切れ端は、戦闘員用《オペレーター》の制服ではなく、一般社員が着るスーツやワイシャツの残骸だった。基地内で湧き出した魍獣《もうじゅう》たちに対抗するため、ライマットの社員たちはF剤《エフメド》を使ったのだ。

爛々《らんらん》と輝く彼らの双眸《そうぼう》には、もはや人間らしい知性は残っていない。戦い慣れた戦闘員《オペレーター》以外がF剤《エフメド》を使ったせいで、理性を失い暴走しているらしい。

「隠れてろ、彩葉《いろは》！」

ヤヒロは、無造作に刀を構えた。

ロゼから譲り受けた銘刀〝九曜真鋼《くようまさかね》〟――RMS《ラムス》との戦闘で壊れた拵《こしら》えは、装甲列車に積んであった3Dプリンタで作り直している。おかげで日本刀らしからぬ近未来的な外装になってしまったが、ヤヒロにとっては、敵さえ斬れれば見た目などどうでもいいことだ。

「……速い⁉」

警告もなく襲ってきたファフニール兵たちの敏捷性《びんしょうせい》に、ヤヒロは思わず顔をしかめる。

改良型《モッド3》と名乗っていたフィルマンと比較しても、この基地のファフニール兵たちは異様に素早かった。実際に測ったわけではないが、筋力の増幅率も向上しているように見える。

だがそれは、F剤《エフメド》の性能が上がったせいではなかった。

ファフニール兵の一体が装甲車を殴りつけ、対物ライフル弾にも耐える装甲を大きく陥没させた。しかし、その反動でファフニール兵の右腕がグズグズに潰れる。自分たち自身の動きに耐えきれず、彼らの膝や足首は、骨折と再生を繰り返している。

「珠依《スイ》の仕業《しわざ》、か……！」

ファフニール兵たちの異変の原因に気づいて、ヤヒロは奥歯を軋《きし》ませた。

F剤《エフメド》の原料が珠依《スイ》の血であれば、それを投与されたファフニール兵が、彼女の影響を受けてもおかしくない。珠依《スイ》に召喚された魍獣《もうじゅう》たちと同じように、基地周辺に充満した珠依《スイ》の波動が、ファフニール兵の攻撃性を増幅しているのだ。

「……ちっ！」

ヤヒロは激しい苛立《いらだ》ちを覚えながら、ファフニール兵たちの脚を深々と斬り裂いた。

強化されたファフニール兵たちも、再生能力が増しているわけではない。骨にまで至るほどの深傷を与えれば、彼らの動きは止められる。だがそれは、彼らを殺さずに無力化する方法が、ほかにはないということでもある。殺到するファフニール兵の数の前に、急所を避けた非効率な戦いを強いられるヤヒロは、次第に追い詰められていく。

不死者《ラザルス》の血を使って、彼らを殺すしかないのか──

一瞬、そんな迷いが脳裏をよぎった。しかしヤヒロは、瞬時にその考えを振り払う。

彼らは本来、非戦闘員だ。二十三区でヤヒロたちを襲ってきた連中とは違う。

そんな彼らをファフニール兵に変えて暴走させ、ヤヒロの手で殺させること──それが珠依《スイ》の狙いだと気づいたのだ。

「ヤヒロ、下がって──！」

乱戦の中、聞こえてきたジュリの声を信じて、ヤヒロは後方に飛んだ。

その眼前で、銀色の輝きがふわりと薄絹のように広がった。

輝きの正体は網だった。蜘蛛《くも》の糸を思わせる、細い鋼線で編まれた投網《とあみ》だ。手榴弾《しゅりゅうだん》ほどのサイズに圧縮されていたその網を撃ち出して、ジュリはファフニール兵の群れを包みこんだのだ。

「魍獣《もうじゅう》を捕獲するために開発した試作品ですが、彼らにも有効なようですね」

建物の中から戻ってきたロゼが、感動の乏しい声で淡々と告げる。

対魍獣用《たいもうじゅうよう》に編まれた鋼線は、ファフニール兵の膂力《りょりょく》をもってしても破れない。むしろ暴れれば暴れるほど絡《から》みつき、余計に彼らの動きを縛る。

網を逃れた数体のファフニール兵は、ギャルリーの戦闘員《オペレーター》が、脚を撃ち抜いて無力化する。

建物の中に出現したファフニール兵たちも、同様のやり方で、すでに処理を済ませたらしかった。

「尋問ってやつは終わったのか？」

ヤヒロが刀を下ろしながらロゼに訊《き》く。

「いえ。その必要がなくなりました」

そう言って、ロゼはゆっくりと視線を巡らせた。

網に囚《とら》われたファフニール兵たちの向こう側に、ヤヒロの知らない男が立っていた。上品なスーツを着た長身の黒人男性だ。もの静かで知的な風貌でありながら、彼が全身に纏《まと》う強烈な威圧感に、ヤヒロは思わず身構えた。これまでに感じたことのない、背筋が凍るような感覚が襲ってくる。

「急拵《きゅうごしら》えのファフニール兵では、やはりこんなものか。鳴沢八尋《ナルサワヤヒロ》の神蝕能《レガリア》くらいは引き出せるかと期待したのだがな」

穏やかだが、不思議とよく通る声で男が独りごちた。

ギャルリー・ベリトの戦闘員《オペレーター》たちが、一斉に彼に銃口を向ける。しかし、男はそれを気にする素振りも見せずに、ヤヒロと彩葉《いろは》を静かに眺めていた。

「寧山大樟《ねいさんおおぐす》……統合体《ガンツアイト》の代理人《エージェント》が、なんでいるの？」

ジュリが珍しく不機嫌な口調で男に呼びかける。

彼女が口にした男の名前——その発音に、ヤヒロはかすかな違和感を覚えた。

「寧山《ねいさん》？」

「──私が生まれる前に、両親が帰化してね。こう見えて歴《れっき》とした日本人だ。まだ日本という国が残っていればの話だが」

ネイサンと呼ばれた男が、意外なほど開けっ広げにヤヒロの疑問に答えてくる。

ヤヒロは彼の言葉に少し驚いた。

ネイサンの容姿であれば、己の国籍を偽って生きていくことも難しくなかったはずだ。しかし大殺戮《ジェイノサイド》の惨劇を経ても、彼は自らが日本人だと堂々と名乗っている。そのことに敬意を覚える一方で、隠された意図があるのではないかと疑わずにはいられない。

「統合体《ガンツアイト》は、いつから特定企業に肩入れすることになったのですか？」

ロゼが強い口調でネイサンを非難した。怒りを露《あらわ》にしているというよりは、ルールを犯した相手を詰《なじ》る公正な審判《レフェリー》のような態度だった。

「統合体《ガンツアイト》が、きみたちと敵対した事実はない。ライマットを利用することを望んだのは、我々ではなく彼女の意思だ」

ネイサンが視線を隣に向ける。

そのときになってヤヒロたちは、そこにいる少女の存在に初めて気づいた。

血腥《ちなまぐさ》い戦場には場違いな、華やかなゴシックドレス姿の少女だった。

色素の抜け落ちたような白髪《はくはつ》と白い肌。唇だけが朱をさしたように鮮やかに赤い。病的なほどに手脚が細く、そのせいか妖精めいた非現実的な雰囲気を纏《まと》っている。

長い睫毛《まつげ》に縁取られた大きな瞳は、凪《な》いだ湖面のようになんの感情も映していなかった。

「大樟兄様《おおぐすにいさま》は護衛として、私のわがままに付き合ってくれただけです。私、どうしても皆様に、ひと言ご挨拶をしたかったものですから——」

ドレスのスカートをつまみ上げ、少女が、踊るように優雅に一礼する。

ヤヒロは少女を睨《にら》みつけ、刀を握る手を震わせた。

「珠《ス》……依《イ》……！」

喉の奥から、自分のものとは思えない獣じみた怒声が吹きこぼれる。

そんなヤヒロを見返して、少女は愉快そうに目を細めた。

「ごきげんよう、兄様。よかった、まだ生きてらしたんですね」

鳴沢珠依《ナルサワスイ》が、鈴を振るような声で美しく笑った。見る者を蕩《とろ》かすような可憐《かれん》な笑みだ。

「それとも、死ねなかっただけですか？　四年前と同じように——」

「珠依《スイ》イイイイイイッ！」

ヤヒロが殺意を抑えられたのは、その瞬間までだった。怒りを剝《む》き出《だ》しに地面を蹴りつけ、鈍く光る刀を振り上げる。

荒れ狂う感情に呼応して、ヤヒロの全身をひび割れた深紅の鎧《よろい》が覆った。それは、ヤヒロの体表に滴《したた》る目には見えない龍の血が、不意に浮き上がったようにも感じられた。

鎧《よろい》の出現と同期して、ヤヒロの身体能力も跳ね上がる。肉体の損傷を度外視して、人間の潜在能力を完全に引き出した状態だ。歴戦の戦闘員《オペレーター》であるジョッシュたちですら、ヤヒロのその変貌には度肝を抜かれている。

だが珠依《スイ》は、そのヤヒロの殺気を正面から受け止めて、なおも優艶《ゆうえん》に微笑《ほほえ》んでいた。

そしてネイサンの長身が、珠依《スイ》の姿を隠すようにヤヒロの前に出る。ヤヒロが表情を歪《ゆが》めたのは、ネイサンの左腕が、ヤヒロの身体《からだ》と同じ金属光沢の結晶に覆われていたからだ。

「なに⁉」

ヤヒロが振り下ろした刀の一閃《いっせん》を、ネイサンが素手で受け止める。

ネイサンの正面に形成されていたのは、分厚い壁のような不可視の楯《シールド》だ。自分自身の攻撃の威力をそのまま撥《は》ね返されたような衝撃を受けて、ヤヒロは後方へと吹き飛んだ。

「その程度か、【焰《ほむら》】……いや、神蝕能《レガリア》を使いきれていないのか？」

よろめきながら着地するヤヒロを無表情に眺めて、ネイサンが淡々と呟《つぶや》いた。珍しい物理現象を見守る観察者のような冷静な口調だ。

「その姿……おまえは……」

珠依《スイ》の髪と同じ、白い外殻《ゴア・クラッド》に覆われたネイサンの左腕を睨《にら》んで、ヤヒロが呻《うめ》いた。

「不死者《ラザルス》が自分一人だと思っていたのなら、それは傲慢という悪徳だ、鳴沢八尋《ナルサワヤヒロ》」

再び襲いかかろうとしたヤヒロに、ネイサンは見えない壁を叩《たた》きつけてくる。

ヤヒロの全身を覆う鎧《よろい》が砕けて、鮮血が散った。転倒したヤヒロが、無防備な姿を晒《さら》す。しかしネイサンは、それ以上の攻撃を仕掛けてこない。彼の目的は珠依《スイ》の護衛だけ。敵対の意思はないという彼の言葉は真実だ。

だからといって、それを受け入れられるヤヒロたちではない。

「ジョッシュ！」

「おう！」

ジュリの鋭い声にジョッシュが応え、ギャルリー・ベリトの戦闘員《オペレーター》たちが一斉に銃の引き金を引いた。フルオートで吐き出された対魍獣用《たいもうじゅうよう》の大口径弾が、無防備に立つ珠依《スイ》へと殺到する。だがそれは彼女の眼前で、ネイサンの見えない壁にことごとく阻《はば》まれた。

「なんだ、あれ。どうなってんだ、お嬢？　グレネードで吹き飛ばすか？」

「無駄です、ジョッシュ。あれは戦車砲でも破れません。冥界門《プルトネイオン》を閉ざすための権能〝チビキノイワ〟――神蝕能《レガリア》【虚《うつろ》】の応用ですから」

ジョッシュの疑問に、ロゼが答える。

「ハ……あれが神蝕能《レガリア》か！　噂《うわさ》以上にデタラメだな！」

軽機関銃の弾丸を撃ち尽くしたジョッシュが、お手上げだというふうに肩をすくめた。

日本神話において、神イザナギが、冥界に続く黄泉比良坂《よもつひらさか》を塞ぐために使ったという千引岩《ちびきのいわ》――その名を冠したネイサンの障壁は、強固な結界となって珠依《スイ》を外界から隔離している。

目の前にいる彼女を殺せない。その事実に、ヤヒロは目が眩《くら》むほどの怒りと焦燥を覚える。

そんなヤヒロを嘲笑《あざわら》うように、珠依《スイ》が細い指先を地面に向ける。

直後に大地が軋《きし》みを上げた。

ヤヒロたちの足元の地面が陽炎《かげろう》のように揺らいで、異質な存在へと姿を変える。

それは巨大な縦穴だった。縦穴を満たしているのは、一切の光を反射しない漆黒の湖水だ。

正確にはそれは水というより、魍獣《もうじゅう》の体内を流れる瘴気《しょうき》に近い印象を受ける。

この世界には存在しない物質。実体化した虚無そのもの。それらを満たした縦穴――新たな冥界門《プルトネイオン》から、ヤヒロたちは慌てて飛《と》び退《の》いた。

鋼線の網に囚《とら》われたファフニール兵たちが、絶叫とともに縦穴の中に呑《の》まれていく。

彼らと入れ替わるように、漆黒の湖面から二体の魍獣《もうじゅう》が出現した。体高二メートルを超える双頭の巨犬と、野牛に似た胴体を持つ翼竜だ。

「ヤヒロ！　彩葉《いろは》をお願い！」

ジュリがヤヒロに呼びかけながら、魍獣《もうじゅう》たちの前に走りこんだ。彼女が装着したグローブの先から、吐き出されたのは銀色の鋼線だった。風に乗って舞い上がる鋼線を、ジュリは新体操選手のような動きで自在に操り、牛頭《ぎゅうとう》の翼竜に巻きつけて動きを縛っていく。

その間にロゼは、武装を装甲車に積んであった対物ライフルに持ち替えていた。

自分の身長ほどもある大型狙撃銃を抱えて地面に腹ばいになり、姉が動きを止めた魍獣《もうじゅう》の額に正確に弾丸を叩《たた》きこむ。

「うおおおおおおおっ！」

一方の双頭犬は、ジョッシュと彼の部下たちが集中砲火で押さえこんでいた。足元から突然現れた猛獣たちに対して、彼らは最善の反応をしたといえるだろう。

しかし魍獣《もうじゅう》たちを吐き出す縦穴は、その残忍な顎《あぎと》を閉じたわけではなかった。最初の二体の魍獣《もうじゅう》が完全に無力化される前に、新たな魍獣《もうじゅう》が数体まとめて現れる。

珠依《スイ》に召喚された彼らの狙いは、無防備に立ち尽くす彩葉《いろは》だった。

「彩葉《いろは》っ……！」

ヤヒロは無念さに歯嚙《はが》みしながら、眼前のネイサンに背を向けた。珠依《スイ》への攻撃を諦めて、魍獣《もうじゅう》に狙われている彩葉《いろは》のほうへと必死に駆け戻る。

そんなヤヒロの姿を眺めて、珠依《スイ》がつまらなそうに目を眇《すが》めた。

だが、次の瞬間、彼女は驚いたように眉を上げた。

彩葉《いろは》に襲いかかろうとした魍獣《もうじゅう》たちが不意に動きを止め、その場に膝を屈したのだ。

「やめて、珠依《スイ》さん！」

従順になった魍獣《もうじゅう》たちを家来のように従えて、彩葉《いろは》が珠依《スイ》へと近づいていく。

「どうしてこんなことをするの⁉　魍獣《もうじゅう》を喚《よ》び出《だ》したり、世界を壊すようなことを——⁉」

必死に訴えかけてくる彩葉《いろは》を、珠依《スイ》は無言で見つめていた。

興味を惹《ひ》かれたというよりも、得体の知れない奇妙な虫を眺めているような表情だ。

そして珠依《スイ》は、ぽん、と胸の前で両手を合わせた。くすくす、と声を上げて笑い出す。

「ああ……あなた、どこかで見た顔だと思ったら、ネット配信者だ。なんだっけ、あいうえお、じゃなくて、わをん？」

「わおんのことを知ってるの？」

彩葉《いろは》が面喰《めんく》らったように目を瞬《またた》く。銃弾が飛び交うこの状況で、自分の動画配信の話題になるとは思っていなかったのだ。

それを見て、珠依《スイ》はますます面白そうな顔になる。

「答えてあげる。さっきの質問。あなただったらわかるんじゃない？　あなたが退屈な動画を配信してるとき、悪意のあるコメントは送られてこなかった？」

「え……？」

思いがけない珠依《スイ》の問いかけに、彩葉《いろは》は戸惑うように足を止めた。

珠依《スイ》は、聖女のような無垢《むく》な微笑《ほほえ》みを浮かべて続けた。

「ほかの人が大事にしてるものを踏みにじるのって、楽しいよね。安全な場所にいるつもりの人たちに悪意をぶつけて、思いきり嫌な目に遭わせてあげるの。平和とか、自由とか、愛情とか、善意とか、そんなのなんの役にも立たないって珠依《スイ》が思い知らせてあげるの」

ゴシックドレスを着た白髪《はくはつ》の少女が、うっとりしたように目を細める。

「なにを……言ってるの……？」

彩葉《いろは》は呆然《ぼうぜん》と珠依《スイ》を見返した。

やめろ、とヤヒロは心の中で呟《つぶや》く。彩葉《いろは》と珠依《スイ》の会話を、これ以上、続けさせるべきではない。珠依《スイ》の言葉を、彩葉《いろは》に聞かせてはならないのだ。

だが、それがわかっていてもヤヒロは声を出せない。

背後から放たれるネイサンの殺気が、ヤヒロの全身を縛っている。ヤヒロが一瞬でも意識を逸《そ》らせば、たちまち彼の攻撃がヤヒロを襲うだろう。

ネイサンの目的は、珠依《スイ》を自由に行動させること――

今の彼は龍の巫女《みこ》二人の対話を望んでいるのだ。

「大殺戮《ジェイノサイド》が始まったとき、誰が日本人を助けてくれた？　自分たちの指導者が間違ってるかもしれない、と疑う人々がどれだけいたの？」

珠依《スイ》が、沈黙する彩葉《いろは》に問いかける。

「そんな人々は、どこにもいなかった。自分たちを正義だと信じて、なんの罪もない日本人を蔑み、傷つけ、取り返しがつかなくなるまで壊して壊して壊し尽くしたわ！」

「それが……大殺戮《ジェイノサイド》を引き起こした理由なの？　そんなことを証明するために……？」

彩葉《いろは》が青ざめながら珠依《スイ》を睨《にら》みつける。

珠依《スイ》に召喚された魍獣《もうじゅう》たちは、人間に対する攻撃性と敵意を植えつけられていた。それと同様の影響が、もしも人間にも及ぶとしたらどうなるのか？　たとえば龍の姿を目撃した人間に、日本人への殺意を植えつけることができるとしたら――

大殺戮《ジェイノサイド》が、その答えだ。

たった一人の少女の悪意が、一国の人間すべてを殺し尽くしたのだ。

「自分たちの正義が間違ってたって知らされた人たちは、どんな言い訳を聞かせてくれるのかな？　流されるままに虐殺に加担したことを反省する？　懺悔《ざんげ》する？　事実を隠してなにもなかったことにする？　それとも逆ギレするのかな？　でもね、そんなの許さない。私たちは、とってもとっても可哀想《かわいそう》な被害者なんだから」

珠依《スイ》が声を上げて笑い出す。

狂気など微塵《みじん》も感じさせない美しい笑声《しょうせい》。だからこそ、その声は歪《いびつ》でおぞましかった。

「ここからは復讐《ふくしゅう》の時間なの。世界中の人々に自分たちが滅ぼされる恐怖を教えてあげるの」

「そんなことは、させない……！」

珠依《スイ》の哄笑《こうしょう》を、彩葉《いろは》の叫びが断ち切った。

次の瞬間、ヤヒロの視界が青白い閃光《せんこう》に染まった。

熱風が頬を叩《たた》きつけてくる。地の底から噴き上がるマグマような高温の炎が、彩葉《いろは》の周囲で渦を巻いている。

その炎は数条の火柱となって、ライマットの基地本部を超える高さまで立ち上った。

そして灼熱《しゃくねつ》の閃光《せんこう》と化して、上空から地上へと殺到する。

炎の奔流が向かった先は、珠依《スイ》が穿《うが》った縦穴だった。漆黒の湖水を瞬時に焼き尽くし、虚無をたたえた縦穴が燃え尽きていく。

ヤヒロは呆然《ぼうぜん》とその光景を眺め、ジュリとロゼはかすかに頬を緩めた。

ネイサンは表情を変えないが、その瞳はどこか満足そうだ。

「私の〝霊《うつろ》〟を浄化した……？」

珠依《スイ》がきょとんと目を瞬《またた》く。

地上では、今も彩葉《いろは》の炎が燃えている。しかし珠依《スイ》が穿《うが》った空洞は、跡形もなく消えていた。珠依《スイ》の力が引き起こした異変は、上書きされて消えたのだ。

「そっか……それが〝火〟の権能か……ふふっ、やっぱりあなた、面白いかも」

珠依《スイ》が、力尽きたように倒れた彩葉《いろは》を眺めて笑い出す。

それまでの空虚な微笑とはどこか違った、年相応の無邪気な笑顔だ。それは対等の遊び相手を見つけた幼子の姿を連想させる。

珠依《スイ》の周囲を異様な気配が取り巻き、ヤヒロは咄嗟《とっさ》に身構えた。

新たな異変を引き起こすべく、珠依《スイ》が左手をそっと伸ばす。

しかし、ネイサンがその腕を穏やかに制止した。

「時間だ。珠依《スイ》」

「……もう来たの？」

珠依《スイ》が拗《す》ねたように唇を尖《とが》らせる。

ネイサンは無言でうなずき、視線をわずかに上方へと向けた。

「この音……！　ヘリか！」

頭上から聞こえてくる轟音《ごうおん》に、ジョッシュがハッと顔を上げる。

降下してきたのは灰色の軍用ヘリだった。珠依《スイ》を脱出させるために、ネイサンが呼びつけたのだとヤヒロは気づく。

「揺光星《ヤオクアンシン》！　撃ち落として！」

無線機に向かってジュリが叫んだ。

線路上に待機している装甲列車からヘリまでの距離は、一キロ足らず。余裕で機関砲の射程圏内だ。しかし装甲列車から撃ち放たれた砲弾は、ヘリに直撃する寸前、見えない壁にぶつかったようにすべて弾《はじ》かれる。

「これが神蝕能《レガリア》だ、鳴沢八尋《ナルサワヤヒロ》。生のある人間には御しきれない龍の権能を奪い、龍を殺す——それが我ら不死者《ラザルス》の役割だ」

覚えておけ、とネイサンがヤヒロに告げた。

不可視の障壁に守られた軍用ヘリは、堂々と地上スレスレまで降りてくる。味方を巻きこむことを恐れて、装甲列車からの砲撃が止《や》んだ。ヘリではなく珠依《スイ》を狙ったロゼの狙撃も、ネイサンが生み出した新たな障壁に阻《はば》まれる。

珠依《スイ》の細い身体《からだ》を右腕だけで軽々と抱き上げ、ネイサンがヘリの乗降タラップに足をかけた。

「珠依《スイ》ッ！」

ヤヒロが刀を構えて妹を睨《にら》んだ。

意識する。フィルマンを倒したときの感覚を。

彩葉《いろは》の炎は、珠依《スイ》の生み出した冥界門《プルトネイオン》を浄化した。それと同じことをすればいい。あの障壁がネイサンの神蝕能《レガリア》だというのなら、ヤヒロの神蝕能《レガリア》をぶつけることで相殺《そうさい》できるはずだった。

だが、それがわかっていてもヤヒロは動けない。彩葉《いろは》を守るために無我夢中だったRMS《ラムス》との戦いとは状況が違う。神蝕能《レガリア》を、どうやれば発動できるのかわからない。

「駄目よ、兄様《にいさま》。あまりしつこいと、大切なお仲間が殺されてしまうわ」

ヤヒロの焦《あせ》りを見透かしたように、ヘリに乗りこんだ珠依《スイ》が笑った。

ヘリのエンジンが撒《ま》き散《ち》らす轟音《ごうおん》の中、彼女の言葉は、やけにくっきりとヤヒロの耳に届く。

動揺するヤヒロを満足げに眺めて、珠依《スイ》は彩葉《いろは》に視線を向けた。

「次に会うまで、ほかの龍《やつ》らに殺されないでね、わおんちゃん」

バイバイ、と珠依《スイ》が唇を動かした。

彼女とネイサンを収容したヘリが、勢いよく上昇を開始する。

敗北感に打ちのめされながら、ヤヒロは飛び去っていく機体を見送った。

四年間かけて追い続けた妹に、手を伸ばせば届くほどの距離まで近づいたのだ。それなのに、彼女を殺しきれなかった。そのせいで、珠依《スイ》は、これからも大勢の人々を殺すだろう。

彼女を囚えていたはずの、ライマット日本支部が犠牲になったように――

やり場のない怒りと無力感に苛《さいな》まされながら、ヤヒロはゆっくりと刀を下ろした。

その直後、ヤヒロの背後でジュリの悲鳴と、新たな銃声が鳴り響いた。

7

大切なお仲間が殺されてしまうわ――

ヤヒロの頭をよぎったのは、珠依《スイ》が最後に残した言葉だった。

焦燥に駆られて振り返ったヤヒロは、目にした光景に言葉を失う。

ライマット基地本部のロビーから、混沌《こんとん》があふれ出していた。

それは魍獣《もうじゅう》ではない。ファフニール兵でもない。小学校のプール一杯分ほどもありそうな、動く腐肉。それがヤヒロの目撃した怪物の姿だった。

「わああっ、グロい！　ジョッシュ、なんとかして！」

「駄目だ、姫さん！　こいつ、どんだけ撃っても全然こたえてねえ！」

逃げ惑うジュリに泣きつかれたジョッシュたちが、軽機関銃を乱射する。

しかしビルから這《は》い出《だ》してきた巨大な腐肉は、弾丸の直撃を意に介さない。痛みを感じているのかどうかすらわからない。逆に鞭《むち》のようにしなる触手が腐肉の中から吐き出され、不意を衝《つ》かれたジョッシュの脚を搦《から》め捕《と》った。

「ぐおっ⁉」

信じられない力で脚を引かれて、ジョッシュが転倒する。咄嗟《とっさ》に反撃するジョッシュだが、銃撃では腐肉の動きを止められない。

「ジョッシュっ！」

腐肉の眼前に飛びこんだヤヒロが、ジョッシュを捕らえた触手を日本刀でぶった斬る。腐肉に取りこまれる直前で触手から解放されて、ジョッシュは地面を転がりながら奇声を上げた。

「助かったぜ、ヤヒロ」

脚に巻きついた触手の切れ端を蹴りつけながら、ジョッシュはげっそりとした表情を浮かべた。未練がましく伸びてくる触手を斬り払いながら、ヤヒロは彼を連れて後退する。

「なんなんだ、こいつは？」

「わからん。いきなり建物の奥から出てきやがって、ライマットの社員が何人か呑《の》まれた」

「呑《の》まれた……？」

ヤヒロは戦慄しながら訊《き》き返《かえ》す。

やがて怪物は完全にロビーから抜け出し、その醜い全貌を明らかにした。

信じがたいことに、その腐肉の塊は人の形をしていた。

ぶくぶくに肥え太って地べたを這《は》いずる、身長十メートルほどののっぺらぼう――それが怪物の本体だ。

そして怪物の表面には、それ以外の様々な生物の痕跡が残っている。

獣の四肢。蝙蝠《こうもり》の翼。虚《うつ》ろな眼差《まなざ》しで虚空《こくう》を見つめる人間の頭部。腐肉の塊に埋もれたまま、それらは不規則に蠢《うごめ》き続けている。あらゆる生命を冒瀆《ぼうとく》しているような忌《い》まわしい光景だ。

「魍獣《もうじゅう》たちを取りこんでる……」

地面に倒れたままの彩葉《いろは》が、震える声で呟《つぶや》いた。

怪物は、そんな彩葉《いろは》に向かってジリジリと進んでいる。本能的に惹《ひ》かれているというよりは、はっきりとした意思を感じさせる動きだった。腐肉の塊へと身を堕《お》としても、あの怪物には彩《いろ》葉《は》を手に入れたいという執着が残っているのだ。

「あれも珠依《スイ》の仕業《しわざ》なのか？」

ヤヒロは、彩葉《いろは》を庇《かば》うために戻ってきた双子の姉妹に訊《き》いた。

しかめっ面《つら》で首を振ったのはジュリだった。

「ううん。あれは人間。不死者《ラザルス》のなり損ないだよ」

「……人間？　あれが？」

「不遜にも、龍の〝霊液〟を浴びて不死の肉体を手に入れようとした人間の成《な》れの果《は》てです。違いますか、伯爵？」

ロゼの最後のひと言は、腐肉の塊へと向けられていた。

まるでそれに答えるように、怪物の巨大な頭部に顔が浮かび上がる。その瞬間、ヤヒロは、凄《すさ》まじい吐き気に襲われた。腐肉の中から現れたその顔の主を、ヤヒロは知っていたからだ。

『違うなあぁぁ、シニョリーナァァア・ベリトォオォ！　そしてぇぇぇ、チャオォォォ！ギャルリィィイ・ベリトの諸君んんん！』

雷鳴にも似た大音声《だいおんじよう》で、怪物が叫んだ。

それは伯爵の声だった。

ライマット・インターナショナル会長エクトル・ライマット——彼の肉体こそが怪物の本体。増殖し続ける腐肉の核だったのだ。

「あれが……不死者《ラザルス》だと……？」

ヤヒロは激しい苛立《いらだ》ちに襲われる。

現象としては、F剤《エフメド》を過剰投与されたファフニール兵の暴走と同じなのだろう。しかし伯爵が浴びた龍の〝霊液〟は、F剤《エフメド》よりも遥《はる》かに強力だった。増殖し続ける肉体を、なおも生かし続けるほどに。

それは同時に、ヤヒロの血では彼を倒せないという事実を示していた。

魍獣《もうじゅう》やファフニール兵ならば、龍の血の反動に耐えきれずに自滅する。しかし伯爵の肉体は、すでに暴走し、自滅し続けている、いや、いるのだ。

より純度の高い龍の血を浴びた彼に、おそらくヤヒロの血は効かない。人間の姿を保てなくなっているだけで、伯爵も不死者《ラザルス》なのだから――

『いかにも！　いかにも！　いかにもぉぉぉ！　いい気分だぁぁ……私は、手に入れたぁぁあ……不死の肉体をぉぉぉ！』

かつて伯爵だった怪物が、全身の腐肉を歓喜に震わせた。

『見ろぉぉぉ、この力をぉぉぉ！　魍獣《もうじゅう》どもですらぁぁぁ、今の私の餌にすぎぬぅぅぅ！　老いも病も死の恐怖もないぃぃぃ、圧倒的な力ぁぁぁ！　力だぁぁぁ！』

伯爵の肉体から伸びた触手が、手当たり次第に動くものを襲う。

増殖を続ける肉体を維持するために、彼は、あらゆるものを貪欲に喰《く》らい続《つづ》けなければならない。捕食の対象は人間だろうが魍獣《もうじゅう》だろうがお構いなしだ。基地の敷地《しきち》内に出現した魍獣《もうじゅう》たちの大半は、結果的に伯爵に始末されたことになる。

「このままあいつを放置して逃げちゃいたい気分だねえ」

ジュリが投げやりな口調で言った。

悪くない考えだ、とヤヒロは思う。日本人が死に絶えた今、この基地の周辺にあるのは廃墟《はいきょ》ばかりだ。伯爵をこのまま放置したところで、民間人の犠牲者は出ないのだ。

そして捕食対象となる生物の数が有限である以上、いかに不死者《ラザルス》といえども、増殖し続ける肉体を維持することは出来ない。放っておけば、いずれ伯爵は自滅する。命の危険を冒してまで、ギャルリー・ベリトが彼を処分しなければならない理由はないはずだ。

しかしロゼは、溜息《ためいき》まじりにヤヒロの考えを否定した。

「その場合、この基地に残された鳴沢珠依《ナルサワスイ》の痕跡は伯爵に喰《く》われてしまうでしょう」

「珠依《スイ》の痕跡……？」

「ここで彼女が関わっていた実験のデータ。彼女の逃走先の手がかり。それらをすべて失うことになりますが」

それでもいいのか、と青髪の少女がヤヒロに尋ねてくる。

「珠依《スイ》たちは、それを見越して伯爵をあんな化け物に変えたのか……！」

ヤヒロは低い唸《うな》りを漏らした。妹の底知れぬ悪意に目眩《めまい》がする。珠依《スイ》のあとを追うためには、あの怪物を殺さなければならない。戦いを避ければ彼女を追う手がかりを失う。どちらに転んでもヤヒロたちは苦しむ。そうなるように彼女は仕組んだのだ。伯爵の欲望を利用して。

『安心せよぉぉぉ！　貴様らは皆平等にぃぃぃ！　喰《く》らい、犯してくれるぅぅぅ！』

伯爵の肉体から吐き出される触手が数を増す。増殖を続ける彼の肉体の一部が、基地本部のビルに雪崩《なだ》れこむ。ビル内に隠れているライマットの社員を、餌として取りこむつもりなのだ。このままではロゼの予言どおりに、伯爵は、珠依《スイ》の痕跡すべてを消し去ることになるだろう。

「どうすればいい？」

襲ってくる触手を迎撃する合間に、ヤヒロは双子の姉妹を振り返って訊《き》いた。

すでに伯爵の全長は十五メートルを超えて、なおも巨大化を続けている。基地が丸ごと彼に呑《の》まれるのも時間の問題だった。悠長に作戦を練っている余裕はない。

「あなたが、あれを殺してあげてください」

ロゼがヤヒロを見つめて言った。シンプルすぎる彼女の提案にヤヒロは戸惑った。

「俺が？　彩葉《いろは》にやらせるんじゃないのか？」

「龍の力を使えば、龍を喚《よ》び寄《よ》せることになります。最悪の場合、大殺戮《ジェイノサイド》の二の舞です」

ロゼの指摘に、ヤヒロは沈黙する。

四年前に見た龍の姿が脳裏に浮かんだ。龍の巫女《みこ》である彩葉《いろは》が龍の力を使うとは、そのまま龍を喚《よ》び出《だ》すのと同義だ。そして召喚された龍が、彩葉《いろは》に従うという保証はどこにもない。生贄《いけにえ》である彩葉《いろは》の人格を喰《く》らって、際限なく力を解き放つ。そんな未来が容易に想像できる。

「だけど、伯爵が本当に不死者《ラザルス》になったんなら、肉の一片でも残したら、また再生するぞ。あの化け物を滅ぼす方法は、まとめて焼き尽くすくらいしか思いつかない。俺には無理だ」

「あれを全部焼き払う必要はないいんだよ」

冷静に己の能力を分析するヤヒロに、ジュリが無責任な言葉を投げてくる。

「要はさ、伯爵の魂っていうか、存在の核、みたいなものさえ壊せばいいんだから」

「どこにあるんだよ、その魂ってやつは？」

「あたしが知ってるわけないじゃん。同じ不死者《ラザルス》同士ならわかるんじゃない？」

ふわっとしたジュリの感覚的すぎるアドバイスに、使えねえ、とヤヒロは舌打ちする。

それでも心のどこかに引っかかる部分はあった。不死者《ラザルス》の肉体が細切れの状態からでも復活するとして、その再生の核となるのはどこなのか。

脳か。心臓か。それとも、本当に魂などというものが存在するのか――

「彩葉《いろは》の力で、伯爵を滅ぼせると思いますか？」

ロゼが、場違いに落ち着いた声でヤヒロに訊《き》いてくる。

「あ、ああ……それは、そうだろ？」

珠依《スイ》の冥界門《プルトネイオン》を浄化した彩葉《いろは》の炎。あの力ならば間違いなく今の伯爵も焼き尽くせる。龍の血によって生み出された怪物は、同じ龍の力で殺せるのだ。

「ならば、あなたにも同じことが出来ます。龍の巫女《みこ》は己の権能を――龍殺しの神蝕能《レガリア》を、英雄に与えることができるのですから」

ロゼが迷いなく言い切った。

龍の生贄《いけにえ》に選ばれた娘が、龍を討つ力を龍殺しの英雄に与える。それは神話で繰り返し語られてきたモチーフだ。リビアの王女は自らの腰帯を投げて悪《あ》しきドラゴンの動きを止め、クシナダヒメは自らの姿を櫛《くし》に変えてスサノオの戦いに同行したという。

もちろん、それは神話の中の出来事。おとぎ話だ。しかし龍が実在し、不死者《ラザルス》が蠢《うごめ》く世界で、おとぎ話と現実にどれほどの違いがあるのか、とヤヒロは思う。

「どうして俺なんだ？　力を与えるにしても、もっと英雄に相応《ふさわ》しい人間がいるだろ？」

「残念ながら、それはあり得ません。龍が、神蝕能《レガリア》を貸し与えるのは――」

そう言ってロゼは言葉を切り、背伸びしながらヤヒロの頰に唇を寄せた。

耳元に囁《ささや》くような小声で短く告げる。

「――――――相手だけですから」

「え……？」

ヤヒロは呆然《ぼうぜん》と目を瞠《みは》った。

普段あれほど表情の乏しいロゼが、唇の端を吊《つ》り上《あ》げて、小悪魔めいた微笑を浮かべている。

彼女を睨《にら》むヤヒロの瞳に浮かんだのは、義憤と羞恥、そして諦念と理解の色だった。

なにもかも綿密に仕組まれて、利用されていたのだと今ならわかる。自分が、その邪悪な企てに、知らぬ間に加担させられていたことも。

「そういうことか……おまえら、最初からそのつもりで……」

「むしろ感謝してもらいたいところですが、恨み言ならあとで好きなだけ聞いてあげましょう。ですが、わかっていますね、ヤヒロ？　彩葉《いろは》に罪はありませんよ？」

「おまえら――絶対、地獄に落ちるからな」

憤慨したヤヒロが、呪いの言葉を絞り出す。悪戯《いたずら》がバレた子どものように舌を出すジュリ。対するロゼは、なぜか喜色を浮かべて、

「では、行き先はあなたと同じですね」

「うるせえよ！」

「ヤヒロ、どうしたの？　大丈夫⁉　喧嘩《けんか》してる場合じゃないでしょ、こんなときに！」

言い争うヤヒロとロゼを見かねたのか、ふらつきながら立ち上がった彩葉《いろは》が、慌てて間に割りこんでくる。ヤヒロはそんな彼女の顔を、複雑な表情で見返した。

「な、なに？」

「なんでもないから離れてろ。あの化け物は、絶対に俺がなんとかするから」

「あ……う、うん。わかった」

ヤヒロの気合いに圧倒されて、彩葉《いろは》が条件反射のようにうなずいた。

信じる、と無言で訴えてくる彩葉《いろは》の瞳に罪悪感を覚え、ヤヒロは彼女から目を逸《そ》らす。

そしてヤヒロは、再び伯爵に向き直った。

正確には、かつて伯爵と呼ばれていた怪物《モノ》に――

巨大で鈍重な見た目とは裏腹に、エクトル・ライマット伯爵の思考は、かつてないほど明瞭に冴《さ》え渡《わた》っていた。老いた肉体には気力が充満し、死への恐怖は遠い過去のものとなった。

今の伯爵を支配していたのは、圧倒的な全能感と、そして進化への渇望《かつぼう》だ。

古来、龍殺しの英雄譚《えいゆうたん》と同等に、あるいはそれ以上にポピュラーな伝承がある。

それは人が龍になる物語だ。

英雄シグルズに殺されたファフニール龍も、元は、呪われた黄金を守るために人間が龍《ワーム》へと変化したものなのだという。

伯爵は、己自身が、彼らと同じ存在へと近づきつつあることを理解していた。

今はまだ、かろうじて人の姿を保っている。数体の魍獣《もうじゅう》を体内に取り込み、装甲車を呑《の》みこむほどの巨体となっても、伯爵の輪郭《シルエット》はあくまで人のものだ。

だが、変化を引き起こしたのが龍の霊液《イーコール》である以上、伯爵の肉体は、いずれ龍の姿へと近づくだろう。細胞の異様な増殖は、その前段階。蝶《ちょう》に変わる前の青虫の状態でしかない。

人の姿を失うことを、嘆かわしいとは思わない。

これまで死の商人として長い人生を過ごし、十分な財と権力を手に入れた。人の姿のままで手に入れられる悦楽は、味わい尽くしたという自覚がある。そして快楽を求める気持ちよりも、死への恐怖が打ち勝ったとき、伯爵が望んだのは人を超える存在に変わることだった。

そして伯爵は、この肉体を手に入れた。

生命の限界を超えた龍の肉体を。

破壊しかもたらさぬ、神蝕能《レガリア》に興味はなかった。

求めていたのは、龍の〝器〟——生贄《いけにえ》の巫女《みこ》が召喚する龍の霊液《イーコール》だけだった。

しかし実際に霊液《イーコール》を手に入れ、龍《ワーム》へと変わり始めたあとで伯爵は思い出す。龍殺し。不死身のはずの龍を殺せる者たちがいるということに——

まだ足りない。今の自分は真の不死者《ラザルス》ではない。

神蝕能《レガリア》を、手に入れなければならない。守るべき龍の財宝を。

それに気づいた瞬間、伯爵の視界の隅で閃光《せんこう》が走った。

自らの肉の焼ける激痛に——忘れていたはずの死の恐怖に怪物は絶叫した。

†

「だあああああっ！　全然駄目じゃねえか——！」

緋色《ひいろ》に輝く刀を振りきったまま、ヤヒロは怒りの言葉を吐き捨てた。

不死身のはずの不死者《ラザルス》の肉体が、生命の危機を予感させる激痛を訴えている。ヤヒロの全身にまとわりつく深紅の炎の影響だ。

醜い蠕動《ぜんどう》を続ける伯爵の巨体には、高温のバーナーを押しつけたような深い傷跡が残っていた。ベリト家の双子が【焰《ほむら》】と名づけたヤヒロの神蝕能《レガリア》の痕跡だ。

神蝕能《レガリア》は使えた。だが、威力が足りない。伯爵の魂とやらの位置もわからない。

おまけに予想以上に反動がきつい。借り物の龍の権能は、不死者《ラザルス》にとっても手に余るものらしい。たった一度使っただけで、ヤヒロの肉体が悲鳴を上げている。同じ力を、あと何度も使えるとは思えない。

『神蝕能《レガリア》！　神蝕能《レガリア》！　神蝕能《レガリア》ァァア！　寄越せェエエ！　それは私の力だぁぁ！』

傷ついた巨体を回転させながら、伯爵がヤヒロへと迫ってくる。

「――っ⁉」

吐き出された無数の触手を回避しようとして、ヤヒロは膝から崩れ落ちた。

こんなときに、とヤヒロは毒づく。死の眠り。神蝕能《レガリア》を行使した反動だ。急激に全身から力が抜ける。伯爵の攻撃をよけられない。

「させるかぁぁっ！」

ジョッシュたちの銃撃に、触手が次々にちぎれ飛んだ。ジュリの鋼線が腐肉の動きを縛り、ロゼの対物ライフルが伯爵の顔面に無数の穴を穿《うが》つ。

その攻撃が、一時凌《いちじしの》ぎに過ぎないことは誰もが理解していた。

伯爵がヤヒロを呑《の》みこむまでの一瞬。それを、ほんの数秒引き延ばしただけに過ぎないと。

そして、その数秒の間に起きた出来事が、ヤヒロを恐慌《きょうこう》状態に陥《おとしい》れた。丸腰のまま駆けつけてきた彩葉《いろは》が、ヤヒロにしがみついたのだ。

「ヤヒロッ！」

「彩葉《いろは》!?　なにやってんだ、こんなときに――!?」

力尽きかけた肉体を強引に動かして、ヤヒロは彩葉《いろは》を突き飛ばそうとする。

彩葉《いろは》はそんなヤヒロの瞳をのぞきこみ、なぜか力強い笑みを浮かべて言った。

「思い出して、あのときのこと！」

「っ……！」

瞬間、ヤヒロの記憶が甦《よみがえ》る。

燃え上がるような朝焼けの空の下、初めて神蝕能《レガリア》を使ったときの記憶。彩葉《いろは》が抱いていた炎の剣をヤヒロは幻視し、それを彼女から受け取った。

そのときも、彩葉《いろは》はヤヒロに密着していたのだ。しっかりと肌と肌を触れ合わせて――

「大丈夫！　わたしが、そばに、いるよ！」

彩葉《いろは》の言葉が引き金になったように、ヤヒロの全身を力が満たした。

死の眠りがもたらす倦怠感《けんたいかん》が霧散し、身を焦がすほどの膨大な熱があふれ出す。

直後に、雪崩のように押し寄せる伯爵の巨体が、ヤヒロと彩葉《いろは》を呑《の》みこんだ。ヤヒロたちと融合し、神蝕能《レガリア》を取りこむために、腐肉の奔流と、獰猛《どうもう》な欲望がまとわりついてくる。だが、それこそがヤヒロの狙っていたものだった。

伯爵の魂の在処《ありか》がわからないのなら、向こうから近づいてきてもらえばいい。

融《と》け合《あ》い、一体化することを望むなら、最後は伯爵自身がヤヒロに触れるしかないのだから。

剝《む》き出《だ》しの欲望を逆に辿《たど》れば、その先にあるのが伯爵の〝魂〟だ。

「焼き切れ、【焰《ほむら》】――」

ヤヒロの握った炎の剣が、押し寄せてきた周囲の腐肉ごと、欲望に濁った魂を両断する。

出来損《ワーム》ないの龍の肉体が、爆発したように弾《はじ》け飛び、浄化の炎に包まれた。

ちぎれ飛んだ乾鮭色《からさけいろ》の腐肉が、瘴気《しょうき》に包まれながら崩れていく。

急拵《きゅうごしら》えの刀の柄《つか》が、ひび割れてパラパラと破片を散らす。

鳴り続けていた銃声がようやく途絶え、基地の敷地《しきち》内に束《つか》の間《ま》の静寂が訪れた。

脱力して倒れこみそうになる彩葉《いろは》を抱き止めながら、ヤヒロは無言で空を見上げた。

珠依《スイ》を乗せたヘリの機影はもう見えない。どちらの方角に飛び去ったのかもわからない。

燃え残る炎に照らされた空は、赤かった。日没の時間が近いのだ。

風が吹き、彩葉《いろは》の髪がさらさらと揺れた。

どこか遠くで、蟬《せみ》の鳴き声が聞こえる。
西の地平線から湧き上がる夏雲が、風に乗ってゆっくりと流れていく。
その空に龍の姿はない。
今は、まだ。

終幕　Epilogue

THE HOLLOW REGALIA　EPILOGUE

枯山水《かれさんすい》の日本庭園に、蟬《せみ》の声が鳴り響いていた。

広大な竹林を通り抜けた涼風が、開け放した襖《ふすま》から吹きこんで風鈴を鳴らす。

歴史ある寺院を思わせる木造家屋。板張りの広間の中央に、オーギュスト・ネイサンは座っていた。座布団《ざぶとん》すら用意されていないにもかかわらず、彼の背筋は真《ま》っ直《す》ぐに伸びて微動だにしない。それでいて隙のない見事な正座だった。

やがて正面の御簾《みす》が巻き上げられて、一人の女性が姿を現す。

平安装束を思わせる長袴《ながばかま》の豪華な和服を着ており、長い黒髪は腰まで届いている。

上衣にあしらわれた紋章は、天帝家の象徴である金翅鳥《こんじちょう》だ。

年齢は二十歳をようやく過ぎたあたり。凛《りん》とした美貌の持ち主だが、その表情は柔らかく、悪戯《いたずら》好きの子猫のような雰囲気を纏《まと》っていた。

「待たせてしまいましたか、オーギュスト」

深々と座礼するネイサンに、女は親しげに呼びかけた。小鳥の囀《さえず》りに似た可憐《かれん》な声だ。

「いえ、時間どおりです。迦楼羅《かるら》さま」

ネイサンは頭を下げたまま、無味乾燥な答えを返す。

それに不満を抱いたのか、迦楼羅《かるら》と呼ばれた女は拗《す》ねたように唇を尖《とが》らせる。

「飲み物はいかが？　よい玉露《ぎょくろ》が手に入ったのですけれど」

「勿体《もったい》ないお言葉ですが、不要です」

「お菓子もあるのよ。妙翅《みょうじ》院《いん》の本家から届いたばかりなの」

「不要です」

迦楼羅《かるら》はなおも砕けた態度でネイサンに接するが、ネイサンは他人行儀な姿勢を崩そうとはしなかった。やがて根負けしたように溜息《ためいき》をついて、迦楼羅《かるら》は口元を引き締める。

「――報告を聞きましょう、ネイサン卿《きょう》」

それまでとは打って変わった威厳に満ちた口調で、迦楼羅《かるら》が告げた。

ネイサンは無表情のままうなずき、顔を上げる。

「二十三区に潜伏していた〝火の龍《アワリティア》〟は、ギャルリー・ベリトが保護しました。いずれベリト本家からも統合体《ガンツアイト》に連絡があるでしょう」

「ギャルリー・ベリト……」

迦楼羅《かるら》が興味を惹《ひ》かれたように眉を動かした。

「意外、というほどではありませんね」

「ベリト家は古い錬金術師の一族ですから、龍の扱いには慣れているかと」

あらかじめ用意していたかのように、ネイサンがよどみのない口調で言う。

龍が黄金と深い関わりを持つことから、錬金術師もまた龍と無関係ではいられなかった。錬金術の重要な象徴《シンボル》であるウロボロスは、己の尾を呑《の》みこんで環《わ》となった龍であるとされており、錬金術の始祖とされる神メルクリウスを象徴するのも三つ首のドラゴンだ。

「わかりました。あの人形たちなら上手《うま》くやるでしょう。ですが、監視の目は絶やさないでください」

ベリト家の双子に対するわずかな羨望《せんぼう》を隠して、迦楼羅《かるら》が応じた。同じような籠の鳥として育てられながら、好きに行動できる彼女たちに迦楼羅《かるら》は憧憬を覚えているのだ。

「我々の置き土産も、彼女たちが支障なく処分したようです」

「ライマット伯爵……可哀想《かわいそう》な方でした。身に余る力を求めれば、破滅を呼びこむとあれほど警告したのですが」

迦楼羅《かるら》が、落命した伯爵を哀れむように目を伏せた。

霊液《イーコール》を与えられたエクトル・ライマットの最期《さいご》については、すでにべつのエージェントから報告が上がっている。不完全な偽龍《ワーム》と化した伯爵は、〝火の龍《アワリティア》〟の神蝕能《レガリア》【焔《ほむら》】によって焼き滅ぼされたのだ。

人の奥底に巣くう欲望を炙《あぶ》り出《だ》すのが龍の毒性である以上、不死を渇望《かつぼう》した伯爵が偽龍《ワーム》と化すことは、ある意味、当然の帰結だった。それを予想した上で彼に霊液《イーコール》を渡した鳴沢珠依《ナルサワスイ》も、この結果には満足しているだろう。

「F剤《エフメド》のデータは採れたのですね？」

「はい。回収したデータは財団の記憶庫《アーカイブ》に公開します。機密レベルを上げすぎると、無用の憶測を招きかねませんので」

「それで構いません。ファフニール兵が不死者《ラザルス》の代替にならないことがわかれば、欲深な軍人たちも納得するでしょう」

迦楼羅《かるら》が満足げに微笑《ほほえ》んだ。

ネイサンは、ファフニール兵の実用化を目指していたわけではない。彼の目的は、その逆だ。ファフニール兵が兵器としては使い物にならないこと——不死者《ラザルス》に遠く及ばない失敗作であることを証明するのが、彼に与えられた任務だった。

鳴沢八尋《ナルサワヤヒロ》の働きによって、その目的は果たされた。安易に龍の血を軍事利用しようとする勢力は、当分は現れないだろう。たった一人の不死者《ラザルス》の少年に、中隊規模のファフニール兵部隊が呆気《あっけ》なく壊滅させられてしまったのだから。

「〝火の龍《アワリティア》〟が現れたことで、盤上に乗った駒は六枚——残りは〝天〟と〝雷〟だけですか。そろそろ気の早い連中が動き出してくれそうですね」

迦楼羅《かるら》の瞳に冷ややかな光が宿る。

大殺戮《ジェノサイド》から四年が経《た》ち、六人の龍の巫女《みこ》の素性が判明した。

しかしこの国に六体もの龍は必要ない。龍は、殺されなければならない存在だ。

龍殺しの英雄の手によって。

「追加でご報告したいことが」

迷いに似たわずかな沈黙を挟んで、ネイサンが言った。

「許します。続けなさい」

迦楼羅《かるら》が、命令するのに慣れた態度で続きを促した。

ネイサンはうなずき、おもむろに口を開く。

「〝地の龍《スペルビア》〟──やはり衰えているようです。周期の不定な長い眠りが今も続いており、その間隔は少しずつ頻度を増しています。四年前ほどの力は、もう望めぬかと」

「原因は、わかりますか？」

「根拠のない憶測ですが、鳴沢八尋《ナルサワヤヒロ》が、不死者《ラザルス》であり続けたこととと無関係ではないかもしれません」

一切の私情を排除したネイサンの瞳の奥で、炎に似た感情の光が揺れた。だが、それは刹那にも満たない一瞬の出来事だ。瞬《まばた》きを終えたネイサンは、すでに元の無表情に戻っている。

「なるほど、とても興味深い報告です」

鳴沢八尋《ナルサワヤヒロ》──と彼女は少年の名を口にして、迦楼羅《かるら》は艶《つや》やかな笑みを浮かべた。

彼女の胸元では、龍の血を固めたような深紅の宝玉が輝いていた。

†

「好きよ、兄様《にいさま》……愛しているの」
降りしきる冷たい雨の中、少女は囁《ささや》くように呟《つぶや》いた。
中学校の制服を着た彼女の全身は濡《ぬ》れている。
深々と切り裂いた左の手首からは、鮮血が止めどなく溢《あふ》れ出《だ》している。
工事中のビルの屋上に立った彼女が、振り返って儚《はかな》げに微笑《ほほえ》んだ。
絶望だけを映した瞳から、透明な涙が零《こぼ》れ落《お》ちる。
少年は彼女の名前を呼ぶ。真剣な表情でなにかを訴える。しかしその声は届かない。
風が吹き、少女の純白の髪がふわりと舞った。
そして彼女は、最後に告げる。
祈るような静かな声で。狂気の笑みをたたえて。
「私たちが結ばれないこんな世界なんか、みんな壊れてしまえばいいのに」

†

数日ぶりに戻ってきたねぐらは、ひどく殺風景に感じられた。

二十三区の外れにある私立大学のキャンパス跡地だ。長い間、寝泊まりしていた研究室には、すっかり馴染《なじ》んだつもりでいたが、今日に限ってやけに余所余所《よそよそ》しく思えて落ち着かない。あの騒々しい双子や、ギャルリー・ベリトの連中。そしてなによりも彩葉《いろは》がいないせいだと気づいていたが、あえてその事実からは目を逸《そ》らす。

騙《だま》されたり、裏切られたりするのは構わない。

けれど、拾い集めた大切なものを、再び失うのは耐えられない。それならいっそ、最初からなにも持たないほうがいい。月並みだが、そんなことを考える。

ヤヒロは四年間ずっと一人で生きてきたのだ。ほんの一日かそこら一緒にいただけの連中に、自分が影響されてしまったなどとは絶対に認めたくなかった。

そんなふうに思っている時点で、ヤヒロの手の中には、余計なものがすでに握られていたのかもしれない。それを自覚していないわけではない。

「向こうから勝手に手を握ってきたんだから、仕方ないだろ」

誰に言うともなく、ヤヒロは言い訳がましい口調で呟《つぶや》いた。

面倒くさいのは嫌だ。大切なものを奪われるのも。自分からそれを切り捨てるのも。

だが、不死者《ラザルス》であるヤヒロの前からは、いつかみんないなくなる。だったらそれまでのわずかな時間、気まぐれにその手を握り返してみてもいいのかもしれない。

それに彼女たちは役に立つ。

ヤヒロの目的を果たすためには、彩葉《いろは》とギャルリー・ベリトの力が必要だ。

鳴沢珠依《ナルサワスイ》を見つけ出して、殺す。

この世界からあまりにも多くのものを、数多《あまた》の生命を奪い続ける妹を殺す。

それがヤヒロに残された唯一の願いだ。

こんな自分を好きだと言ってくれた、彼女の狂気を止めることだけが。

だから、ほかのものを抱えこむ余裕なんてない。

差し出された手を握り返すのは、それを利用するためだけ。そのはずだ。

「…………」

どうして自分がそんなことを考えているのか、馬鹿馬鹿しく思えてきてヤヒロは首を振った。

ヤヒロがこのねぐらに戻ってきたのは、くだらない感傷に浸るためではない。ここを引き払う準備のためだ。しばらくの間、ギャルリー・ベリトに同行するということで、必要な荷物を回収に来たのだった。

「そうは言っても、俺の荷物なんかたかが知れてるんだけどな」

四年間で貯《た》めこんだわずかばかりの外貨と、着替え。それがヤヒロの財産のほぼすべてだ。

あとは型落ちの改造スマホが一台。太陽電池で充電されたスマホを、いつもの癖で起動しようとして、ヤヒロは無意識に苦笑した。

あれほど楽しみにしていた伊呂波《いろは》わおんのネット配信を、この先、二度と見ることはないのだろうな、と思ったのだ。

彼女の正体を知ってしまった以上、これまでのように素直に動画を楽しむのは、さすがにもう難しい。生身の彩葉《いろは》がどんなやつかわかってしまったし。

べつに彼女のことが嫌いになったわけではないのだけれど。

むしろ想像していたよりも、本人はずっと魅力的ですらあったのだけど。

まあ、最後に一度くらいは見てもいいか――

BGMの代わりにはなるだろ、と自分自身に言い聞かせつつ、ヤヒロはスマホの電源を入れた。その直後――

「わおーん！」

「うおおっ!?」

突然、耳元で聞こえてきた彩葉《いろは》の声に、ヤヒロは本気で悲鳴を上げた。

振り返ると、頭の上に手を持ってきて獣の耳を作った彩葉《いろは》が、得意げな表情を浮かべていた。

「あはははは、びっくりした？　びっくりした？　おはようございまーす！」

「……彩葉《いろは》……おまえ、なんでこんなところにいる⁉　二十三区内だぞ？」

魍獣《もうじゅう》ひしめく隔離地帯に現れた彩葉《いろは》を、危険だろうが、とヤヒロは真剣に怒る。

しかし彩葉《いろは》は、面白い冗談を聞いたというふうに噴き出して、

「そんなこと言われても、二十三区はわたしにとっても庭みたいなものだし……ヌエマルがいるから危なくないし」

「そいつが役に立つとは思えないんだが……」

ヤヒロは呆《あき》れたような表情で、彩葉《いろは》の足元にまとわりついている中型犬サイズの雷獣を見た。

言葉は通じないはずだが、なんとなく馬鹿にされたことがわかるのか、ヤヒロを睨《にら》んだ白い雷獣の周囲に、パチパチと静電気のような火花が散る。

「へー……ヤヒロってこんなところで暮らしてたんだ。ホントだ、ヤヒロの匂いがする」

勝手にソファの上にダイブした彩葉《いろは》が、毛布に顔を埋めて言った。

「ナチュラルに嗅ぐな、他人《ひと》ん家《ち》の匂いを！」

「ねえねえ、これって、ヤヒロのスマホ？　写真見ていい？」

「いや、普通に駄目だろ。なんでそんなものが見たいんだよ？」

「わたしのスクショが保存されてるのかなー、と思って」

顔を上げた彩葉《いろは》が、ニヤリと笑う。ヤヒロは、ハ、と冷ややかに失笑した。

「ねーよ、そんなもの」

「そうなの？　なんで？　男子って好きな子の写真をエッチな目で見たりするんじゃないの？」

「なんで俺がおまえのことを好きだったことになってるんだよ」

他人の過去を捏造《ねつぞう》するな、とヤヒロが彩葉《いろは》を半眼で睨《にら》む。ネットの生配信を見ていただけで、恋愛感情があったと勝手に決めつけられるのは心外だ。

「ていうか、わおんはそういう対象じゃなかったんだよ。性的な目で見られないっていうか」

「そ、そうなんだ……もしかして、からかったら駄目なガチな感じだった……？」

「は？　ガチ？」

「い、いや──……照れるね、やっぱり面と向かってそういうこと言われると……あはは……」

ヤヒロの説明を聞いた彩葉《いろは》が、なぜか耳まで顔を赤くしてうずくまる。無駄に自己肯定感が高いくせに、実際に好意を向けられると弱いタイプだったらしい。

「言っとくけど、ペットとか家族みたいに思ってたとか、そういう理由だからな」

「家族……」

「あとなんか、アホっぽかったし」

「は⁉　なんで⁉　どこがアホっぽかった⁉」

ひどい、と彩葉《いろは》が本気でショックを受けたように動きを止めた。

起動を終えたヤヒロの改造スマホが、ロック画面を表示したのはその直後だった。

ランダムに切り替わる背景画面には、古い写真が表示されていた。

海辺で撮影した、ごくありふれた家族写真だ。

両親と長男。そして緊張した表情の幼い妹。

それがヤヒロの家族だと気づいて、彩葉《いろは》が表情を硬くする。

「……ごめんなさい……本当に見るつもりじゃなかったの。ごめんなさい……」

「いや、いい。俺も設定してたことを忘れてた」

ヤヒロは、どうでもいいことのように首を振った。他人に見られて困るような写真ではない。

たとえそこに映っている両親が、すでにこの世にいないとしても。

「珠依《スイ》が、うちに来た日の写真なんだ……」

写真の中の少女を眺めて、ヤヒロが言う。

彩葉《いろは》がハッと息を呑《の》んだ。

彼女は唇を噛《か》んでしばらく目を伏せ、意を決したように顔を上げる。

「ヤヒロは、大殺戮《ジェイノサイド》が起きる前の世界に戻りたいと思う？」

「え？」

戸惑うヤヒロから目を背けずに、彩葉《いろは》は自分の両手を握りしめる。

「……わたし、家族がいないんだ。幼いころの記憶もないの。物心ついたときには施設で暮らしてて……だから、大殺戮《ジェイノサイド》のあと、弟妹《きょうだい》がたくさん出来て本当は少しだけ嬉《うれ》しかった」

彼女の思いがけない告白に、ヤヒロはしばらく呼吸を忘れた。

過去の記憶を持たない、天涯孤独の少女。それは珠依《スイ》と同じ境遇だった。

珠依《スイ》は自分の生みの親を知らず、どこで生まれたのかもわかっていない。彼女が、それまでどうやって生きてきたのか、その痕跡さえも見つからなかった。まるで、ここではない遠い世界から、突然、こちら側へと迷いこんだように。

同じ龍の巫女《みこ》である彩葉《いろは》も、珠依《スイ》と同じなのだとしたら——それは果たして偶然なのか、とヤヒロは戸惑う。

そんなヤヒロの迷いに気づかず、彩葉《いろは》は続けた。

「でもきっと、みんなには本当の家族がいたはずなんだよ。もっと幸せに暮らせてたはずなの。もしもわたしがほかの龍の子たちと戦って、最後の一人になって、思いどおりの世界を作れるのなら、そんなふうにやり直すことが出来るのかな……？　わたし、どうしたらいいのかな？」

彩葉《いろは》の言葉は途中から、途切れ途切れにかすれて小さくなった。

膝に抱いたヌエマルの背中を撫《な》でながら、彩葉《いろは》はうなだれて沈黙する。

彼女の端整な横顔を見つめて、ヤヒロは息を吐いた。

そのとき思い出していたのは、伯爵との戦いの最中《さなか》に聞いたロゼの言葉だった。

なぜ神蝕能《レガリア》を使えるのが自分なのか、と問いかけるヤヒロに、青髪の少女は言ったのだ。

龍が神蝕能《レガリア》を貸し与えるのは、龍の巫女が恋に落ちた相手だけだから、と――

「好きにしろよ」


頭で考えるより早く、彩葉《いろは》にかけるべき言葉がヤヒロの口を衝《つ》いて出た。

えっ、と驚いたように彩葉《いろは》が目を瞠《みは》った。

彼女の視線から逃げるようにヤヒロは横を向き、突き放すような口調で言う。

「前にも言ったろ。あんたはあんたの好きにすればいいんだよ。ほかの龍が邪魔をするなら、そのときは俺が隣で守ってやるって」

「うん――」

彩葉《いろは》がぎこちなくうなずいた。大きく見開かれたままの彩葉《いろは》の目に、みるみる涙が盛り上がっていく。また泣くのか、とヤヒロは緊張して身構えた。

罵られ、蔑まれ、殺されることにすら慣れたヤヒロだが、目の前で彩葉《いろは》に泣かれるのだけは慣れないし、きっとこれからも慣れることはないだろう。刃物で斬りつけられるよりも胸が痛むから、できればやめて欲しいと本気で祈る。

ヤヒロの祈りが天に通じたのか、実際に彩葉《いろは》が涙を流すことはなかった。

その前に新たな侵入者が、ずかずかと部屋に入ってきたからだ。

「聞いた、ろーちゃん？　ヤヒロってば、恰好《かっこう》いいねー」

「ええ。実質的に、ほかの龍の攻撃に対して侭奈《ままな》彩葉《いろは》の安全を保障する契約を交わしたものと解釈できます。ギャルリーとヤヒロの契約にも、そのように追記しておきましょう」

「──って、なんでおまえらまでいるんだよ？」

いきなり現れて勝手なことを言い始めた双子の姉妹を、ヤヒロは憤慨しながら怒鳴りつけた。

「彩葉《いろは》の護衛を兼ねて、あなたの引っ越しを手伝いに来たのですが」

誰が彩葉《いろは》をここまで連れてきたと思っていたのか、とロゼが呆《あき》れたように問い返す。

その間にジュリは目敏《めざと》く作業机の上のノートPCに気づいて、

「あー……パソコン発見。ねー、画像フォルダ、開けてもいい？」

「おい、馬鹿やめろ！　いいわけねえだろ！」

スマホのときとは打って変わって、ヤヒロが動揺を露《あら》わにした。

激しく焦《あせ》りながらパソコンに向かって手を伸ばし、ジュリは素早くその手をよける。

狼狽《うろた》えるヤヒロを見ていた彩葉《いろは》が、やがてたまりかねたように噴き出した。

それまでの憂いから解き放たれたように、晴れやかな声を上げて彼女は笑い続ける。

そしてひとしきり笑い転げた彼女は、目の端に浮いた涙を拭い、ヤヒロの前に左手を差し出した。目元に笑みを残したまま、彩葉《いろは》は精いっぱい真剣な口調で言う。

「ねえ、ヤヒロ。指切りして」

「指切り？　いいけどなにを約束するんだ？」

ヤヒロは投げやりな口調で訊《き》き返す。

面倒だと断らなかったのは、つい先日、彩葉《いろは》の目の前で、ジュリと同じことをしたせいだ。

さすがにやきもちということはないと思うが、ジュリに対する対抗意識を、彩葉《いろは》が抱えていてもおかしくない。そのせいで、また彩葉《いろは》に泣かれても厄介だ。

呪われた不死者《ラザルス》の血塗《ちまみ》れの手に、余計なものを抱えこむべきではないとわかっている。だが、差し出された手まで拒んでしまったら、そのとき自分は、人間だったことを忘れて、本当の怪物になってしまうのだとヤヒロは思う。

そんな葛藤を隠しきれないヤヒロを、彩葉《いろは》は、なぜか保護者のような眼差《まなざ》しで見つめている。

「わたしが願いを叶《かな》えるまで、そばにいて」

「いや、さすがに漠然とし過ぎじゃないか？」

もう少し具体的な願いにしてくれ、とヤヒロは顔をしかめた。

約束の内容が曖昧過ぎて、実質、無期限ではないかと突っこみをいれたくなる。

さすがにそれは自覚していたのか、彩葉《いろは》も反論せずにうなずいた。

「そうだね。じゃあ、これにする」

彩葉《いろは》が、ヤヒロの小指に自分の小指を絡《から》ませてくる。

ふと気づくと互いの息が触れ合うほどの距離まで、彩葉《いろは》の顔が近づいていた。

龍の巫女《みこ》。神蝕能《レガリア》を宿した生贄《いけにえ》の少女。
触れ合った指先から、彼女の力が自分に流れこんでくるのをヤヒロは感じる。
もしかしたら、それは世界を滅ぼす力なのかもしれない。
大勢の人間を死に追いやる、呪われた力なのかもしれない。
だがそれでも、彼女との約束は果たされるだろう。
ただ傍《そば》にいて欲しいという、ささやか過ぎる少女の願いは叶《かな》えられる。
不死者《ラザルス》の少年が、その契約を守るから。
いつか訪れる約束の瞬間まで。

そして彩葉《いろは》は悪戯《いたずら》っぽく目を細め、それを口にする。
無邪気で美しい、呪いの言葉《やくそく》を──

「死が二人をわかつまで」

あとがき

虚《うつ》ろなるレガリアというタイトルは、最初の企画書では『うつろなるレガリア』と表記していました。虚《うつ》ろってなんか難しくて読めないし、縮めたときに「虚レガ」って言いづらいよな、と思ったので。しかし「ひらがなはないわ」「端的に言ってダサい」と各方面からけちょんけちょんに否定され、その結果、現在のタイトル表記に。たしかに「うつレガ」って短縮形はちょっと間抜けな字面《じづら》だし漢字表記で正解だったか、と自分でも思い始めた矢先、新刊の告知を見た知人から「きょろなるってどういう意味？」と訊《き》かれてしまい、頭を抱えながらこのあとがきを書いております。きょろなる……きょろなる、か……。

そんなわけで『虚《うつ》ろなるレガリア』の第一巻をお届けしております。

前作『ストライク・ザ・ブラッド』以来の久々の新シリーズです。もしも三雲《みくも》の新作を楽しみにしてくださっていた方がいたら、長い間お待たせしてしまって本当に申し訳ありません。

今回、新しい世界観と新しい登場人物に馴染《なじ》むのに、本当に苦労してしまいました。すごく大量に資料を作って、かつてないくらい大量に本文を書き直す羽目に……。苦労の甲斐《かい》あってヤヒロや彩葉《いろは》たち本作のキャラクターは、全員、結構気に入っています。もっとスタイリッシュなイメージになる予定だった主人公たちが、思いのほかバカ……もとい図太い感じになってしまったのは誤算でしたが、殺伐とした世界観だけに、これくらいでないと生き残れなかったのかな、と思ったりとか。

そして本作のテーマは龍と龍殺し。ドラゴンとドラゴンスレイヤーですね。うーん、ファンタジー。実は電撃文庫における私のデビュー作も龍と龍殺しがテーマだったような気がします。まるで成長していない、わけではなく、これはそうあれです。原点回帰ってやつ。

実際、龍というのは昔も今も変わらずファンタジー系では一、二を争うくらい好きなモチーフです。小説や映画やアニメでも、強くて恰好《かっこう》いいドラゴンが出てくるとテンションが上がります。西洋のドラゴンも、東洋の龍も等しく好き。近年のゲームなどでよくある噛《か》ませっぽい扱いのドラゴンを見ると悲しくなりますが、それも悪くないだろう。戦ってよし、乗ってよし、食べても美味《うま》い。それがドラゴン。ですが、自分の作品に登場させるなら、やはりとてつもなくヤバくて魅力的な龍を描きたい。そんな発想から『虚《うつ》ろなるレガリア』は生まれました。

そういえば本作、冒頭でいきなり日本が大変なことになっていますが、もちろん作者が日本に恨みを抱いてるわけではなく、フィクションでよくある地球が滅びたとか世界が終わったとかそういうヤツの仲間だと思ってください。現地に行ったり地図を見ながら、実在する土地でモンスターと戦うシーンを想像するのはちょっと楽しかったです。

イラストを担当してくださった深遊《みゆう》さま、私の想像を遥《はる》かに超える素晴らしいキャラクターデザインとイラストをありがとうございます。いただいたキャララフを最初に拝見したとき、感動のあまり奇声を上げて打ち震えました。引き続きなにとぞよろしくお願いいたします。

本書の制作、流通に関わってくださった皆様にも、心からお礼を申し上げます。

もちろん、この本を読んでくださった皆様にも精一杯の感謝を。

現在はすでに二巻の執筆に取りかかっています。なるべく早めに続きをお届けできるように頑張ります。それではどうか、また次巻でお目にかかれますように。

三《み》雲《くも》岳《がく》斗《と》

02

Dragons
And The Deep
Blue Sea

虚《うつ》ろなるレガリア

THE HOLLOW REGALIA

2021 AUTUMN

鳴沢八尋

Narusawa Yahiro

不死者

九曜真鋼

DATA

年齢	17	誕生日	8/16
身長	176cm		
特徴	黒髪黒目・体重 61kg		
特技	剣道（一級）		
好き	焼き鳥・映画鑑賞		
苦手	タマネギ・古文		

SUMMARY

龍の血を浴びて不死者となった少年。数少ない日本人の生き残り。隔離地帯『二十三区』から骨董や美術品を運び出す『回収屋』として一人きりで生きてきた。大殺戮で行方不明になった妹、鳴沢珠依を捜し続けている。

CONFIDENTIAL

侭奈彩葉
Mamana Iroha

魍獣使いの少女

DATA

年齢	17	誕生日	7/21（暫定）
身長	161cm		
特徴	茶髪茶目・Fカップ以上		
特技	動画配信・コスプレ		
好き	どら焼き・家族		
苦手	コーヒー・数学		

SUMMARY

隔離地帯『二十三区』の中心部で生き延びていた日本人の少女。崩壊した東京ドームの跡地で、七人の弟妹たちと一緒に暮らしていた。感情豊かで涙もろい。魍獣を支配する特殊な能力を持ち、そのせいで民間軍事会社に狙われる。

伊呂波わおん
Iroha Waon

配信者

年齢	17000歳	誕生日	7/21	身長	りんご15個ぶん
特徴	銀髪・翠眼・ケモミミ・尻尾				

海外の動画配信サイトで日本語による生配信を行っているコスプレ配信者。声と見た目は可愛いが、動画自体はさほど面白いものではなく、再生回数は伸び悩んでいる。それでも彼女が動画配信を続けているのは、なんらかの理由があるらしいのだが……

ジュリエッタ・ベリト
Giulietta Berith

年齢	16	誕生日	6/13
身長	157cm		
特徴	オレンジメッシュの髪・Eカップ		
特技	格闘技全般		
好き	果物、美術鑑賞		
苦手	ブヨブヨしたもの・グロいもの		

武器商人ギャルリー・ベリトの執行役員。ロゼッタの双子の姉。中国系の東洋人だが、現在はベリト侯爵家の本拠地であるベルギーに国籍を置いている。人間離れした身体能力を持ち、格闘戦では不死者であるヤヒロを圧倒するほど。人懐こい性格で、部下たちから慕われている。

天真爛漫な格闘家

冷徹な狙撃手

ロゼッタ・ベリト
Rosetta Berith

年齢	16	誕生日	6/13
身長	157cm		
特徴	青メッシュの髪・Aカップ未満		
特技	狙撃		
好き	紅茶・読書		
苦手	お酒・ホラー映画		

武器商人ギャルリー・ベリトの執行役員。ジュリエッタの双子の妹。人間離れした身体能力を持ち、特に銃器の扱いに天賦の才を持つ。姉とは対照的に沈着冷静で、ほとんど感情を表に出さない。部隊の作戦指揮を執ることが多い。姉のジュリエッタを溺愛している。

CONFIDENTIAL

ジョッシュ・キーガン
Josh Keegan

年齢	25	誕生日	7/2
身長	173cm	特徴	金髪碧眼

ギャルリー・ベリトの戦闘員。アイルランド系アメリカ人。元警官だが、ある事情で犯罪組織に命を狙われている。軽薄な言動が多いが、戦闘員としては優秀。

陽気な元警官

美貌の女性戦闘員

パオラ・レゼンテ
Paola Resente

年齢	24	誕生日	5/16
身長	175cm	特徴	ブルネット・ヘーゼルアイ

ギャルリー・ベリトの戦闘員。メキシコ出身。元女優で、業界には今も彼女のファンが多い。故郷に残してきた家族のために給料の多くを仕送りに注ぎこんでいる苦労人。

穏やかな復讐者

魏洋
Wei Yang

年齢	27	誕生日	9/24
身長	181cm	特徴	黒髪黒目

ギャルリー・ベリトの戦闘員。中国出身。父親は政府の高官。謀殺された父親の死の真相を調べているうちに統合体《ガンツァイト》の存在を知り、ギャルリー・ベリトに合流した。温和な美男子だが、キレると恐い。

統合体

地の龍の巫女

鳴沢珠依

Narusawa Sui

年齢	16	誕生日	12/14（暫定）
身長	151cm		
特徴	白髪赤目・体重 37kg		

鳴沢八尋の妹。龍を召喚する能力を持つ巫女であり、大殺戮を引き起こした張本人。その際に負った傷が原因で、不定期の長い『眠り』に陥る身体になった。現在は『統合体』に保護され、彼らの庇護を得る代わりに実験体として扱われている。

統合体の使者

オーギュスト・ネイサン

Auguste Nathan

年齢	29	誕生日	2/9
身長	188cm	特徴	黒髪・アンバーアイ

アフリカ系日本人の医師で『統合体《ガンツァイト》』のエージェント。鳴沢珠依を護衛し、彼女の望みを叶える一方で、龍の巫女である彼女を実験体として利用している。

CONFIDENTIAL

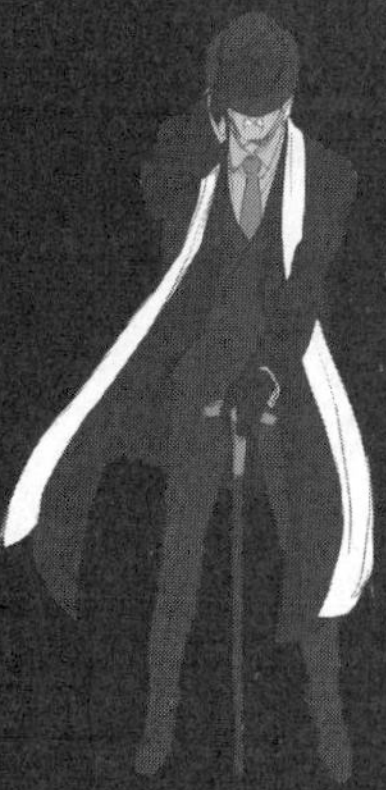

兵器商

エクトル・ライマット

Hector Raimat

年齢	74	誕生日	10/3
身長	174cm	特徴	白髪茶目

世界有数の兵器メーカー『ライマット・インターナショナル』の会長。爵位を持つ本物の貴族であり、伯爵と呼ばれている。龍の血がもたらす不死の力を手に入れるため、ネイサンに研究施設を提供する一方で、彩葉を狙う。

高慢なるファフニール兵

フィルマン・ラ・イール

firman La Hire

年齢	28	誕生日	3/16
身長	183cm	特徴	金髪緑眼

ライマット社傘下の民間軍事会社RMS日本支部の総隊長。士官学校を首席で卒業後、最年少で軍の少佐となったところを引き抜かれたエリート指揮官。自らF剤《エフメド》の被検体となる野心的な一面も持つ。

KEYWORDS

ギャルリー・ベリト

欧州に本拠を置く貿易商社。主に兵器や軍事技術を扱う死の商人である。自衛のための民間軍事部門を持つ。出資者はベリト侯爵家。

統合体《ガンツァイト》

龍がもたらす災厄から人類を守ることを目的とする超国家組織。過去に出現した龍の記録や記憶を受け継いでいるだけでなく、多数の神器を保有しているといわれている。

ファフニール兵

F剤《エフメド》と呼ばれる特殊な薬剤を投与された民間軍事会社RMSの戦闘員。龍人化と呼ばれる肉体変化により、筋力や敏捷性、再生能力が飛躍的に向上する。一方で龍人化すると凶暴性が増し、細胞の寿命を縮めるなどの副作用もある。

作戦区域図

AREA MAP

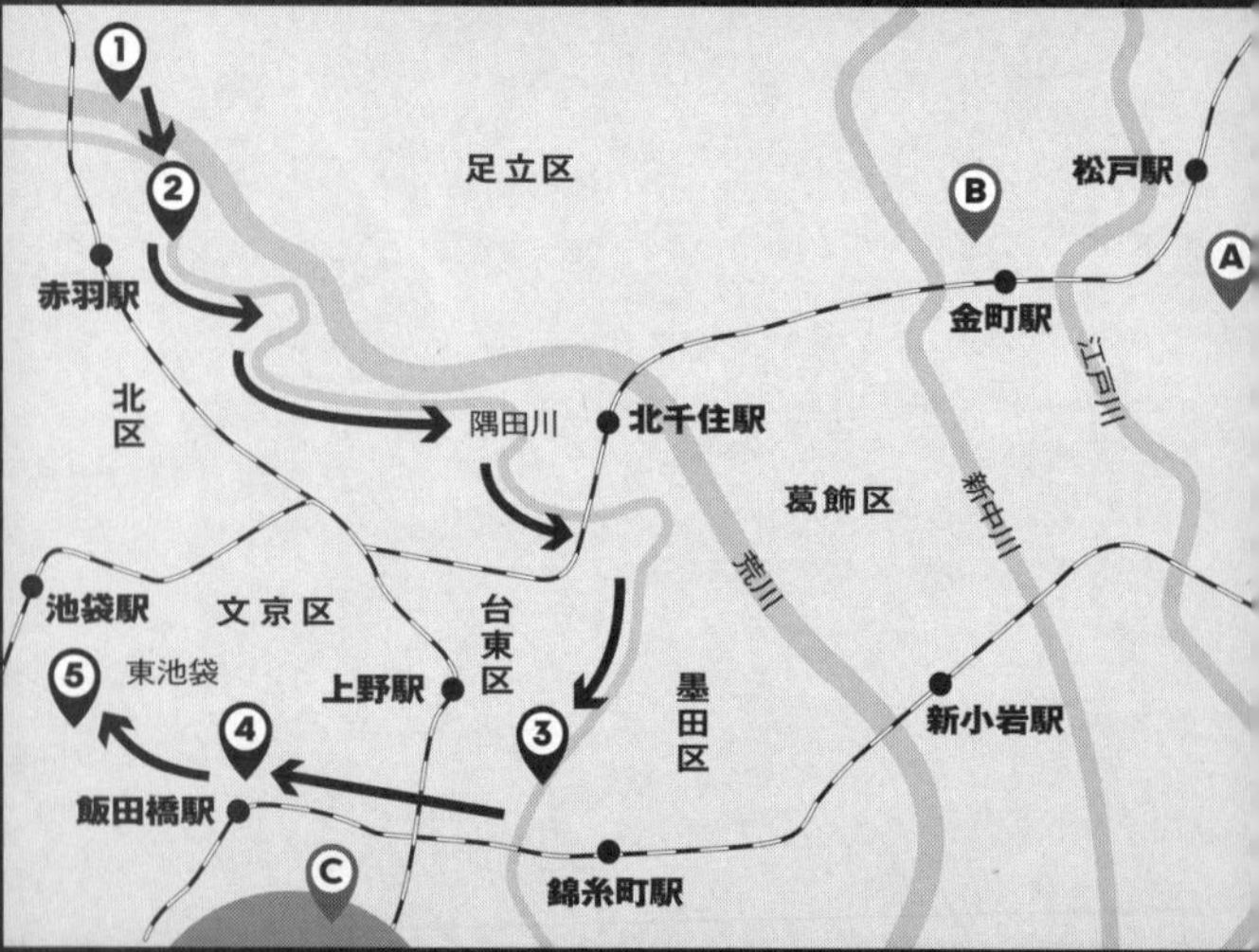

重要拠点一覧

A	エドの店	松戸駅周辺
B	ヤヒロのねぐら	R大学跡地
C	冥界門（プルトネイオン）	国会議事堂を中心とした半径 1.5km の範囲

クシナダ捕獲作戦　位置記録

1	作戦開始地点	荒川河川敷
2	ギャルリー・ベリト移動経路	隅田川
3	魍獣覇下との交戦地点	隅田川・蔵前橋付近
4	クシナダ捕獲作戦目的地	東京ドーム跡地
5	ファフニール兵との交戦地点	東池袋

GALERIE BERITH　Information Department　YOUR EYES ONLY

CONFIDENTIAL

用語集

KEYWORD

不死者 -Lazarus-

龍の血を浴びて不死の能力を手に入れた人間。不死なだけで不老ではない。

また不死の能力は、ある程度以上の重傷でなければ発動しない（流血が目安）。

龍の血に触れた人間がすべて不死になれるわけではなく、ある条件を満たした者でなければ不死者にはなれない。

生命の危機に反応して、不死者の肉体は自らの表面に血纏《ゴアクラッド》と呼ばれる鎧を実体化させる。ゴア・クラッドはそれぞれの神蝕能《レガリア》に対応した追加効果を発現する。

龍

世界各地の神話や伝承に残る超存在。地上に様々な災害を引き起こし、一方で人々に恩恵を与える。龍とは世界そのものであり、我々の住む世界は龍の死骸より生まれたとする説もある。

龍の物語には、しばしば生贄として捧げられた巫女が登場する。これは巫女の肉体を通じて龍が降臨する、あるいは巫女自身が異界から龍を召喚していると解釈することも可能である。

神蝕能《レガリア》

龍が保有する権能の総称。物理法則を容易に覆し、この世界に災厄をもたらす特殊能力。

龍が遺した神器、もしくは龍の巫女が近くにいるときに限り、不死者《ラザルス》はルーツである龍と同じ神蝕能《レガリア》を使うことができる。

大殺戮《ジェイノサイド》（J-nocide）

隕石の落下に端を発する日本国内の自然災害と、それに伴って発生した全世界的な日本人の虐殺。これによって、ごくわずかな例外を除き日本人は死に絶えた。

魍獣《もうじゅう》

大殺戮《ジェイノサイド》の直後に日本全土に出現した謎の怪物たち。既存の生物の枠組みから外れた存在であり、近代兵器をもってしても容易には制圧できない。

国内にいた日本人の大半は、彼らに殺されたと考えられている。不死者《ラザルス》の血は魍獣に対しては致命的な猛毒となる。

冥界門《プルトネイオン》

大殺戮《ジェイノサイド》の直後に、東京二十三区の中心部に出現した巨大な縦穴。内部は闇に満たされており、異界に繋がっていると考えられている。冥界門からは大量の魍獣が出現し、そのため二十三区は、隔離地帯として封鎖されている。

お祝いイラスト

楽しく描かせていただきました。彩葉と八尋の関係性がとても好きなので今後も見守り続けたいです…！

深游

虚ろなるレガリア　発売おめでとうございます！三雲先生の新作という事で、とてもとても楽しみにしておりました！今後も一ファンとして、追いかけていこうと思います。イロハのニーソックスが眩しすぎます。描く機会を与えて頂けて嬉しかったです！

◉三雲岳斗著作リスト

「コールド・ゲヘナ①〜④」（電撃文庫）
「コールド・ゲヘナ　あんぷらぐど」（同）
「レベリオン1〜5」（同）
「i．d．Ⅰ〜Ⅲ」（同）
「道士さまといっしょ」（同）
「道士さまにおねがい」（同）
「アスラクライン①〜⑭」（同）
「ストライク・ザ・ブラッド1〜22　APPEND1〜2」（同）
「サイハテの聖衣《シュラウド》1〜2」（同）
「虚ろなるレガリア　Corpse Reviver」（同）

「M.G.H　楽園の鏡像」（単行本　徳間書店刊）
「聖遺の天使」（単行本　双葉社刊）
「カーマロカ」（同）
「幻視ロマネスク」（同）
「煉獄の鬼王」（双葉文庫）
「海底密室」（デュアル文庫）
「ワイヤレスハート・チャイルド」（同）
「アース・リバース」（スニーカー文庫）
「ランブルフィッシュ①〜⑩」（同）
「ランブルフィッシュ　あんぷらぐど」（同）
「ダンタリアンの書架1〜8」（同）
「旧宮殿にて」（単行本　光文社刊）
「少女ノイズ」（同）
「少女ノイズ」（光文社文庫）
「絶対可憐チルドレン・THE NOVELS」（ガガガ文庫）
「幻獣坐1〜2」（講談社ノベルズ）
「忘られのリメメント」（単行本　早川書房刊）
「アヤカシ・ヴァリエイション」（LINE文庫）

本書に対するご意見、ご感想をお寄せください。

ファンレターあて先
〒 102-8177　東京都千代田区富士見 2-13-3
電撃文庫編集部
「三雲岳斗先生」係
「深遊先生」係

本書は書き下ろしです。

電撃文庫

虚《うつ》ろなるレガリア

Corpse Reviver

三雲岳斗《みくもがくと》

2021年6月10日　初版発行

発行者　青柳昌行
発行　株式会社KADOKAWA
〒102-8177　東京都千代田区富士見2-13-3
0570-002-301（ナビダイヤル）
装丁者　荻窪裕司（META＋MANIERA）
印刷　株式会社暁印刷
製本　株式会社ビルディング・ブックセンター

●お問い合わせ
https://www.kadokawa.co.jp/（「お問い合わせ」へお進みください）
※内容によっては、お答えできない場合があります。
※サポートは日本国内のみとさせていただきます。
※ Japanese text only

※定価はカバーに表示してあります。

ISBN978-4-04-913252-6　C0193　Printed in Japan

電撃文庫　https://dengekibunko.jp/

電撃文庫創刊に際して

文庫は、我が国にとどまらず、世界の書籍の流れのなかで〝小さな巨人〟としての地位を築いてきた。古今東西の名著を、廉価で手に入りやすい形で提供してきたからこそ、人は文庫を自分の師として、また青春の想い出として、語りついできたのである。

その源を、文化的にはドイツのレクラム文庫に求めるにせよ、規模の上でイギリスのペンギンブックスに求めるにせよ、いま文庫は知識人の層の多様化に従って、ますますその意義を大きくしていると言ってよい。

文庫出版の意味するものは、激動の現代のみならず将来にわたって、大きくなることはあっても、小さくなることはないだろう。

「電撃文庫」は、そのように多様化した対象に応え、歴史に耐えうる作品を収録するのはもちろん、新しい世紀を迎えるにあたって、既成の枠をこえる新鮮で強烈なアイ・オープナーたりたい。

その特異さ故に、この存在は、かつて文庫がはじめて出版世界に登場したときと、同じ戸惑いを読書人に与えるかもしれない。

しかし、〈Changing Times,Changing Publishing〉時代は変わって、出版も変わる。時を重ねるなかで、精神の糧として、心の一隅を占めるものとして、次なる文化の担い手の若者たちに確かな評価を得られると信じて、ここに「電撃文庫」を出版する。

1993年6月10日
角川歴彦